suhrkamp taschenbuch 805

27.04.81

Sehr geehrte Damen und Herren, Dies ist "mein Flirt mit einem ganz bestimmten Superstar oder mein heiliger Pappkarton im Bettlaken" und erzählt sich nahe einem Märchen aus dem Tage. Das Mädchen des Erzählten nannte ihren Superstar-Freund erstmals halbversehentlich Pappkarton, machte es sich von nun bequem, mit Kissen und so. Davor war sie allerdings sehr klein, war auch erst 12 oder 13 Jahre alt. Aus diesem Alter stammen die ersten vorliegenden Seiten. Doch dann wollte sie ihr Buch schreiben, weil er ihre Briefe nicht beantwortete, jenes Buch wird ihr Superstar mit Sicherheit lesen. Schließend an ihren versteckten Tode muß dieses Buch wohl ihre schärfste Droge geworden sein. Mit Ihrer Hilfe wird die Geschichte wie immer weiter ausgehend sein. Mit freundlichem Gruß

Veranda Spuk

Veranda Spuk

Mein Flirt
mit einem ganz bestimmten Superstar
oder
Mein heiliger Pappkarton im Bettlaken

Suhrkamp

suhrkamp taschenbuch 805
Erstausgabe

Satz: Weihrauch Würzburg
Druck: Ebner Ulm · Printed in Germany

Mein Flirt

Freitag, 28.11.1975
Ich habe jetzt schon ein paarmal angefangen, eine Art Tagebuch zu schreiben. Bis jetzt habe ich immer auf irgendwelchen Zetteln geschrieben, die einsam in der Weltgeschichte herumtrollten. Eigentlich habe ich keine Lust zu schreiben (zum Beispiel einen Aufsatz), aber solange es bloß für mich ist, macht es mir nichts aus. In diesem Fall ist es, wenn ich schreibe, genau das gleiche, als wenn ich nicht schreibe. Auf Papier fühlt man sich eben leichter und kann auch alles leichter sagen.

Frühere Aufzeichnungen (die tollenden Zettel)

Freitag, 7. November 1975
Heute war ein ganz gewöhnlicher, ziemlich kalter Herbsttag. Vormittags die Schule, und nachmittags habe ich versucht, Hausaufgaben zu machen. Ich bin dann aber zum Einholen gegangen. Dabei trödelte ich noch mit Elke. Später haben wir irgend einen blöden Film über einen Alkoholiker gesehen. Und nun sitze ich im Bett und schreibe. Manchmal denke ich, daß es am besten wäre, erst gar nicht geboren zu werden. Man muß ja doch wieder sterben, und es fällt so schwer, sich zu trennen. Irgendwie habe ich Angst. Ich weiß nicht genau wovor und warum, aber es könnte sein, daß ich Angst vor dem Leben habe. Doch vor dem Sterben

habe ich noch mehr Angst. Obwohl es ja doch mal sein muß. Am liebsten möchte ich von allem nichts wissen. Einfach nicht da sein. Ich frage mich nur, was dann wäre. Ich bin einfach zu blöde, um mir das richtig vorstellen zu können. Vielleicht kann ich es ja, ich kann es bloß nicht ausdrücken. Vielleicht fürchte ich den Tod auch nur, weil er jede Sekunde kommen kann. Unerwartet, urplötzlich.

Sonntag, 9. November 1975
Ich wollte soviel tun und bin nicht dazu gekommen, weil ich einfach keine Lust habe, etwas zu tun. Ich denke an etwas, ich weiß nicht genau woran. Ich möchte anders sein als ich bin. Ich tue eigentlich nie das, was ich meine. Warum weiß ich nicht. Wahrscheinlich weil ich mich ein ganz klein wenig ändern muß (wie alle meinen; meine Freunde, meine Eltern, meine Lehrer, überhaupt alle) oder aus sonst irgendeinem anderen Grund. Ich möchte einmal so sein, wie ich wirklich bin. Früher hab' ich immer geglaubt, meine Freundin habe mich nur in Reserve und käme nur, wenn sie keine bessere hat, wenn alle anderen besetzt sind. Vielleicht stimmt es sogar. Es sieht jetzt fast so aus. Ich bin zu durcheinander, ich weiß nicht, was ich will. Ich bringe nichts zurande und baue immer nur Mist. Das werde ich warscheinlich auch nie richtig lernen.
Immer wieder denke ich an Ulla. Ist sie

wirklich tot? Das kann ich einfach nicht begreifen. Nie wieder werde ich sie sprechen können, nie wieder wird sie mir meine Hand drücken können, ich ihre. Warum muß das sein? Solange ein Mensch lebt, denkt man nicht daran, wie es sein wird, wenn er tot ist. Man tut vieles, was man hinterher bereut, wenn es zu spät ist. Wie es ihr wohl geht, ob sie vielleicht doch noch lebt. Vielleicht ist sie in einer Art Himmel. Es könnte ja sein, daß sie noch gar nicht gemerkt hat, daß sie tot ist, und sie lebt weiter wie immer an einem entfernten Ort. Wir sind dort irgendwelche Puppen, und wenn wir auch sterben, werden die Puppen durch uns ersetzt. Oder bin ich hier in diesem Moment die Puppe. Nein, das glaube ich nicht. Eigentlich bin ich gar nicht richtig traurig, ich muß nur immer wieder an sie denken (weil ich ein schlechtes Gewissen habe). Ich bin seitdem anders. Ich denke soviel und bin irgendwie lustlos und schlotterich. Ich glaube, ich bin doch traurig. Da sieht man wieder einmal. Ich weiß nicht, was ich will, noch, wie mir zumute ist. Ob ich sie doch noch einmal wiedersehe? In 40 Jahren, in 60 Jahren oder schon in einem oder gar morgen. Es ist ein Trost, daß wir alle einmal sterben werden und uns vielleicht niemand vermissen wird, so wie ich sie.

Sonnabend, 15. November 1975
Gestern hat Tante Hanna einen neuen Fernseher bekommen. Der alte war total kaputt. Zuerst konnte sie damit nicht zurechtkommen, weil sie die kleinen Zahlen nicht sehen kann, aber abends, als wir nach Hause gingen, konnte sie ihn schon an- und ausschalten. Wozu braucht sie eigentlich einen Fernseher, wenn sie doch nicht sehen kann? Gut, sie braucht Unterhaltung, aber es gibt doch Radios.
Heute haben wir uns ein wenig als Straßenfeger betätigt und das Laub zusammengeharkt. Später haben wir Ferngesehen.
Es ist komisch. Ich mag nicht verändern, was Ulla gehört. Ich sollte heute nämlich ihre Mappe bei der Mutter abgeben. Die hatte unser Lehrer immer noch in der Tasche gehabt.

16. November 1975
Jetzt kann ich mir denken, warum er mir meine Hand immer so fest gedrückt hat.
(ziemlich kritzlig geschrieben im Original)

20. November, Donnerstag 1975
Ich hab' mich früher immer gefragt (wenn ich von einem Unglück hörte), wieso wir immer so ein Glück hatten, daß soetwas nie mit jemandem von uns geschah. Aber irgendwann müssen wir ja alle einmal sterben. Ob man sich dann wohl wiedertrifft? Vielleicht gibt es ja ein großes Begrüßungs-

treffen. Das wäre schön.

....

....

Ich habe alles genau so abgeschrieben, wie es auf den Zetteln stand. Es sind aber nicht mehr alle Zettel gewesen. Einige gingen verloren.

Sonnabend, 29.11.1975
Ich habe früher immer gedacht, das Leben ist nur ein kurzer Besuch, vielleicht ein Traum. Und vor der Geburt und wenn man wieder stirbt ist das wirkliche Leben. Aber was ist das für ein Leben?
Es wird ein Traum sein, der nur wie eine halbe Ewigkeit aussieht. Aber ich bin jetzt müde. Gute Nacht.

Sonntag, 30.11.1975
Wenn ich mir Fotos von Rullarusula (Ulla, Taufname Ursula) betrachte, kann ich es einfach nicht glauben, daß sie tot sein soll. Sie haben sich doch gar nicht verändert. Wenn sie tot wäre, könnten die Bilder doch auch nicht mehr sein.
Leguk, Leguk. Rullarusula Leguk.
Neulich hab' ich Rullarusula aufzukleben versucht. Alle fünf Fotos, auf denen sie mit drauf ist, suchte ich zusammen für ein kleines Schreibheft.
Wenn man die Seiten ganz schnell hintereinander abblättern läßt, sieht es fast aus, als bewegte sie sich, nur sehr sprunghaft und von einer Jahreszeit in die

andere. Das Heft hat niemand gesehen außer Susanne, aber nur von außen. Leider sind zwei Kaffee-Kleckse auf dem Umschlag.
Von allen Toten, die ich kenne, will ich jetzt die Namen nehmen und umformen. Leguk, Leguk, Rullarusula Leguk.

Sonnabend, 6.12.1975
Wir ziehen nun doch noch vor Weihnachten um in die neue Wohnung. Oma wird uns beim Umzug helfen. Mama und Papa haben es sich noch mal wieder überlegt. Sie behalten den alten Wohnzimmerschrank doch nicht. Oma freut sich am meisten. Sie muß ja auch nicht in dem Gewühle aus Kisten und Paketen mit Gardinen und Putzmitteln schlafen. Sie freut sich, glaube ich, daß sie was zu tun hat.
Ich freue mich schon auf mein neues Zimmer. Es ist größer als mein altes. Seit Rullarusula gestorben ist, habe ich nicht mehr ganz so große Angst vor dem Tod. Manchmal glaube ich fast, daß ich mich richtig darauf freue zu sterben. Augenblicklich habe ich eigentlich gar keine Lust zum Leben. Wozu und warum lebt man? Es ist doch Unsinn, man hat nichts davon außer Kummer, Mühe, Arbeit, Sorgen und manchmal auch Freude. Und ich freue mich doch nicht auf mein neues Zimmer. Das dachte ich nur den einen Moment. Dieser ganze Umstand. Von außen ist das Haus auch nicht schön. Es ist häßlich.
Was ist, wenn man nicht geboren wird oder

erst in 1 oder 2 Jahren geboren werden soll?

Freitag, 19. Dezember 1975
Ich möchte vieles schreiben, doch ich weiß nicht wie und wann.

Seite 24. D ieses J ahr n immt e in s euß-liches E n d E

Donnerstag, 25.12.1975
Es ist merkwürdig, wenn man stirbt, verändert sich nichts mehr, was man gemacht hat. Es bleibt alles so, wie es war. Es wird durch andere Menschen verändert. Rullarusula wird nie mehr Oblaten tauschen, Rullarusula wird nie mehr ihre Lieblingsbrötchen von Bäckerei Hansen essen. Wir waren heute bei Stengels zu Besuch.
An manchen Tagen sieht es so aus, als wäre ich zu gar nichts fähig. Z.B. heute. Ob ich richtig sterben kann, so wie es die vielen Toten Leute auf den Friedhöfen getan haben? Ich fürchte, ich bin nicht mal richtig fähig, richtig zu sterben. Ich wüßte nicht, was ich dabei machen könnte, wie ich mich dabei verhalten könnte. Ich würde bestimmt alles falsch machen beim Sterben. Allerdings, Rullarusula konnte es, auch ohne vorher zu üben. Rullarusula ist richtig echt zuende gestorben und ganz schnell, schneller und glatter, als es die meisten Erwachsenen tun. Sie ist eben so

ganz richtig gestorben, wie man so stirbt. Sie hat es von ganz alleine gekonnt. Sie ist jetzt ganz normal tot. Es brauchte ihr niemand zu sagen, wie es geht. Sie konnte es. Es ist nichts verkehrt gegangen. Wenn man Rullarusula so gesehen hat, hätte man ihr nicht zugetraut, daß sie soetwas kann. Sie hatte nähmlich ein niedliches Puppengesicht mit großen Augen, buschige Wimpern, eine süße Stubsnase und ein winziges Mündlein.

Freitag, 26.12.1975
Wir haben den ganzen Tag rumgedammelt. Hab' grad' einen Perückenkopf mit Ausziehtusche und falschen Wimpern geschminkt, für meine Kopfhörer. Wir haben alle drei welche bekommen. Ich finde, es waren traurige Weihnachten. Ich fand es sonst immer schöner. Hab' ein silbernes Seepferdchen als Anhänger, Handschuhe von Hannchen, 75,- DM von Oma und Opa bekommen. Michael schenkte mir zusammen mit seiner Freundin ein französisch-grünes Fahrradregencape. In dem Paket von Ronald war: eine Rolle Klopapier, eine Nuß, eine Apfelsine, eine Banane, ein Filzstift, ein 1 Pfennigstück und ein 2 Pfennigstück, zwei Schokoladenkugeln, ein großer Bausch Watte (lag ganz oben auf) und schließlich ein Kugelschreiber.
Ich habe noch lange nicht alles aufgezählt, aber im Moment fällt mir das andere nicht ein. Man könnte über die vielen Ge-

schenke, die auf der ganzen Welt verschenkt werden, direkt ein Buch schreiben.
Von allen hab' ich viele Fotos gemacht. Michaels Freundin hatte das nicht so gern. Sie findet sich viel zu dick. Sie will sich erst in einem viertel Jahr fotografieren lassen. Sie hat schon Heiligabend, gleich nach dem Essen, mit ihrer Diät angefangen. Nicht einen Keks hat sie gegessen.

Gute Nacht

. werde den 8ten verbrennen. Herausgeschnitten aus dem Kalender habe ich ihn schon. Am 31. wird er eigenhändig verbrannt. Obwohl es keinen Sinn hat und er anderen vielleicht Glück gebracht hat.

DaS kurzE viel zU langE JahR 1976

Donnerstag, 17.1.76(1/4)
In diesem Jahr schreibe ich hier zum ersten Mal. In den letzten Tagen haben uns die Fachlehrer und Herr Ratzwitz die Zensuren mitgeteilt. Schon lange war mein Zeugnis nicht mehr so schlecht wie dieses Jahr. Es ist fast ausschließlich Quatro. Nur einmal hatte ich ein noch viel schlechteres Zeugnis. Ein kleines viel aber nur.

So., 27.1.76
Es regnet. Die Autos brausen auf der Straße vorbei. Ich habe keine Lust zu den Hausaufgaben, obwohl sie ziemlich einfach sind. Gleich höre ich mir die Erzählungen an im Radio. Danach die Musiksendung. Dabei werde ich eine Lebensliste schreiben.

1962 Geburt
1963
1964
1965
1966
1967 Einschulung
1968
1969
1970 Schildkrötenjahr
1971
----
nichts Aufregendes

nichts
Aufregendes
1972
1973
1974
hängen geblieben
1975
1976
14 Jahre alt
....
..
.
..
...
.
..
....

Ergebnis:

----

30. Juli 1976
Ich bin richtig froh darüber, endlich ein Tagebuch begonnen zu haben. Ich kann ihm alles erzählen und weiß, es wird mir immer geduldig zuhören. Ich brauche keine Angst zu haben, daß es sich über mich lustig macht. Es ist ein Luftmensch. Doch kann jemand nicht denken, kann man auch keine Antwort von ihm erwarten. Es kann nicht trösten oder mir gut zureden, es ist stumm und tot.

Gute Nacht (22.59)

1. August 1976
Ich will versuchen, demnächst alles ausführlicher und genauer zu beschreiben, als wie ich es jetzt noch tue. Es kommt vor, ich denke dies folgende dabei: Bevor ich einmal sterben muß, werde ich mit meinem Tagebuch und einem Glas Sekt in der Hand in einen Wald gehen, um mir den größten Ameisenhügel, der da ist, auszusuchen, mein Tagebuch auf die Spitze legen und das Glas, gefüllt mit dem besten Sekt, den es auf der Welt gibt, auf seinen Umschlag stellen. Durch Zufall wird, wenn die Erde einmal ganz kahl gefegt ist, nur noch dieser Hügel übrig geblieben sein. Kommen dann einmal Marsmenschen vorbei, die kleinen grünen mit blauen Punkten und Sternchennudelfüßchen, nehmen sie es mit und werden versuchen, es zu entziffern.
Guten Tag Marsmenschen! Sehen Sie wirklich so aus? Können Sie gut entziffern? Ich bemühe mich extra ordentlich zu schreiben.
Natürlich denke ich dies nur zum Spaß.

Montag, 19. August 1976
Die dümmste Erfindung aller Zeiten ist der Spiegel. Man muß sich jeden Tag anschauen und aufs neue seine Mängel feststellen. Mir geht es jedenfalls so. Gäbe es den Spiegel nicht, könnte man sich nur die Hände richtig aus der Nähe anschauen, da behielte man wenigstens noch die Hoffnung auf ein besseres Gesicht als die Hände Hände sind.

Du mußt wissen, ich habe eine Gerümpelkammer. Meine Gesichtszüge sind gerümpelkammerartig. Die Ohren passen nicht zum Mund, die Nase nicht zu den Augen usw. Es sind zwar alles neue Gerümpelteile, das sieht man, und wenn man sich einen Teil alleine anguckt, geht es auch noch, aber die Zusammenstellung ist ziemlich sonderbar.
Ich benutze einen Haufen Cremes, Make-up, außerdem soll ich mir eine neue Frisur machen, aber es nutzt alles nicht so richtig. Bis auf Augengymnastik habe ich schon alles durchprobiert. Ich bin deswegen noch nie gehänselt worden, oder daß mir jemand gesagt hätte, ich sähe total bekloppt aus, aber ich empfinde es selber als Makel. Jeder normale Mensch ist auf eine gewisse Weise schön, sieht zumindest doch ganz gut aus, wenn er nicht unmenschlich ekelhaft ist. Und das allerschlimmste ist, ich werde schon jetzt von Tag zu Tag schlimmer. Meine Zunge z.B. sieht aus wie ein Knebel aus rohem Fleisch, jedoch ist es zu ertragen, weil sie so ziemlich bei den meisten so aussieht.
Aber ich fange ja schon wieder an, mich selbst zu bedauern. Das werde ich in diesem Buch wohl noch oft tun, aber ein Tagebuch ist schließlich dazu da, daß man seinen Kummer von der Seele schreibt. Meine Gedanken werde ich kaum zu einem Drittel hier niederschreiben können. Es sind zu viele und sie kommen zu plötzlich und

zu ungelegenen Zeiten.
Nun aber eine gute Nacht.

Dienstag, 20. August 1976
Ich kehrte gerade total erschöpft aus der Schule heim (ich übertreibe manchmal ein bißchen), und was tue ich, ich setze mich hin und schreibe dir. Das liegt daran, daß mir mitten in der Mathestunde aufgefallen ist, daß ich sehr unzufrieden mit mir bin. Mir gegenüber kenne ich keine Gnade. Ich habe festgesetzt, daß ich zu dick werde, gespaltene Haare habe, abgebrochene, zersplitterte Fingernägel, eine häßliche Schramme am Unterarm und faltige Hände habe.
Das war erst mein Aussehen. Nun kommt mein Benehmen. Ich mache meist zuviel falsch, bin unmöglich, stelle kaum gute Fragen. Ich muß mich noch sehr verändern, mehr Zuverlässigkeit, Umsicht und Vertrauen entwickeln. Dazu darf ich nicht zu streng mit mir sein, wie ich es jetzt häufig bin, aber auf keinen Fall, und das ist noch schlimmer, darf ich mich gehen lassen. Ich brauche mehr Willenskraft. Ich muß wissen, was ich will. Sonst wird nie etwas werden.
Es ist jetzt 16.25 Uhr. Ich kann mich nur noch schwer an das vorhin Geschriebene erinnern, und wenn ich es durchlesen würde, risse ich bestimmt alle Seiten wieder heraus, dann müßte ich wieder ein neues Tagebuch beginnen. Soetwas ist mir in der letz-

ten Zeit nähmlich recht häufig passiert. Was meinst Du wohl, warum Du noch immer so dünn bist. Das ganze letzte halbe Jahr habe ich zerfetzt und weggeworfen. Darum werde ich von nun an alles, was ich schon geschrieben habe, nicht mehr durchlesen. Ich bin mit meiner Ausdrucksweise nicht einverstanden, weil sie meine Gedanken nicht in der von mir gewünschten Weise wiedergeben kann. Also, alles was hier steht, ist einen kleinen Tick anders von mir gedacht worden. Solange ich es nur denke, hört es sich verständlicher an.
Als ich heute morgen in den Spiegel sah, kamen mir, wie so oft, die Tränen; ich konnte mich aber noch zusammenreißen. Nachdem ich mich ein wenig geschminkt hatte und meine Tasche packte, konnte ich sie nicht mehr zurückhalten. Zum Glück merkten Mama und Papa beim Verabschieden nichts davon. Doch selbst auf dem Schulweg weinelte ich noch ein wenig vor mich her, bis ich mich endlich zusammenriß.
In der Schule verlief alles ganz normal, ich war nur noch etwas abgelenkter als sonst. Englisch, Deutsch, Mathe, Sport, Geschichte und Schluß. Hinaus auf den Schulhof, auf die Straße, "Tschüß bis morgen, Tschüß Meike, Tschüß Anke". Dann lud ich die schwere Tasche auf Andreas Fahrrad und wir ging-fahrten bis Heidenapel. Dort

"Wer sind Andrea und Meike und Anke?"

"Ich werde sie Dir später vorstellen,

ich hatte es nicht etwa vergessen, aber
keine Lust."

verabschiedeten wir uns.
Dann schlenderte ich den Weg zur Bushaltestelle. Zuhause an der Tür klingelte ich Sturm, denn ich mußte unbedingt mal wohin. Ronald latschte bis an die Fußmatte und öffnete. Ich stürmte an ihm vorbei und konnte es kaum erwarten, die Toilette zu erreichen. Erleichtert schmierte ich mir erst mal ein Brot und aß es genüßlich auf. Meine Hausaufgaben erledige ich am Küchentisch. In der Zwischenzeit, irgendwann, ist Ronald wieder von draußen reingekommen. Gerd, seinen Freund, hat er zum Essen mitgebracht. Mama kommt nämlich auch gleich zurück. Jetzt sitze ich zwischen Karbonade und Pommes Frites, meine werden kalt werden. Die beiden, Ronald und Gerd, lassen sich ebenfalls am Eßzimmertisch nieder und beginnen entweder die Mahlzeit zu verschlingen (siehe Ronald) oder zu essen.
Meine Tischherren beginnen schmatzend ein Gespräch über Verkupplungen mit blöden Mädchen und über nette oder blöde Lehrer. Jetzt muß ich aber essen.

Sonntag, 25. August 1976
Ein herrlich warmer Tag scheint in mein offenes Fenster. Ich kann ein Flugzeug in der Ferne hören und nebenan das Gurren von einem Taubenpärchen. Gäbe es eine nahe Weide, hörte ich das Muhen von Kühen, unter

mir höre ich Orgelmusik. Der Nachbar unter uns übt wohl auf seiner Heimorgel. Gleich muß ich mich anziehen und waschen, dann gibt es Frühstück auf dem Balkon. Ronald ist schon aufgestanden, ins Bad gegangen. Vielleicht ist er schon fertig.
Bis gleich.
Ich hab' noch ein bißchen Zeit, das Bad ist überbelegt.
Ich habe heute riesige Lust, Dir einmal meine von mir Verehrten vorzustellen. Mein erster Traumjunge war Mattias. Wir gingen von der ersten bis zur sechsten gemeinsam in einer Klasse. Aber erst in der vierten begann er mich zu interessieren. Vorher saß ich einmal mit drei Jungen, darunter auch Mattias, an einem Vierer-Tisch. Ich hatte es sehr schwer, mich zu behaupten. Es waren dicke Freunde. Höhnisch zeigte er mit seinem Finger auf meine Hefte oder Zettel. Er konnte das meiste schon etwas besser als ich. Zu dieser Zeit konnte ich ihn auch nicht ausstehen. Später fand ich ihn einfach toll. Doch er hat mich nicht beachtet. Ich war ihm bestimmt zu brav. Ich hatte zwischendurch bestimmt noch andere Schwärme, an die ich mich jedoch nicht mehr erinnere. Nur noch an zwei Namen: Olaf, Bernd. Mein nächster großer Schwarm war, Du wirst es nicht glauben, Winny P. Ich war so verknallt in ihn (genau so doll wie einmal in Mattias), aber nur kurze Zeit. Aber ich fand ihn über ein Jahr lang klasse und finde ihn auch heute noch nicht

schlecht. Irgendetwas fasziniert mich an ihm. Jetzt muß ich mich aber beeilen, Mama hat gerade laut und deutlich hereingerufen: "Frühstück, Frühstück!", und ich bin noch nicht fertig.
Hallo, bin wieder da. Am niedergemetzelten Frühstückstisch diskotierten wir eben darüber, was wir heute unternehmen wollen. Wir sind noch nicht ganz entschlossen, da kann ich noch schreiben. Mir ist wieder das Bild von Winny P. aus Dir entgegengefallen. Übrigens lernte ich ihn im Fernsehen kennen. Jedenfalls war Winny im Fernsehen, mit einem Stück Action und einem Stück Interview. Habe leider nur noch den Rest erwischt. Es ist gut möglich, daß Winny P. ganz anders ist, als ich ihn mir wünsche und vorstelle. In meinen Gedanken ist er sehr nett, sieht sehr gut aus, ist dabei auch noch wunderschön, versteht mich gut, ist im Ganzen so ziemlich das Gegenteil von mir. Was mich sehr wundert ist, daß ich kein Stück auf seine Frau eifersüchtig war, als ich noch so verknallt war. Im Gegenteil, ich machte mir dann von beiden ein Bild. Sie war auch ganz nett. Die Kinder von den beiden sind ja noch sehr klein und haben meistens geschlafen. Zum Schluß habe ich wohl seine Frau doch vergessen. Winny P. ist zu alt (ca. 30 Jahre, Schätzung), wohnt zu weit weg, würde mich bestimmt nicht mögen, würde sich mit mir bestimmt nicht verstehen, spricht sowieso eine andere Sprache und

hat genug Auswahl an Freundinnen. Winny P. ist Quatsch. Einfach Schwachsinn, sich in ihn zu verknallen, aber kennenlernen würde ich ihn trotzdem wahnsinnig gerne. Es müßte interessant sein, sich einmal mit so einem Superstar zu unterhalten. Wie meine Meinung über ihn dann wohl wäre? Man könnte ihn fragen, ob er richtig doll merkt, daß er ein Superstar ist. Immer wenn ich mir ein bestimmtes Poster von Winny anschaue, das bei mir (seit ich nicht mehr verknallt bin) an der Wand neben dem Vorhang hängt, werde ich an etwas erinnert. So, aber nun hab' ich fürs erste genug Ge-Winny P.-t. Sherio.

M.

Dienstag, 27. August 1976
Komme gerade von einer verschobenen Geburtstagsparty zu dritt zurück. Eis, Schokoladenkuchen und Apfelsaft gab es zu essen und zu trinken. Wir (Andrea, Susanne = das Geburtstagskind und ich) kamen unter anderem auf unsere verflossenen Träume und jetzigen Schwärme zu sprechen. Andrea "beichtete", sie sei einmal in Winny P. verknallt gewesen, aber ich nehme ihr nicht ab, daß sie es jetzt nicht mehr ist. Vielleicht nicht mehr so intensiv, aber immerhin. Ihr ging es nämlich in manchem genau wie mir. Winny war in ihren und meinen Träumen ein netter, sympathischer Mensch und überhaupt nicht aufdringlich. Er hatte bei Susanne eine tolle Wohnung (bei mir

ein flaches weißes Haus zwischen Gras), ein großes Schlafzimmer (in dem wir beide, Susanne und ich, nie übernachtet haben) und somit sicherlich viel Geld. Kurz und gut, er war das, was man so am liebsten hätte, ein vollkommener Mann.
Susanne meinte dazu, wenigstens eine von uns beiden hätte eine Chance gehabt, falls alle Mädchen außer uns denken würden, sie hätten keine Chance. Ab und zu hofft man das ja. Da wird Winny wohl an einigen Tagen reichlich Auswahl haben, an anderen nicht die geringste Chance.
Hab' morgen Frühstunde, muß um 5.55 Uhr aufstehen, jetzt ist es 22.35 Uhr, muß noch eine kleine Hausaufgabe machen, also: Gute Nacht.

M.

31. August 1976, Sonnabend
Heute habe ich etwas mehr Zeit als sonst. Mama und Papa sind mit dem Auto ins Grüne gefahren, allein, weil wir alle keine Lust oder was anderes vor hatten. Nächstes Wochenende fahren wir zusammen weg. Ronald ist mit Gerd auf der Ausstellung "Du und Deine Welt", also bin ich mit Oma allein zu Hause. Sie ist schon heute morgen zu Besuch gekommen. Oma ist heruntergekommen und hat sich gerade in dem Sessel mir gegenüber niedergelassen. Den Hocker, mit dessen Hilfe sie etwas auf den Schrank zurückstellte, nimmt sie nun für ihre Füße. Sie denkt sicher, dies hier sind meine

Hausaufgaben. Sie sitzt da, ihre Hände zusammengefaltet auf dem Schoß, und bewegt ihre Daumen. Auf ihrem rechten Bein sitzt eine Fliege. Weg ist sie, denn Oma hat sich bewegt und eine andere Stellung eingenommen. An was sie wohl denkt? Ihre Augen sind geschlossen und ihren Kopf mit dem grauen Haar hat sie an die Lehne des Sessels gelehnt (Lehne gelehnt). Sie döst, wie sie es selber immer nennt. Sie beguckt sich von innen, sagt sie auch dazu. Aus dem Radio klingt Musik, die sie bestimmt nicht mag und die ich auch nicht gerne höre. Ich entdeckte gerade eine Zeitschrift auf unserem Stubentisch.
Diese ranzige Zeitschrift habe ich mir gestern nur gekauft, weil Winny P. darin abgebildet ist. Ich muß sagen, auf diesen Fotos gefällt er mir nicht. Im 10ten Monat kommt er nach Deutschland. Ich würde gerne hingehen zum Konzert, nicht allein, um Winny P. zu besichtigen, sondern die Leutchens, die kommen. Was da wohl los sein wird? Ich glaube kaum, daß ich darf. Auch nicht, wenn ich hoch und heilig verspreche, ganz bestimmt nicht in Ohnmacht zu fallen. Es soll einfach viel zu gefährlich sein. Ich könnte ja totgetrampelt werden. Ich werde noch einmal versuchen, meine Eltern zu überreden. Würdest Du mir, einer 14jährigen, erlauben, hinzugehen, wenn ich Deine Tochter wäre? Wenigsten hinterher möchte ich doch erfahren, in wen ich mich bald ein halbes Jahr lang verliebt glaubte.

Diese freche Fliege setzt sich einfach auf Deine Seite. Ich schaue mir erst mal einen Film über Abenteuereien an. Der Titel klingt sehr vielversprechend.

2. September 1976
22.12 Uhr. Anstelle diesen dummen Winny P. zu bewundern oder von ihm zu träumen sollte ich lieber aus mir selbst etwas machen. Ich habe mir immer einreden lassen, ich könnte noch nicht genügend gut mit allem fertig werden. Das stimmt auch bis zu einem gewissen Grade. Ich will aber nicht mehr so sein und bin es auch eigentlich nicht mehr. Es halten mich nur noch alle dafür. Das muß sich ändern. Ich muß selbstbewußter und überlegter werden, dann ist bestimmt so manches leichter für mich. So tue ich nicht einmal, wenn es für alle anderen so aussieht als ob, was ich meine. Weil ich micht nicht traue, was ich meine zu sagen, wie ich es meine. Ich muß, ich will freier werden von all diesen Komplexen, die ich habe und die mir zum Teil aufgedrängt wurden. Ich habe sogar schon mit meiner Befreiung begonnen. Jede Schlinge muß ich einzeln auflösen, bis ich frei bin. Nicht wegen den anderen, sondern nur meinetwegen... Was die anderen darüber denken, soll mir doch egal sein. Ich bin ich, und daran können sie nichts ändern.

Meine Fingerabdruckunterschrift funktioniert nicht heut' Nacht M.

Ich traue mich nicht zu sagen, daß ich fast

nie tue, was ich meine, denn alle glauben, ich meine, was ich tue. Ich meine, es ist ja nicht immer was Großes, was ich vorhabe, es fängt ja schon beim Naseputzen an. Meistens traue ich mich auch nicht, mich etwas nicht zu trauen. Eine widerliche Gemeinheit, mich stündlich häßlicher werden zu lassen. Mit 20 sehe ich dann aus wie ein Wrack. Mit 30 sehe ich aus wie ein 140jähriges Wrack. Im Grunde genommen fehlt mir das Recht, mich zu beklagen. Ich habe alles, was ich brauche. Eine Nase, Augen, Beine und was sonst noch so alles zu mir gehört. Alle Teile, die man einmal braucht, habe ich einmal, von den Teilen, von denen man zwei braucht, habe ich zwei Teile, was man mehrmals braucht, habe ich mehrmals, und wovon man ganz viel braucht, habe ich genug. Und es ist auch nichts da, was ich nicht gebrauchen könnte. Hoffentlich verhaue ich die Arbeit morgen nicht. Eine fünf wäre ja nicht weiter schlimm, aber wenn ich gleich mit einer sechs beginne - sehe ich schwarz.

6. September 1976
Vor zehn Minuten hab' ich in den Schlafzimmerspiegel geschaut. Zum ersten Mal seit Jahren fand ich mich nicht urhäßlich. Nur ein bißchen angegammelt sehe ich aus. Sonst ganz gut.
Fand gerade ein dämliches Foto von Winny P. in der Fernsehzeitschrift. Der sitzt da wie so'n oller Sandkastenrocker im gelb-

blau karierten Flitterkostüm und grinst unübertroffen blöd. Sowas häßliches hab' ich schon lange nicht mehr gesehen.

Abends

Papa geht es noch immer nicht so gut. Ronald klagt, ihm würde dauernd schwindlich, Michael ist bis in alle Ewigkeit nervös, und ich habe ein ganz klein wenig Mumps. Mama ist sehr müde heute abend.

Endlich weiß ich, wozu ich Winny P. gebrauchen kann. Die einzige Verwendung für ihn ist eine Autofahrt im Dunkeln. Da kann ich, da ich ja nichts anderes zu tun habe, von ihm träumen.

Das geht, seit ich kein Kleinkind mehr bin und Denken nicht mehr ganz so entsetzlich langweilig finde.

Übrigens wußtest Du schon: Ich habe ein unlogisches Gehirn.

1. Ich kann nicht logisch denken, 2. Ich will nicht, 3. Logik ist unlogisch, kapiert? Logisch, hast Du nicht; bei Deinem Hirn.

Montag, 9. September 1976

Vollgefressen mit Pflaumenkuchen, Pilzen und Kartoffeln sitze ich hier in der Stube, kaum noch fähig, mich zu rühren. Nie wieder will ich so viel auf einmal essen. Richtig übel ist mir. (Vielleicht ist es auch bloß eine Pilzvergiftung.)

Die Biostunden waren auch sehr lustig heute. Es flogen halbtote halbierte Regenwürmer durch die Luft. Meike ist

übrigens noch einer übers Heft gekrabbelt, ganz langsam und ausgiebig, wie findest Du das?
Herr Wellmann hatte selber damit angefangen.
Jemand klingelt. Schon wieder weg. Scheinbar komme ich doch mal wieder auf die Idee, mir eine Schallplatte von Winny zu kaufen. Als ich mir die erste Platte kaufte, traute ich mich nicht, nur eine von Winny zu kaufen. Deshalb suchte ich mir noch zwei andere, die ich auch gut fand, raus. Richtig ein bißchen mulmig wurde mir beim Bezahlen. Mein Gott, war ich froh, als ich endlich wieder raus konnte aus dem Laden. Ich dachte, die Verkäuferin könnte Schweißperlen auf meiner Stirn entdecken. Nein, wenn ich genau überlege, so schlimm war es doch nicht. Die Verkäuferin war nur die erste, die "Fräulein" und "Sie" zu mir sagte. Ungewohnt halt.

Dienstag, 10. September 1976
Hab' ich Dir schon erzählt, was ich früher oft getan habe, um meine Fähigkeit, mit Menschen umzugehen, zu verbessern und zu steigern?
Ich bin oft in die Stadt gefahren. Schon auf dem Weg im Bus versuchte ich, irgendwelchen Menschen in die Augen zu schauen und sie zu fixieren. Zunächst klappte es nur bei Frauen und Männern, die mir wie die Unsicherheit selbst vorkamen. Jetzt

ist es ziemlich egal, bei wem ich es versuche. Nur bei ganz wenigen kann ich nicht so lange standhalten. Vielleicht haben die mehr Übung. Die werde ich wohl auch noch bekommen. Nun ja, in der Stadt angekommen, ging ich in alle möglichen und unmöglichen Geschäfte, die mir über den Weg liefen, in alles, wo man reingehen kann, ohne zu bezahlen, und versuchte, mich darin zu bewegen, ohne einen roten Kopf zu bekommen oder das Gefühl zu haben, beobachtet zu werden. Ganz besonders schwer ist dies, wenn man genau merkt, wie man angeglotzt wird.
Mit der Zeit hat auch diese Therapie einen Erfolg gehabt. Welche Therapie ich als nächste entwickeln und anwenden will, weiß ich noch nicht. Es gibt aber bestimmt bald eine neue, denn ich habe noch sehr viele Schwächen.

25. September 1976, Mittwoch
Als ich nach Hause kam, von Andreas Party, fand ich ein paar rote Hausschuhe in einem weißen Pappkarton. Sie haben eine Plateausohle, sind vorne so ähnlich wie Mokassins geschnitten, hinten offen und mit einer Art Kordel oder Borte umrandet. Nicht gerade das, was ich mir unter meinen neuen Hausschuhen vorgestellt hatte, aber na ja, immerhin erträglich. Ich hab' schon schlimmeres gesehen.
Auf Andreas Party war's ganz lustig. Sie ist ein sehr ungeübter Gastgeber und stellt

sich manchmal etwas dämlich an. Hoffentlich lernt sie das noch mal. Wir haben dämlich auf dem Balkon herumgehockt, Kartoffelchips und ähnliches hinuntergeworfen, weil sie dick und Pickeln machen - und uns amüsiert.
In der Gegend gibt's eine Menge Jungs. Das bringt manche Vorteile. Nur haben wir niemanden richtig aus der Nähe kennenglernt. Das dichteste waren vielleicht 3,5 m. Zum Abschluß des Abends überprüfte Andrea mit dem Opernglas, ob Kartoffelchips und Gummibärchen auch gut angewachsen seien unter dem Balkon. Es war schon zu dunkel, und wir konnten sie nicht mehr sehen. Darum opferte sie sicherheitshalber ein Glas Likör als Dünger und goß ihn auch noch auf den Rasen. Ich habe mich auf einem niedrigen Hocker aus Porzellan niedergelassen. Du liegst auf meinen Knieen. Auf einem Knie ist noch der Rest einer Narbe. Es ist ein moosgrüner Porzellanhocker. Seine Oberfläche besteht aus einem moosgrünen Rand. Wichtigster Bestandteil ist ein großes Loch in seiner Mitte. Genau wie bei einer Toilette.

Freitag, 27.9.1976
In der Pause spielte Marianne die große Wahrsagerin. Ich erwischte die Piek-Dame. Unsere große Wahrsagerin meinte, die Piek-Dame bedeute, eine eifersüchtige Freundin zu haben. Dies trifft ausnahmsweise zu. Meike ist eifersüchtig auf Susanne. Sie

ist der Meinung, daß ich nur eine beste Freundin und ansonsten am liebsten gar keine haben kann, und sie hat anscheinend mich dazu auserwählt. Ich finde aber, daß ich bisher mit beiden gleich gut befreundet war. Nur in letzter Zeit ist Meike ewig mucksch, und sie hat doch selber viele Freundinnen.
Leider konnte Marianne mir nicht wahrsagen, über welches Geschenk sich Oma zu ihrem 60sten Geburtstag freuen würde.

Schatten
eines
gespaltenen Haares

Vielleicht hat das Leben doch einen Sinn, nämlich dann, wenn man zu was kommt. Aber irgendwie haut das auch nicht hin, sagen viele. Es wäre feige, sich das Leben zu nehmen, davonzulaufen, wenn es eine bessere Lösung gibt, die man kennt. Ich sollte mein Leben mit Überzeugung anpacken und in den Griff kriegen.

Mittwoch, 2.10.1976
Ich will nicht nur in meiner Phantasie leben. Ich will wirklich leben. Nicht unbedingt große Abenteuer, aber richtig leben. Was ist eigentlich richtig leben?
Man spricht häufig davon, doch wer weiß, was er damit eigentlich meint?
Manchmal würde es mich interessieren, was die immer mit ihren großen Abenteuern haben. Was kann man denn schon erleben?
Solange man ein Mensch ist, sind doch die

Möglichkeiten sehr beschränkt. Es geht mir doch gut. Trotzdem bin ich unzufrieden. Ich bin gesund und doch krank. Mir gefällt alles zu wenig.
Also los. Ich will endlich ich werden.
Mit mir ist doch nichts weiter falsch. Ich verachte mich nur zu sehr. Es hat sich schon gebessert, es gibt nur aber immer wieder Rückfälle.
Bisher hab' ich den ganzen Tag nur rumgegammelt. Dabei wollte ich doch so viel tun und sollte auch lieber. Ich habe keine Lust zum Gammeln, aber auch nicht, mich etwas anzustrengen. Woran mag das nur liegen? Bin ich faul? Nein, es ist etwas anderes, was mich davon abhält. Ich habe eine ziemlich miese Laune .....

Donnerstag, 3.10.1976
Annegret und Michael waren heute zu Besuch. Vorhin kam Annegret ganz entgeistert in mein Zimmer und sagte, ich solle mal für eine Minute meine häßliche Musik abstellen, sie müsse etwas mit mir besprechen. Mama kam gleich hinterher, sie bat mich um dasselbe. Dann kamen noch Ronald und Michael. Aus der Besprechung mit Annegret wurde nichts mehr. Dafür war mein ganzes Zimmer auf einmal voller Leute, die mir sagten, ich solle mal für ein paar Minütchen meinen Winny abstellen. Dabei war es gar nicht Winny, den habe ich selber satt. Spreche ich von ihm, so ist dies nur noch die alte Erinnerung. Ganz

am Anfang fand sogar Mama ein Stück von Winny gut. Nur eine Zeit spielte ich Winny jeden Tag, seitdem haßt sie Winny wie die Pest. Sie sagt, ich solle bloß nicht mal mit einer solchen Type nach Hause kommen. Mir scheint, ich werde nie verstehen können, warum sie ihn nicht mag. Ab und zu stellte ich den Plattenspieler extra laut, um alle ganz allmählich an Winny zu gewöhnen. Seit dem letzten halben Jahr jedoch ist Winny bei mir ausrangiert. Endgültig. Es ist nämlich schon das zweite Mal.
Nachts. Soll ich morgen früh ein neues Leben beginnen?

Sonnabend, 5.10.1976
Hallo Du!
Ich hab' heut' nacht geträumt, ich fahre mit einem sehr kleinen VW (soetwas wie ein Spielzeugauto) durch die Gegend. Andrea war auch dabei. Vor einem großen Gebäude parkten mehrere große amerikanische Schlitten. In einem davon, es war ein nicht ganz neues Modell, und ein paar Beulen hatte er auch schon weg, saß Andrea. Ich stieg zu ihr in den Wagen, und wir fuhren durch die Stadt. Sie erzählte mir, den Wagen vom Anwalt ihrer Eltern geliehen zu haben.

Montag, 7. Oktober 1976
Getrennt voneinander und trotzdem mit etwas
Mühe lesb ist diese S :e. Es ist nur
eine Spi rei. Ich su noch nac. ihrer
Bedeutu ielleicht: n bin gesp lten,
halb e en, halb K.
. Ach n damit ni zurecht. ; ist
ein K Es bedeu getrennt, rotz-
dem e Ist diese Kunstwerk n mir
nicht l? Die nä te Seite ß
erst ehen - I bin ja s eu-
gierig.
Heute M ete Man ch vor alen.
Ich träu ßen in m seh guten
und vorne aurant n der ssen
verließen Restau nd gen in
der Stadt Späte n w wieder
hierher, on alle en schäfte
geschloss n. Wir übe den
Velour-Te Ein weib Por r
führte ur nem Flur ginge den
Flur ent d kamen i en grö en
Raum, wo schon and leute zu nen-
gefunde en. Wir se en uns a er
gepols Bank. Plö ich spiel in
Bekanr errückt, sah ein Qu sdrei-
eck u inen roter inkt vor sei Augen.
Ich er schlie n auch, gen ie
alle n diesem P Dann wurde (?)
uns durch dies mel befohlen inge
aufzusetzen. taten das, de wir
fürchteten . Außerdem setz wir auch
so eine Ar Handschuh aus ein m Geflecht
von Metall auf.

ɔ! cr
ar eit
eler che h
ng. V icł aı
rwachse ind;
ich kom cht Es
unstwerk. tet t
erkennbar. es k vo
bezaubernd ichs mu
scharf auss ch k o n
.
orgen rette a mic Qua
mte, wir ä eine r g
ehmen Rest . Nach n Es
wir das rant u gin
bummeln. r kame ir
weil scho andere Ges
en hatte gingen r
ppich. F licher tie
s zu ei . Wir n c
lang und in ein ßer
sich ere I samı
n hatt etzte uf de
terten otzl te e
ter v er s elles
nd ei Pu nen
selb Blic au w
e ir kaum. ...
s d e For , Ri
f Wir nn
uns. ter
t er
d

Nun wurden die ersten aufgerufen und aus dem Zimmer in die Folterkammern geführt. Sie kamen schon nach kurzer Zeit wieder. Ein Mädchen hatte kleine aufgestochene Beulen mit einem roten Fleck in der Mitte auf seiner Stirn. Sie sah aus, als käme sie aus einem Wespennest.
Als ich nun fürchtete und nicht wußte, wie ich hier aus dem Schlamassel wieder rauskäme, klopfte es laut an der Tür, und ich erwachte.

Dienstag, 8. Oktober 1976
Ich hatte einen Traum. Wir, Meike, Andrea, Susanne, ich und noch ein paar Leute, die ich nicht kannte, gingen in einer hübschen Gegend am Rande eines Abhanges spazieren. Plötzlich rollte Meike aus einem unerfindlichen Grunde den Abhang hinunter und blieb unten liegen. Wir liefen zu ihr hinunter. Sie blieb leblos liegen. Jemand sagt: Mund-zu-Mund-Beatmung wird ihr helfen. Jemand anderes meinte: die tut ja nur so. An den Rest und einige Dinge, die zwischendurch geschahen, erinnere ich mich nicht mehr.
In der letzten Zeit hatte ich häufig solche merkwürdigen Träume. Ich kann mir nicht zusammenreimen, woher das kommt. Vor einigen Wochen träumte ich:
Wir saßen auf einem Gerüst (wohl ein Baugerüst), das hier in diesem Wohnzimmer nahe der Eingangstür stand. Wir hörten laute Musik und unterhielten uns. Plötzlich wurde ich von Beate, eine Tunte (bis

Trampeltier), aufgefordert. Sie wollte unbedingt mit mir Ringelreihen tanzen. Schließlich tanzten wir auch munter durch die Wohnstube, deren Fenster noch mit schmutzigen, undurchsichtigen Planen verschlossen waren. Etwas später am selben Abend schenkte ich einem Jungen aus meiner Klasse eine bauchige Vase, die lauter Punkte hatte, wie Warzen. Er kritisierte diese scharf und fand sie nicht besonders gelungen. Auch hiervon habe ich den Rest im Moment vergessen.
Gestern machten wir einen ganznachmittaglichen Stadtbummel. Andrea brauchte mich als Berater für die Auswahl ihrer neuen Garderobe. Im Fahrstuhl vom Kaufhaus biß Maxy in die Plastiktüte einer Frau. Maxy ist doch ihr Pudel. Die Frau drehte sich zu uns um, bemerkte aber unseren Pudel an ihrer Tasche nicht. Sie muß wohl Wurst darin transportiert haben. Dieser Fahrstuhl hat es eben in sich. Vor mehreren Jahren machten Winny und ich einen Stadtbummel, und in eben diesem Fahrstuhl blieben wir stecken. Er war nur nicht so voll gewesen wie gestern. Nur zwei Männer mit grauen Hüten, eine Frau mit zwei kleinen Kindern und ein älteres Ehepaar steckten außer Winny und mir im Fahrstuhl. Es war genug Platz da, um sich auf den Boden setzen zu können. Zwei volle Tage brauchten die Mechaniker, um den Fahrstuhl wieder betriebsfertig zu bekommen. Durch einen kleinen Spalt kam Luft, man schob uns

Kissen hindurch, Essen, Trinken, und Licht schien auch herein.
Winny und ich machten es uns in einer Ecke auf dem Fußboden mit ein paar Kissen gemütlich. An dieser Stelle überlegte ich immer, wie ich Winny in einem halbvollen Fahrstuhl verführen könnte, ohne dabei gestört zu werden. Einmal hatte ich mir überlegt, ich könnte erzählen, es sei unsere Hochzeitsnacht, die wir unter absolut keinen Umständen verschieben wollten. Aber ganz so gut wie ich gehofft hatte war die Idee nicht.
Winny hing aber zu der Zeit tatsächlich im Kaufhaus. Hinter den Ständern mit den T-Shirts in einer Reihe mit vielen anderen Superstars. Nur sein Gesicht, und das war schon alleine fast genau so groß wie ich es ganz und gar bin. Damals war ich aber auch noch 3 cm kleiner.

Mittwoch, 9. Oktober 1976
Daß ich mit rosa schreibe hat nichts zu bedeuten. Ich möchte nur einmal sehen, wie ein paar rosa beschriebene Seiten in einem Tagebuch aussehen. Ich hab' mir in der Stadt natürlich mal wieder nichts gekauft (muß doch mein altes Kleid anziehen auf Omas Geburtstag), weil ich alles so doof fand, dafür allerhand erlebt!
1. Als Meike und ich am großen Weg vorbeigingen, stürzte etwas Riesiges, massig Weißes dicht über meinem Kopf, etwa drei Meter vor meinen Füßen auf den Gehweg.

"Platsch", noch ein zweites Vieh streifte fast meinen Kopf und klatschte auf die Fliesen. Ich bin vielleicht zusammengezuckt. Zwei große, ausgewachsene, fette Schwäne rafften sich auf platschenden Füßen mit wackelndem Hinterteil über den Zebrastreifen. Die Autos hupten wie wild und fuhren auf die Schwäne zu. - Das war das mit den zwei geblendeten Zentnerviechern über unseren Köpfen.
2. Bombenalarm im Kaufhaus.
Leider bin ich viel zu faul zum Erzählen, meine Füße tun nämlich weh. Es ist auch nichts explodiert, es war nur blinder Alarm.

Donnerstag, 10. Oktober 1976
Schon wieder weg gewesen. Den halben Tag mit einer Tageskarte. Alles nur wegen der plötzlichen Eingebung, Winny könnte sich verlaufen haben, und aus so oder so vorhandener Langeweile und um mir doch noch ein Kleid zu kaufen. Winny ist doch jetzt hier. Nur 2 oder drei Tage, glaube ich. Ich darf nicht hin zu seinem Auftritt heute abend, Susanne aber auch nicht. Darum hoffte ich vorsichtshalber, Winny P. habe sich beim Bummeln durch die nähere Umgebung seines Hotels verlaufen und würde mich nach dem Weg fragen. In der U-Bahn hätte ich ihn auch beinahe getroffen. Allerdings nur von hinten. Der Typ sah nämlich von hinten harrgenau so aus wie auch Winny von hinten schätzungsweise aus-

sehen dürfte.
Leider drehte er sich um.
Ich bin nicht mehr in Winny verknallt, und ich ärgere mich krank darüber, daß ich es nicht mehr bin. Es hatte mir nämlich gefallen, es zu sein, und hatte mich sogar etwas stolz gemacht. Wahrscheinlich kann man aber in Menschen, die man nicht einmal von hinten erkennen würde, überhaupt nicht wirklich verknallt sein. Weil Winny aber nirgends von hinten, immer nur von vorn oder von der Seite abgebildet wird, ist es für mich zu anstrengend mit der Verknallerei.

19. Oktober 1976
Ganz spät in der Nacht. Der Wind heult unheimlich am Fenster. Es hört sich an wie das Wimmern eines alten Menschen.
Und ich, ich sitze hier unter dem kuschligen Federbett. Müßte ich dem armen Menschen nicht helfen und ihn in mein warmes Zimmer einlassen.
Ich verstehe gar nicht, wie lang 60 Jahre sind. Oma sagte, sie sei sehr stolz darauf, ihren Geburtstag mit 8 so schönen Enkelkindern feiern zu können. Michael, Ronald und ich schenkten ihr einen Bügelkorb, nicht zum Bügeln, mit Bügel, in dem der schönste, allergrößte Feldblumenstrauß aus Stroh steckte. Ronald verschwand vollkommen dahinter beim Überreichen.
Die Tanzerei zu der Musik, die sie spielten, ging mir mit der Zeit auf die Nerven, weil ich sie nicht beherrsche (die Tanz-

schritte). Tante Annas Trompetenärmel fegte erst durch die Vorsuppe, am Ende des Mahles zur Geschmacksabrundung durch die Schlagsahne.

Eben hat Hannchen sich nebenan geräuspert: "   " (das kann ich nicht schreiben). Sie bleibt noch bis morgen, ihr Weg nach Hause ist zu weit. Vor Weihnachten will sie noch mal bei uns für die Festtage vorbeikommen. Sie ist ja ganz nett, aber sie belegt mir das Zimmer.

Freitag, 25.10.1976

F r a g e b o g e n

Sind Sie ein zufriedener Mensch?	ja nein
Könnte Ihr Leben besser sein?	ja nein
Wie alt möchten Sie werden?	höchstens mindestens
Haben Sie große Probleme mit dem Aussehen?	ja nein
Haben Sie eine gute Haltung?	ja nein
So ein Blödsinn!	Wie wertet man diesen Bogen (von mir) jetzt aus?

Sonntag, 3. Nov. 1976, 23.27 Uhr

Ich bin gerade zurück aus der Fernsehhölle. Eben gab es einen gräßlichen Horror-Film. Von der Macht des Bösen. Eine jung verheiratete Frau empfängt vom Teufel ein Baby.

Sie leidet unter furchtbaren Schmerzen, auch die Medikamente, die sie von Ärzten bekommt, nützen nichts.
Unheimliche Nachbarn bieten ihre Hilfe an.
Nun mache ich es genauso, wie sie es immer in der Fernsehzeitschrift machen:
....

22. Nov. 1976, Freitag
Mein Schulweg wurde heute morgen vom Silbermond mit ein paar zarten Sternen und der aufgehenden morgenroten Sonne beschienen.
Es war kalt, ich ging auf Rauhreif.
Ein paar Stiefel hab' ich neu. Sie sind himmelblau mit Kreppsohle und mollig gefüttert. 104,- DM haben die Stiefel gekostet. Wehe, wenn die sich nichts gefallen lassen.
Du merkst sicher schon an meiner Schrift und an meinen Worten, daß ich sehr unruhig und nervös bin. Ich hab' keine Ahnung, woher das kommen mag. Ein bißchen Angst hab' ich.
Joghurt-Konsum nicht unterbrechen, Marie.
Ich glaube es hilft.

5. Dez. 1976
Gestern, vorm Nachmittagsunterricht, ich hab' mich leider etwas verspätet, hat Andrea die "Sweet" in einem sechssitzigen Mercedes in Richtung Filmstudio fahren sehen. Ein schwarzer war es. Das mußte sie mir ja gleich ganz interessant erzählen. Erstmal fragte sie alle möglichen

Leute aus unserer Klasse, die wir beim Nachmittagsunterricht trafen, ob sie Sweetfan wären.
Helga und Stubsi sind nach dem Nachmittagsunterricht zum Studio gefahren und auch reingekommen. Dort sahen sie die Gruppe. Und schließlich haben sie jede drei Küßchen von einem der Süßen bekommen. Heute morgen in der Schule waren sie ganz happy. Sie können es noch gar nicht fassen.
Mir fällt gerade eine kleine Geschichte ein. Als ich noch ein Winzling war, konnte ich auf der Toilette noch nicht so recht mit dem Toilettenpapier zurechtkommen und mir damit den Hintern abwischen. Mama mußte mir helfen. Wir hatten die Wohnung voller Besuch. Oma und Opa waren da, Stengels auch noch. Ich mußte dringend mal wohin, doch Mama unterhielt sich mit meinen Großeltern. Sie wollte nicht mitkommen. Schließlich ging ich alleine zur Toilette, denn ich konnte es nicht mehr aushalten. Nachdem ich fertig war, rief ich laut nach Mama, doch Mama kam nicht. Kurz entschlossen riß ich Papier von der Rolle ab und ging zu Mama in die Stube. Wenn sie nicht zu mir kam, mußte ich zu ihr. Als ich ohne Höschen, mit dem Toilettenpapier in der Stubentür stand, mußten natürlich alle Anwesenden über mich lachen. Ich fand es gar nicht komisch. Mama schickte mich zurück zum Klo, ohne geholfen zu haben. Dann machte

ich mich ärgerlich eben alleine sauber. Von da ab mußte ich es immer alleine können. Das ist so lange her, daß ich mich noch daran erinnere. Auf meine Andeutungen reagierte keiner der damals Anwesenden. Heute passiert mir sowas bestimmt nicht mehr so leicht.

12. Dez. 1976, Donnerstag, 22.20 Uhr
Viel Arbeit, wenig Zeit. Morgen Physikarbeit, und Geschichte wird abgefragt. Heute Politikarbeit. Gestern Englischarbeit. Klassenfete ist auf Januar verschoben (wegen dem Deutschaufsatz). Biologie: Herr Wellmann hatte mir eine "2+" in Heftführung gegeben; jetzt ist "2/3" draus geworden, weil Meike gezeigt hat, daß einiges in meinem Heft fehlt. Finde ich nicht richtig von ihr, meiner besten Freundin, wie sie selber immer sagt. Ohne Meikes Gerechtigkeitsfimmel hätte er es völlig übersehen. Es wäre meine erste 2 mit einem + gewesen.
Andrea, Kalle, Sabine, Susanne und ich wollen uns nach den Feiertagen zum Schlittenfahren treffen. Kalle ist ein halbes Jahr älter als ich. Er trägt abwechselnd immer nur einen dunkelblauen Rollkragenpullover und einen mittelblauen mit einem roten Streifen auf der Brust. Einmal trug er einen gelben, der steht ihm aber nicht so gut. Sonst fallen an ihm noch seine braunen Ski-Handschuhe auf, weil er sie immer über die Tische ditscht. Kalle ge-

fällt mir ansich ganz gut, und 'ne Freundin hat er auch noch nicht. Hoffentlich bekommt er zu Weihnachten mal einen neuen Pullover. Zum Schlittenfahren will er noch seinen um ein Jahr jüngeren Freund von einer anderen Schule mitbringen.

23. Dez. 1976, Montag, 23.20 Uhr
"2 Mal werden wir noch wach, heißa dann ist Weihnachtstag!" Gestern haben wir bei Oma schon ein großes Adventsfest gefeiert. Trotz des riesengroßen kunterbunten Tannenbaumes war mir gar nicht richtig weihnachtlich zumute. Der Schnee fehlte, und außerdem stimmt das Datum nicht. Ich habe einen Anorak und weiße Schlittschuhe bekommen.
Hoffentlich friert es bald. Die letzten Winter waren ein Reinfall in dieser Hinsicht. Es war viel zu warm.   d k o
Oma hat ein Brillenetui h j   m t.
bekommen.   o   ema   m
n

Dienstag, 29. Dez. 1976, 10.40 Uhr
Papa hat mich gestern abend beim Kritzeln gestört. Er hat mir gute Nacht gesagt. Dich hab' ich unter meine Decke gesteckt.
Jetzt will ich erzählen, was ich zu Weihnachten an wen verschenkte (und was es gekostet hat).

Oma Lemink---	feuerrotes, gutsichtbares Brillenetui mit einem Putztuch dabei	16,50

Oma u. Opa===	rosa u. brauner Tischläufer, ca. 1,20 m lang	24,--
Mama u. Papa=	Eine rosane Kristallvase mit Schleifmuster	29,--
Michael ====	einen ledernen Behälter für Zigaretten	15,--
Ronald ====	ein grünes Loch-T-Shirt mit der Aufschrift Ah, Oh, Bäh usw.	12,--
Tante Hannchen=	eine echte Wachskerze auf einem Messingkerzenhalter	16,50

		DM 113,20

--- Dieser Strich bedeutet: hat schon vorher bekommen
=== Der Pfeil bedeutet: bekam Heiligabend

Weihnachten, das Fest, an dem ich die vielen kleinen gegen die großen Geschenke eintausche. Soviel Geld wie dieses Jahr habe ich noch nie ausgegeben, es war nichts Billigeres zu finden. Meike sagt auch, sie ist völlig pleite.
Wie kann man nur so unordentlich schreiben wie ich.
Ronald und Annegret sitzen hier bei mir im Zimmer, dicht vor der Heizung. Möchtest Du meine Lidschatten kennenlernen?

Wie gefällt Dir mein Lidschatten?
Heute nachmittag hat Hannchen sich darüber beschwert, daß wir uns zu wenig um sie kümmern. Oma meckert morgens so viel und läuft gleich wieder weg, und die Nichte und die Neffen lassen sich überhaupt nicht blicken. Den ganzen Tag sitze ich zu Hause alleine in meiner Wohnung. Ich kann nicht lesen, mich nicht bewegen, nicht dies......
Ich bin so einsam, und fremde Leute sind ja viel besser.
Ich muß zugeben, in der letzten Zeit kümmere ich mich wirklich sehr wenig um sie, ich besuche sie fast nie, dabei ist es für mich lange nicht so schwer zu ihr zu kommen wie umgekehrt, sie zu uns (jetzt da sie für die Feiertage bei uns zu Besuch ist, sogar hier schläft, ist es auch nicht viel anders). Ich meine, Hannchen hat es wirklich schwer, trotzdem braucht sie ja aber nicht alles so verbittert zu sehen. Sie jammert sehr viel, aber nur ganz leise vor sich her. Man hört es aber trotzdem immer. Es scheint mir fast, als bemitleidet sie sich selbst. Aber sowas ähnliches finde ich auch schon bei mir. Manchmal hab' ich es richtig gern, falsch beschuldigt zu werden. Entschuldigungen nehme ich gerne, leider mit einem unbehaglichen Nebengefühl, entgegen. Gern und unbehaglich. Ich hab' es schon manchmal richtig hingedreht, daß es so gekommen ist.
Um wieder auf Tante Hannchen zurückzukommen: Bisher verstand ich mich immer gut

mit ihr, daß es in letzter Zeit nicht mehr so ist, liegt auch an mir. Das weiß ich. Aber ich kann auch nichts dafür. Ich hab' schon genug mit der Schule zu tun; und die Zeit, die übrig bleibt, möchte ich nicht im Sessel sitzen und mir erzählen lassen: früher war das ganz anders, ich kenne sowas nicht, das gab es bei uns nicht. In der letzten Zeit wird Hannchen beinahe schon schrullig oder was man dazu sagt. Sie wird eben komisch, man kommt nicht mehr so gut mit ihr zurecht.
Ich stehe auf Kriegsfuß mit ? (das kann ich gar nicht so genau sagen). Übrigens, ich bin sehr froh. Winny finde ich in Wirklichkeit nur so schön sexy, und ganz ausschließlich sexy.

2. Jan. 1977
Nach 23.00 Uhr, vielleicht schon ein anderer Tag
Ich sitze hier in meinem neuen rosa Morgenrock, den ich zu Weihnachten bekommen habe, an der lauwarmen Heizung. Es weht durch das Fenster, die Gardinen bewegen sich. Ich spüre die Kälte, die der Wind durch die Ritzen des Fensters in dieses Zimmer preßt, auf der Haut meines rechten Armes. Dies ist die gefrorene Handschrift. Der Sturm heult, und ich kann die Schneeflocken, im Licht der Laternen tanzend, beobachten. Eisige Kälte draußen, hier drinnen mollige Wärme. Ein angenehmes Gefühl. Langsam bedeckt sich das Land mit Schnee.

Er verdeckt allen Schmutz und alles Häßliche. Er verschönert selbst Müllhalden. Es wird doch noch Winter.
Bis vor kurzem haben wir im Wohnzimmer romantischer Musik gelauscht und dabei geplaudert. Tante Anna hat fantasiert: passend zur Musik trug ich ein weißes Kleid und tanzte elegant durch einen Spiegelsaal. Ronald trug einen schwarzen Samtanzug, ein weißes Hemd und eine Fliege; oder ich saß stumm am Klavier und blickte verliebt dem Spieler zu; oder tanzte mit Michael wie eine Zigeunerin im roten Schein eines knisternden Lagerfeuers.
So. Nun will ich schlafen. Vielleicht kann man morgen schon Schlittschuh laufen, wenigstens aber rodeln. Gute Nacht

3. Januar 1977, 23.15 Uhr
Die Sonnenbergs, gute Nachbarn von Tante Hanna, sind bei uns in der Nähe gewesen, uns ein gutes neues Jahr zu wünschen. Tante Hanna, die ist nämlich immer noch hier, bat sie bei der Gelegenheit gleich mal, in ihre Wohnung zu schauen, um zu sehen, ob alles in Ordnung ist.
Eben riefen sie an. Der Sturm hatte Hannchens ohnehin schon wackelige Verandafensterscheiben eingedrückt und den Schnee hereingetrieben. Herr Sonnenberg und Herr Weise haben alles wieder in Ordnung gebracht. Provisorisch natürlich -
Hannchen ist ganz unglücklich deswegen. Sie hat Angst, ihre Sachen könnten kaputt-

gehen von der Nässe. Vorhin sagte sie zu mir, sie würde sich deswegen am liebsten ihr Leben nehmen. Sie ärgert sich auch sehr, viel zu sehr. Sie ärgert sich traurig. Sie jammert auch fürchterlich, denn schon letztes Jahr hätte sie eine neue Wohnung bekommen können. Die war nur zu klein für all ihre Sachen gewesen. Nun gehen sie doch alle vom Schnee in ihrer Wohnung kaputt.
Das Fernsehprogramm wurde häufig unterbrochen, um wichtige Durchsagen bezüglich Sturmflutgefahr zu geben.
Mama und Oma versuchten, Tante Hanna zu trösten. Tante Hanna ist jetzt nicht mehr zu halten. Sie will unbedingt nach Hause. Sie meint, sie müsse wenigstens die noch zu rettenden Sachen retten. In einer Stunde werden wir Hannchen nach Hause bringen und ihr beim Saubermachen helfen. Ich höre gerade: Oma verspricht Tante Hanna, sie würde mit ihr gemeinsam nach einer Wohnung suchen, in die es nicht mehr hineinregnet. Ich versteh' gar nicht, warum Tante Hanna nun auch noch fast anfängt zu heulen. Es wird doch alles wieder gut werden. Ihre Erinnerungen hängen zwar an den Sachen, doch kann man nun doch nichts mehr machen.

9. Januar 1977, Sonntag, 23.15 Uhr
Noch 7 Stunden, dann bin ich 15. Ich werde es gar nicht spüren, sondern einfach darüber hinwegschlafen. Anders als vor nun

noch nicht ganz 15 Jahren, als ich geboren wurde.

Bis nachher.

10. Januar 1977, Montag

Meine 15te Geburtstagsparty war zwar nicht schlecht, aber auch nicht doll. Erst tranken wir Kaffee, dann haben wir abwechselnd gequatscht und ein bißchen rumgetanzt und gefressen. Nach dem Abendessen ging die Fresserei, als wir alle satt waren, erst richtig los. Daher auch meine Magenschmerzen. Rosy hat nicht angerufen.
Meike hat von ihrem Tagebuch erzählt und was sie da alles hineingeschrieben hätte. Irgendwie kamen wir dann auf diesen Tagebuchtausch. Wir wollen unsere Tagebücher untereinander austauschen. Da bin ich mal sehr neugierig. Ab heute führe ich Dich noch in einer zweiten Auflage. In der werde ich auch alle Fehler korrigieren.
Weiter was war nicht. Dafür hatten Marianne und ich vorgestern alleine mehr Spaß. Wir schrieben dem "schönen" Olaf einen total geschwülstigen Schmalzbrief. So sehr geschwülstigt, daß es uns schon bald ekelte. Von einer Milliarde Leidender, von Sehnsucht dahinschmelzender, leidenschaftlich bebender Herzen usw. Zum Schluß legten wir eine Rasierklinge bei, alles im Namen Monikas (er scheint sie tatsächlich zu mögen), für den gemeinsamen Liebestod zur selben Stunde an zwei verschiedenen Orten. Schade, wir hatten kein Blaupapier für eine Durch-

schrift. Es sind 2 1/2 große Seiten geworden, zuviel zum Abschreiben. Nur, als wir ihn eingesteckt hatten, kriegten wir's auf einmal mit der Angst. Womöglich glaubt der Dösbattel das Unsinnszeug und bringt sich echt um. Darum kauften wir bei der Post schnell noch eine frankierte Postkarte, auf die wir schrieben: "Vergiß die Herzensklinge der Monika. Sie ist Betrug. Unglücklicher, bring Dich nicht um, rasier die Fusseln. Dein innigster Lebensretter." Diese Karte wird er wohl zuerst lesen. Danach fiel Marianne und mir nichts Neues mehr ein. Wir erfanden nur schnell noch einen neuen Tanz, bei dem man seinen Partner mit dem großen Onkel an Ohrläppchen ticken muß. Dieser Tanz ist nur barfuß auf mollig warmen Teppichen tanzbar oder im Sommer im heißen Sand.

14. Jan. 1977, Freitag
Neulichst träumte ich von ca. drei Leichen (schon ziemlich verwest mit fauligen, offenen Bäuchen), die nahe einem alten Zaun oder einer Hecke lagen. Ein Park mit einigen dunkelgrünen Bäumen war jedenfalls in der Nähe. Mama und Papa, Michael, Ronald und noch andere Bekannte, an welche ich mich nicht mehr erinnere, gingen hinter mir. Auch Oma. Ich führte sie alle. Zum Schluß sagte ich etwas änliches wie: ich hätte nie gedacht, daß es so viele Morde hintereinander gäbe. Wir alle kannten die fauligen Leichen, es waren einmal welche

von uns gewesen.
In der Buchhandlung nahm ich mir ein Traumdeutungsbuch heraus. Darin stand, es würde einem Glück bringen, wenn man von Leichen träumt.
Da ist meine Bitte möglicherweise überflüssig. Bitte drücke mir die Daumen für die Physikarbeit Montag.

Einmal, vor etwas Zeit.
Meike, Petra und ich hatten uns verabredet, um bei Petra zu übernachten. Unterwegs sprachen wir von einem Vorbeigucken bei Rullarusula und von einem Film mit Marilyn Monroe, den wir unbedingt und unter allen Umständen sehen wollten. Wir sahen ihn.
Als wir bei Rullarusula klingelten, öffnete uns ein verheultes Gesicht. Ullas Mutter. Sie sagte: "Wißt ihr es schon?"Was?"Ulla ist tot." Ich dachte, die spinnt.
Meike sagte etwas Tröstendes zur Mutter. Dann schlichen wir schnell davon. Abends haben wir drei uns dann den Film mit Marilyn Monroe angesehen. Die Beerdigung war schrecklich. Es war überhaupt schrecklich.

Sonntag, 16. Jan. 1977, 13.36 Uhr
Draußen ist es eiskalt. Schön. Die Luft klirrt von der Kälte. Ich soll Michael von Monika ein Päckchen Senf übergeben.
Bewegung, los Marie.

23. Jan. 1977 (ca. 22.14 Uhr)
Heute morgen hatte ich einen recht merkwürdigen Traum. Mir träumte, eine unidentifizierbare Rockgruppe gäbe in unserer Schule im Musikraum ein Konzert. Nur meine Klasse erschien. Fast alle hatten sich sehr verändert. In dem Boß der Rockgruppe erkannte ich den fiesen, hinterhältigen Manager aus dem Film von neulich wieder. Neben mir saß Elfi, ein recht attraktives, wie man immer so sagt, Mädchen. Sie war in jemanden aus der Gruppe verknallt. Zwischendurch unterhielt ich mich mit dem Sänger der Gruppe. Er drückte mir etwas Leichtes mit einem Hubraum, in dem ein Herz aus weißem Papier aufgehoben war, in meine Hände. Ich sah, wie es pochte, und hielt es so in meinen hohlen Händen, fühlte, wie es pochte. Dieses Ding sollte ich nun dem hinterhältigen Boß geben. Diesen Gegenstand hatte er aus einem grünen Brot genommen, vor dem wir längere Zeit gestanden und uns unterhalten hatten, sehr freundschaftlich. Ob ich dem hinterhältigen Boß nun diesen Gegenstand übergab, weiß ich einfach nicht mehr. Andrea und Meike kamen abwechselnd zu mir und erzählten mir, sie seien in Mitglieder der Gruppe verknallt, könnten aber nicht zusammenkommen. Zum Schluß konnte ich noch das Schmusen von Andrea hören und die spitzen Lacher von Meike. "Jeden Abend" nehme ich mir vor, am Morgen darauf zu achten, wie ich lag, als ich auf-

wachte. Es gelingt mir nicht. Nur abends und nach dem Aufstehen denke ich daran.

Donnerstag, 27. Jan. 1977

Speiseplan

Frühstück	: 1 Banane
Mittags	: 2 Apfelsinen, 1 trockene Scheibe Knäcke, 4 Kirschen
Kaffee	: ein kleines Stück Putenfleisch
Abends	: 2 Scheiben Brot mit Käse, 1 Joghurt

Ich muß mich mindestens zwei Tage auf die aufgeführten Mahlzeiten beschränken, denn ich habe 1 Kilo zugenommen. Wiege ich wieder soviel wie sonst, darf ich normal weiteressen. Außerdem bin ich auch so satt.

28. Jan. 1977

In der letzten Zeit hab' ich wenig für die Schule getan. Kaum gelernt, allerdings viel abgeschrieben. Trotzdem halte ich mich meist den ganzen Nachmittag bis zum Zubettgehen an den Hausaufgaben fest. Immer mal 5 Minuten, dann nehme ich mir wieder eine halb oder einstündige Ruhepause. Höre Musik, sehe Fern, höre Radio oder liege einfach so rum, manchmal telefonier ich auch. Und zum Einholen gehe ich ja auch noch.

Auf diese tue ich meine ganzen Tage über ansich gar nichts. Aber irgendwie fertig werden die Hausaufgaben immer, sonst gibt's Ärger.

Die letzten Nächte bin ich ein paarmal aufgewacht und hatte gerade Zeit genug, um auf die Uhr zu schauen, und bin dann sofort wieder eingeschlafen. So etwas ist mir sonst nie passiert.
Außerdem habe ich viele Träume behalten. Alle spielten sie zumindest teilweise in der Schule. Es waren keine Alpträume, im Gegenteil, sie waren sehr interessant. Bei einigen war höchstens eine ganz lahme Unheimlichkeit dabei.
Unter anderem träumte ich: im Unterricht stelle sich jemand hinter mich und küsse meinen Hals oder die Schulter. Meike spielte Vermittler und erzählte mir, Kalle wolle von mir wissen, ob ich mit ihm gehen wolle. An meine Antwort erinner ich mich nicht. Jedenfalls lud er mich später zu sich in die Wohnung seiner Eltern ein, als niemand zu Hause war. Wir aßen Abendbrot, unterhielten uns und spielten mit Barby-Puppen. Dann kamen seine Eltern nach Hause und ärgerten sich, weil wir die Puppe aus dem Schlafzimmer genommen hatten.
Die waren, glaube ich, ziemlich sauer auf mich. Nach diesem Traum muß ich mich direkt verdächtigen, in Kalle verknallt zu sein. Es ist an der Zeit, mal wieder für jemanden zu schwärmen. Winny P. scheint nun völlig verbraucht zu sein. Weil langes Hungern so anstrengend ist, nehme ich noch eine nackte Scheibe Schwarzbrot und 1 Stück Schokolade mit. Außerdem habe ich eine Apfelsine mehr gegessen als vorgesehen. Muß gleich los.

21.00 Uhr. Ich verstehe nicht, wieso ich immer noch keine Magenschmerzen habe.

12. Feb. 1977, Sonnabend (21.10)
Traum der Susanne Dingel: Ein Junge, soviel ich mitbekommen habe Kalle, zog sie in einer verschneiten Hütte aus. Susanne mußte feststellen, verliebt in Kalle zu sein. Ich frage mich, was hat der Mensch an sich.

12. März 1977
In der Englischarbeit habe ich eine "6". Verstehe ich gar nicht, eine "4" hätte ich mindestens schreiben müssen, so wie ich geübt habe. Das Pärchen Martina und Erwin ist gar nicht erst zustande gekommen. Vielleicht gibt's ein Pärchen Kalle u. Martina. Also nein! Wenn ich mir das Geschreibsel so durchblättere - das hört sich nicht nach mir an. So denke ich nicht. So schreibe ich nur hier. Naja, vielleicht denkt ja mein Unterbewußtsein so.
Aber irgendwie ist das alles doof.
Auf die Idee, ein Tagebuch zu führen, kam ich durch ein veröffentlichtes Tagebuch eines Mädchens in meinem Alter. Sie ist aber ganz jung gestorben. Dort hab' ich auch das "Du" geklaut. Meine Gedanken empfinde ich als kein "du", und erzählen tue ich sie niemandem. Ich schreibe sie so vor mich her.
Anfangs wunderte mich die Offenheit eines fremden Menschen zu mir sehr. So reden Menschen untereinander meistens nicht.

Aber dann fiel mir ein: es ist ja ihr Tagebuch.
Ich glaube, ich bin nicht einmal zu Dir, mein Tagebuch, oder was Du bist, ganz offen.

29. Mrz. 1977, Dienstag
Ich hatte einen zu meinen Halzschmerzen passenden Traum: Er spielte in der Schule. Ich wurde mehrere Male im Unterricht gefragt, konnte dem Lehrer aber keine Antwort geben, da meine Stimme versagte. Meike erklärte dem Lehrer, ich habe Halzschmerzen. Es war eine total blöde Situation, weil der Lehrer auch Meike schlecht verstand. Der Fußboden der Klasse war emporgewölbt.
Träume haben für mich etwas Geheimnisvolles. Meist sind sie so aufregend und interessant.

Freitag, 1. April 1977
HALLO! DARF ICH MICH VORSTELLEN: MEIN NAME IST ELKE! ICH FAND DIESES BUCH UND DACHTE SAGST DU AUCH MAL GUTEN TAG! ICH SCHMÖKERE GERNE IN FREMDEN TAGEBÜCHERN, DIE SIND IMMER SO ANDERS ALS MEINES! FIND ICH IRRSINNIG KOMISCH! DER BESITZER WIRD SICHER SEHR ERSTAUNT SEIN! NA? DANN TSCHÜß UND SCHÖNE GRÜßE.
HAST DU EIGENTLICH NOCH GAR NICHT DAS DATUM BEACHTET? TODAY IS THE FIRST APRIL! (20.54) Uhr.
Unser Tagebuchtausch: Ich hatte meines,

die bessere Auflage, die ich manchmal auch noch nebenbei schreibe, schon mit zu Andrea und Meike genommen. Jetzt haben sie scheinbar Schiß bekommen. Meike hatte ihres zwar dabei, tat dann aber sehr geheimnisvoll. Wäre ihr in der letzten Woche nicht noch etwas sehr Aufregendes passiert, was sie hier beschrieben hätte, dann, ja dann könnte sie uns einen Blick erlauben. Andrea hatte ganz einfach vergessen, ihres zu führen. Es standen nur zwei Sätze drin. Sehr langweilige auch noch: Du bist mein Tagebuch. Du wirst mir mehr Klarheit über alles Geschehne verschaffen. Darum durften sie in meines nur schauen, wenn sie es verkehrtherum hielten. Handschrift über Kopf lesen ist wahnsinnig schwierig.
Du hättest Dir Dein Leben als Tagebuch wohl auch etwas geistreicher und abwechslungsreicher vorgestellt. Ich mir meine Jugendzeit auch.

Sonnabend, 2. April 1977
Für alle Winny P.-Fans, die sich's abgewöhnen wollen. Kauft euch das neue Poster. Auf dem Riesenposter sieht Winny urhäßlich aus. So richtig angegammelt. Solche Typen "lieb" ich.
Bist du frühjahrsmüde? Ich bin frühjahrswach. Wenn die erste wärmende Sonne auf meine Haut scheint, fühle ich mich immer so richtig wohl.
Ich habe Dir nichts Aufregendes zu erzählen. Ich bin nicht verknallt. Habe mich

auch nicht gerade mit einem tollen Typen rumgeknutscht oder etwas gestohlen, und ich erwarte auch kein Kind von Supermann, obwohl meine Regel schon seit 3 Monaten überfällig ist. Liege auch nicht gerade besoffen in der Gosse. Mir hat niemand die Zähne eingeschlagen. Nicht einmal sitzenbleiben werde ich so unbedingt. Es ist nicht das Geringste los. Doch. Kalle ist um einen Zahn ärmer geworden. Aber nicht durch einen Schlag, Zahnarzt war's. Und er hat wirklich ganz schön was weggesoffen. Susanne und ich malten uns aus, was wir noch alles täten, wenn heute unser letzter Tag im Leben wäre.
Nun bin ich wieder die alte Urgroßmutter, die ihren Urenkeln erzählt, wie sie den Urgroßvater betrogen hat. Urgroßmutter dachte, als sie jung war, kurz vor ihrer Hochzeit: Wenn ich später mal ein Baby habe, werde ich es nach Winny taufen. Bis dahin wird Winny P. nicht mehr modern und gefragt sein, kein Mensch wird sich noch an ihn erinnern können; so auch mein Mann nicht, das Baby nicht und Winny P. so oder so nicht. Nun werden die Enkel fragen: "Warum heißt Opa nicht Winny?" Großmutter dachte: Was macht das arme Baby, wenn es groß ist, mit einem albernen Namen.
23.02 Uhr. Obwohl ich jetzt weiß, wie bekloppt Winny P. wahrscheinlich in Wirklichkeit aussieht, komme ich nicht von der Figur in meiner Fantasie los. Sie heißt zwar

so und hat auch dem Aussehen nach Ähnlichkeit mit dem echten Winny, ist aber doch nur eine Traumfigur, von mir erdacht, die einige Einzelheiten übernommen hat.
Solche Figuren sind äußerst praktisch. Sie sind zusammenklappbar und gut transportabel. Man kann sie überall mit hineinschmuggeln und bei Bedarf hervorkramen.
Sie sind viel netter als richtige Menschen. Sie sind sehr verständnisvoll und absolut unkompliziert. Sie verstehen alles ohne lange Erklärungen. Man hat mit ihnen auch nur ein einziges nebensächliches Problem. Das wäre: Sie sind nicht da, was in seltenen Fällen sogar von Vorteil ist. Wenn sie stören, denkt man sie weg. Etwas Dummes haben sie noch an sich. Ihnen fällt immer nur genau dasselbe ein wie einem selbst. Dazu muß ich noch sagen: meine Winny-Figur wird in letzter Zeit ziemlich schwach bis schwächlich und verkriecht sich mehr und mehr (von ganz alleine).

Schlaf gut

Mittwoch, 6. April 1977
(20.54 Uhr) Kannst Du Dir vorstellen, daß ein junger Mensch zu faul zum Leben sein kann? Ich war es gestern.
Ich habe Angst, nicht mit meinen Aufgaben fertig zu werden. Am liebsten möchte ich manchmal alles hinwerfen.

Dienstag, 10. Mai 1977
21.00 Uhr. Ich hab' keine Lust irgendetwas

zu tun, nicht einmal ins Bett zu gehen. Wie siehst Du meinen Zensurenstand? Meinst Du, mit dem Zeugnis finde ich eine Lehrstelle. Ich mache mir darum recht wenig Sorgen. Bis jetzt überlege ich noch immer, was ich werden soll. Ich hänge mit meinen Vorstellungen hier völlig in der Luft. Alle, Eltern, Großeltern, Brüder, Tanten und Onkels, Mitschüler und Freundinnen meinen, ich solle erst mal eine Ausbildung als etwas Kaufmännisches abschließen und dann weiter sehen. Ich hätte dann viele Möglichkeiten. Meine Lehrer raten mir auch dazu.

Ich glaube, ich hinke mit meiner Entwicklung etwas hinterher. Es gab eine Zeit, da wollte ich alles, nur niemals erwachsen werden. Ich wollte nicht wachsen, mich verändern; ich hatte Angst, mein veränderter Körper würde mir nicht mehr gefallen. Und ich dachte, nie wissen zu können, welche Kleidung ich tragen möchte. Mir gefielen die großen Mädchen und Frauen nicht. Ich stellte mir das Leben eines Erwachsenen perfekt vor, so perfekt wie ich nie sein könnte. Wenn man so klein ist, womöglich auch noch niedlich, kann man sich noch einige Mätzchen erlauben. Außerdem dachte ich, wenn ich selber ein Erwachsener sein würde, könnten mich die anderen Erwachsenen leichter durchschauen. Und Fisch würde ich auch noch essen müssen. Aber dann hat es mich doch gereizt.

15. Mai 1977 (21.53 Uhr)
Übrigens am Sonnabend habe ich von Mama einen Gürtel bekommen. Ich entdeckte ihn in einem Lederwarengeschäft in der Innenstadt. Trotzdem ist er aus Stoff. Am besten paßt er zu meiner hellblauen Jeans mit den Flicken auf dem Hintern.

1. Juni 1977 (23.04 Uhr)
Ich bin zwar sehr müde, aber mein Haar ist noch naß vom Waschen, denn morgen will ich ganz viele kleine Locken haben. Deshalb möchte ich Dir solange meinen Traum vom vergangenen Wochenende erzählen:
Ein buntes Fest auf einem weiten, sonnigen Rasenplatz. Die Teilnehmer waren alle in meinem Alter. Ich mußte zur Toilette. Eine Freundin, ich weiß nicht welche, begleitete mich auf dem Sandweg. Die Toilette befand sich in einer Art Fahrstuhl. Ich erledigte mein Geschäft, während meine Freundin die Knöpfe des Toilettenfahrstuhles bediente. Zuerst fuhren wir hinunter. Dann mußten wir höllisch aufpassen, um wieder im richtigen Stockwerk zu stoppen. Wir ängstigten uns, es ging aber alles glatt. Auf dem Wege zum sonnigen Platz trafen wir Silvia, ihren Schmuck suchend. Sie glaubte, ihn in einem der Toilettenfahrstühle verloren zu haben. Wir fuhren ein weiteres Mal, zitterten ein weiteres Mal und stoppten ein weiteres Mal im richtigen Stockwerk. Der Schmuck hatte sich wieder angefunden. Wir dachten uns übrigens im Traum, dieser Fahr-

stuhl sei aus rationellen Gründen eingeführt worden. Es sind zwei Fliegen mit einer Klappe geschlagen.

M.

15. Juni 1977, Mittwoch

21.53 Uhr. Vor ein paar Augenblicken hatte ich eine Sauwut auf Ronald. Er hat sich zum Mittagessen Spiegeleier selbst gebraten, weil er solche Lust auf Spiegeleier hatte, und dabei übermäßig viel Geschirr und Fußboden eingesaut. Heute abend behauptet er: "Das ist nicht von mir." Ich soll die Küche machen, abwaschen und so. Mama sagt, Ronald soll seinen Mist selber machen. Ronald geht zu Bett, und als ich ihn aus dem Bett ziehen und zwingen will, sein Geschirr abzuwaschen, sagt er: "Das geht dich nichts an. Es ist doch egal."

18. Juni 1977

Es ist wundervolles Wetter, trotzdem hocke ich hier drinnen. Meike versuchte vorhin, mich zu überreden, mit ins Freibad zu gehen. Aber da würde ich Bernd treffen. Du siehst, ich bin hiergeblieben. Mit Bernd wechselte ich noch nicht mehr als 4 bis 5 Worte in den vergangenen 6 Jahren. Er ist mir nur so, ohne Grund, unangenehm. Ich hab' mir vorgenommen, morgen pardon Dienstag zum Friseur zu gehen und mir eine neue Dauerwelle machen zu lassen. Die alte ist doch schon zu sehr herausgewachsen. In meinem Zimmer sieht es unmöglich aus.

Ich wollte aufräumen. Hausaufgaben sind auch noch nicht fertig.
Jetzt fängt die Fortsetzung vom Film an.
Vorhin besuchte ich Oma. Sie bat mich, mit ihr zusammen nach Hannchen zu fahren. Tante Hanna hätte es sehr schwer jetzt bei dieser Wärme. OK. Ich begleitete sie, so bekam ich auch mal Hannchens neue Wohnung zu sehen.

22. Juni 1977, Mittwoch
Alle nerven mich, ich solle mich mehr um meine Zukunft kümmern. Ich bin zu faul und desinteressiert. Dummerweise haben sie recht. Es geht eben allmählich mit mir bergab, ich komme in das Alter, die Haare gehen mir auch schon aus; begeisterungsfähig bin ich auch schon nicht mehr.
Etwas Angst macht mir mein stundenlanges Haareriesseln schon. Ich hab' gelesen, in einer Zeitschrift, in Amerika hätten einige Frauen ihre Abmagerungsdiät so sehr übertrieben, daß sie Mangelerscheinungen wie Glatzenbildung bekommen hätten. Meine Diät dauerte aber nur 2 Tage.

Donnerstag, 23. Juni 1977
Heutige Speisefolge: Gerade eben eine Tafel Schokolade

(Schokolade macht dick heißt es; nur Schokolade auch, Schokolade ohne alles andere?)

Ich weiß einfach nicht, wie ich die Schule

und das alles schaffen soll. Ich komme mir so hilflos und alleingelassen vor. Das Schlimmste ist, ich weiß nicht so recht, was ich lernen könnte. Mir ist auch nicht ganz wohl bei dem Gedanken an die Ausbildung. Ich habe noch immer nicht genügend Mut. Ich mach mir zu viele Gedanken um alles, sagte Mama gestern. Ich muß manchmal wohl ganz schön doof wirken.
Marianne ist wieder die große Wahrsagerin. Sie ist ja 1 1/2 Jahre älter als ich und kann soetwas schon fantastisch. Am Montag las sie mir aus der Hand. Auch ihren anderen Gästen auf ihrer Geburtstagsparty. Ich glaube nicht, daß sie etwas aus den Handlinien erkennen kann. Sie kennt uns ja alle ganz gut und weiß uns einzuschätzen. Mir sagte sie: du lebst zu wenig, und du bist noch unentschieden darüber, was du dir für deine nächste Zukunft wünschen möchtest. Du wirst bis ans Ende deiner Tage lebendig sterben. Du wirst einmal großes Glück finden, es wird nicht ewig dauern.
Unheimliche Neuigkeiten. Stimmen tut's das erste, leider. Sie hat es nur nicht aus meiner Hand, sondern aus meinen Worten.
Mein Fehler ist, mein größter Fehler ist meine Angst vor vor, vor vor, vor, -
Wovor hab' ich Angst? Davor, daß ich mein Leben nicht schaffe? Ich glaube fast ja.

Freitag, 29. Juli 1977, 4.03 Uhr
Gestern gab es Zeugnisse. In Deutsch hab' ich eine 3, Geschichte 4, Politik/Sozialkunde 4, Englisch 4, Mathematik 3, Biologie 3, Physik 4, Chemie 3, Bildende Kunst 3, Sport 3, Musik 3, bla bla
mit diesem Zeugnis soll ich mich bewerben. Minusse sieht man ja Gott sei dank nicht, Plusse leider auch nicht.
Fast in jeder Stunde mußten wir heute erzählen, was wir alles während unserer Ferien unternehmen wollen.
Ich glaube, die Ferien werden mir gut tun.

M L.

14. September 1977, Freitag, 17.29 Uhr
Na Du armes Schwein. Wie waren Deine Ferien in der Plastiktüte? Hast Du schön in Schweiß gebadet. Nicht einen läppischen Sonnenstrahl gönnte ich dir, und das in dieser Affenhitze. Du tust mir schon bald leid. Ich werde es sofort wieder gutmachen.
Genieße bitte Dein erquickendes Sonnenbad duchdringend und zügig. Bekomme eine gesunde vergilbte Farbe und benehme Dich herzerfrischend munter.

21. September 1977, Freitag, ca. 11.15 Uhr abends
Wir haben heute festgestellt, daß noch drei Jungs aus unserer Klasse denselben Tanzkurs belegen. Da kann sich Meike aber

freuen, vielleicht freundet sie sich auf diese Weise mehr mit Walter an. Sie mag ihn nämlich noch immer.
Mir soll es egal sein. Im Moment bin ich nicht fähig, mich zu verlieben. Ich bin nicht in Stimmung dazu.

7. Okt. 1977, Freitag, halb zehn abends
Ich habe solche Angst, im Sommer durch die Abschlußprüfung durchzusausen. Ich hab' Angst, daß ich das alles nicht schaffe. Ich drehe bald durch, wenn das nicht besser wird.
Zu allem Überfluß kommt mir auch noch gerade jetzt die Idee mit der Diät. Die ganze Woche ernährte ich mich ausschließlich von dem, was Mama mir morgens zur Schule mitgab. Mittags ist sie ja nicht da, so merken sie es nicht. Abends sag ich, ich hätte mittags so viel gegessen, sei zu überfüttert. Es hat mich schon ganz erheblich dünner gemacht.
Rat mal, was Du in Deiner Plastiktüte so alles verpaßt hast. Rat mal, wer zu Besuch war hier. Sogar knipsen konnte ich unseren Gast. Die vier Fotos kann ich Dir zum Beweis unter die Nase halten, wenn ich Dir vorher eine anklebe. Ich leide also nicht an Halluzinationen oder Wahnvorstellungen, wenn ich Dir mitteile: Winny war hier. Schau Dir nur meine Fotos an! Erkennst Du!u ihn wieder (ausgerufenes Fragezeichen)?
Also. Ich war den Spätnachmittag allein

zu Haus, und es lief gerade eine Fernsehshow auf dem Zweiten. Ich ließ mich mit meinem kaputten Rock auf dem Sofa nieder, um den Saum wieder festzunähen. Da machte sich Winny P. auf einmal in unserem Wohnzimmer breit, schaukelte gemütlich im Sessel hin und her und babbelte. Schöner ist er auch gerade nicht geworden. Dicker, zumindest ein wenig, aber es geht noch. Und er ist nichts Neues mehr für mich. Ich schätze, er hat ca. 5 Kg zugenommen (Augenmaß). Bei nächster Gelegenheit werde ich ihn fragen, ob ich richtig gekuckt habe. Ohne Flitter. Ich meine, ohne großen Flitter wirkt er auch nicht besser. So wie neulich hat er vorher noch nie ausgesehen. Und außerdem ist er mir leider etwas verwackelt, und einen leichten Grünstich hat er auch bekommen auf den Fotos...
Diese vier Fotografien von Winny P. lege ich nun in den Karton mit den Tickets, den Eintrittskarten, den Steinen, den Seifenstücken und den eingewickelten Zuckerwürfeln und den Pfeffer- und Salztüten und den gepreßten Blüten.

Sonntag, 23. Okt. 1977
Wo man hinkommt, wird man angestachelt, sich um seine Zukunft zu bemühen, weil ich nicht die geringsten vernünftigen Anstrengungen zeigen würde. Tatsächlich will ich mich nicht ewig dafür interessieren. Was soll ich denn machen? Regnen vielleicht?

Ich finde, ich sollte wenigstens einmal im Leben Gott werden.

Sonnabend, 12. November 1977
Wir haben noch eine Neue in die Klasse gekriegt.

17. Feb. 1978
Ein Grund, warum ich vorhin so sehr geweint habe, ist, daß ich mich allein und unverstanden fühle. Ich glaube noch immer nicht, daß es einen Menschen gibt, auch ich nicht, bzw. sowieso nicht, der mich voll und ganz versteht. Das ist auch unmöglich, denn ich mach es so, daß alles besser aussieht. Lügen ist es nicht, es ist verschönern. Oder wegstecken.

20. Feb. 1978, Montag, 21.11 Uhr
Mir scheint es manchmal, als wären Meckern, Nörgeln und Unzufriedenheit ein Lieblingssport.
Ein total vollgestopfter Mensch hat Dir geschrieben, der seines vollen Magens wegen nicht einschlafen kann.

Dienstag, 28. Feb. 1978, 22.03 Uhr
Ich Marie L., einmal geboren worden am 10. Januar 1962, schwöre mir feierlich, 7 heiligste Tage dieses Monats nichts zu essen, 3 Tage zu dürsten, 4 Tage niemanden anzukucken, 2 Wochen nicht auszugehen, 2 Jahre lang nicht zu träumen und niemals mehr Käsekuchen zu essen und nie-

mals mehr das, was ich vergessen habe, zu tun. Sollte ich diesen Schwur brechen, wird mich ein solches Elend durchkämmen, daß ich glaube, auf der Stelle tot umfallen zu müssen.
Dies ist der allerheiligste Schwur aller allerheiligsten, wehenden Luftwindlein, welcher mich allgegenwärtig bessern soll und in jedweder Hinsicht. Zur Bekräftigung halte ich die Luft solange an, bis mir schwarz wird vor Augen. mL. Ich schwöre, Du bist mein Ahnungsloser Zeuge

Montag, 6. März 1978
Mir träumte, Meike sei von Bankräubern, über die gestern abend im Fernsehen berichtet wurde, gefangengehalten. Sie war als einzigste Geisel der Räuber nachgeblieben. Alle anderen waren bereits freigelassen worden. Ich sah Meike auf dem Bildschirm in den Nachrichten. Sie trug ihre alte Frisur wie auf dem Foto von ihrer Geburtstagsfeier. Man drückte ihr eine Pistole an die Schläfe. Als ich sie nun da sah, hilfebedürftig, in Gefahr, vielleicht sogar in Lebensgefahr, konnte ich nur auf die nächsten Nachrichten warten, um sie zu fotografieren. Mit Fotoapparat gewappnet wartete ich auf die Sendung. Meike wurde von ihren Entführern in etwas hineingezerrt, ein Versteck; sie lebte also noch. Angst um sie hatte ich, doch dann trat in den Vordergrund zu versuchen, sie möglichst gut zu fotografie-

ren, gut ins Bild zu setzen, falls sie bei ihrem ersten Auftritt im Fernsehen hingerichtet würde. Als Andenken für sie. M_L.

Sonnabend, 20. Mai 1978 (Datum nachgetragen am 21. Mai 1978, weil ich eher keinen Kalender finden konnte) nach 23.00 Uhr.
Ich bin in Nachweihnachtsstimmung. Ich weiß nicht genau, welcher Tag heute ist, es scheint alllerdings auch ohne Kalender, daß die Zeit für diese Stimmung unpassend ist. Ich glaube mal wieder, es nicht aushalten zu können hier.
Ich glaube nicht, jemals eine Staubwolke finden zu können. Ich glaube nicht, jemals meine Erinnerung an Dich finden zu können. Ich glaube nicht an mein Vertrauen. Verlieben kann ich mich wohl auch nicht mehr.

30. Mai 1978, 22.48 Uhr
Ich habe mir vorgenommen, von diesem Augenblick an nicht mehr unglücklich sein zu wollen.

Sonntag, 11. Juni 1978 (23.06 Uhr)
Ich kann nicht leben. Ich werde nicht fertig mit mir. Ich bin unruhig und immer angespannt, und ich habe Angst. Es hört nie auf damit, nicht für eine viertel Sekunde. Ich will mich überhaupt nicht mehr freuen, ich weigere mich geradezu. Ich verliebe mich überhaupt nicht mehr, wün-

sche mir das aber in meinen Träumen.
Ich glaube nicht, jemals einen Menschen zu finden, dem ich mich wirklich anvertraue, was ich bisher noch nie tat, soweit ich mich erinnern kann.
Glücklicherweise dreht sich bei mir wenigstens einiges immer zurecht. Ich habe einen Platz, wo ich nach den letzten großen Ferien meine Ausbildung beginnen kann, gefunden. Du wirst lachen, aber ich weiß immer noch nicht genau, wie man den Beruf nun richtig echt fachmännisch nennt. Schon mit der fünften Bewerbung hatte ich Glück. Nachher schrieb ich auch noch eine, da bekomme ich noch die Antwort.

Sonntag, 25. Juni 1978
Das Schlimmste am Unkrautjäten sind die mindestens 8 Nummern zu großen Handschuhe und daß Pusteblumen ein Unkraut sind. Das Gute am Unkrautjäten sind die 6,50 DM.
Ortsänderung: Wohnzimmer. Ich schreibe jetzt in Gegenwart von Mama und Papa, Michael und Ronald.
Ronald feilt seine Nägel. Papa atmet tief durch. Mama hat ihre Schuhe von ihren Füßen fallen lassen. Michael schlägt Schaum im Bad. Man hört's. Ronald feilt noch immer. Jetzt geht sie in die Küche, Mama. Sie ist im Flur, jetzt ist sie hier. Sie hat einen dünnen Mantel angezogen und sich eben in den Sessel gesetzt. Ich gehe ins Bad und gugge, was Michael macht. Du kommst mit nachschauen.

Du bist nun ausgeruht von der Pause unter dem Frotteehandtuch, ein dunkel-gelbes, flauschiges, auf dem Wannenrand. Michael bat mich, ihm zu helfen. Er meinte, ich würde mich nicht trauen, ihn mit dem Rasiermesser zu schneiden, ganz im Gegensatz zu ihm selbst. Er ließ sich auf dem Wannenrand nieder, direkt neben Dir. Erst schabte ich ihm eine Gesichtshälfte ganz glatt. Ohne Bart siehst du viel besser aus, dachte ich gerade, als er in den Spiegel schaute und halt rief. Michi hatte seine tagelang mit sich herumgeschleppten geändert.
Wir zwei sind wieder in der Stube. Mama räuspert sich, kratzt sich am Kopf, trinkt und säubert nun mit der Zunge ihre Zähne. In einer 1/4 Stunde ist der Film zuende. Papa möchte den Schluß noch eben sehen, dann wollen sie spazierengehen. Ronald fummelt immer noch an seinen Nägeln herum. Ich sitze mit dem Rücken an der kalten Heizung auf dem Hocker für die Füße. Ich kann das Bild des Fernsehers nur schlecht sehen, es ist von hier aus zu schräg. Mama bohrt sich in der Nase. Sie sagt: "Woll'n wir das noch lange weiter kucken?" Papa: "Ist ja jetzt zuende." Beide stehen auf. Ronald steckt gerade den Zeigefinger seiner rechten Hand in den Mund. Er holt tief Luft und ändert seinen Sitz. Jetzt ist der Film wirklich zu Ende. "Wir schalten um nach Saarbrükken", Stimme der Fernsehansagerin. Irgendwas mit Dämmerungswasser. Ronald

rutscht auf den Knien zum Fernseher, schaltet auf's 2., 3. Eine Sendung über Erziehung oder etwas ähnliches soll das darstellen, glaube ich; geht gerade zu Ende. Michael grinst ein halbrasiertes Lächeln dahin. Ronald wackelt mit dem Fuß im Takt der Musik, die sie gerade in Sesamstraße spielen. Auf der Eiervase (eierförmigen) liegt eine dünne Staubschicht. Ronald wirft mit einem Apfelkern nach mir. Michael knistert mit Papier vom Schneckengetier, so nennt er seinen Knabberkram. Am Fenster piepst ein Vogel.

Montag, 26. Juni 1978
Michael sieht noch immer genauso aus, wie ich ihn gestern abend beschrieb. Er ist ein halbrasierter. Er sagt, das stünde ihm für die kommenden 7 Tage ausgezeichnet. Gestern abend weigerte er sich hartnäckig, noch einmal in den Spiegel zu schauen. Ansich fällt sein halber Bart kaum auf, es ist ein kleiner halber Bart.
Da fällt mir ein, Du wußtest noch gar nicht, daß er wieder hier ist. Mit Annegret ist er auseinander. Es scheint mir fast, sie hat ihn rausgeschmissen. Sehr genau beschrieb er es mir nicht. Für die nächsten Wochen plant er schon massig. Er hat sogar zu viele Pläne.
Tante Hannchen ist unglücklich. Wenn wir sie besuchen, glaubt sie, wir wollen sie loswerden, und fleht in unserer Gegenwart

häufig: "Lieber Gott, laß mich zu dir..." Oder sie bittet Mama um den Gnadenschuß. Wirklich, sie sagt immer, Mama oder Oma solle sie erschießen. Tante Hannchen möchte endlich wieder neben ihrem Mann liegen, auf dem Friedhof wo er ist. Ronald sagt ihr immer, sie solle sich zusammennehmen, und er sagt es ihr zu hart. Mit Hannchen ist auch wirklich nichts mehr anzufangen. Man kriegt sie nirgendwo mithingeschnackt, um ihr ein bißchen Abwechslung zu bieten. Sie ißt jeden Tag immer nur wieder die gleichen Sachen, da will sie auch keine Abwechslung. Sie sagt, sie hat den Tag genug zu tun mit Kochen. Da braucht sie nichts anderes mehr. Saubermachen muß sie ja auch noch. Sie sagt, nach dem Kartoffelschälen müsse sie immer erst ein halbes Stündchen ruhen, denn sie ist eine alte Frau. Dabei ißt sie höchstens 1 1/2 Kartoffeln. Zu den Kartoffeln ißt sie immer nur Knackwurst, sagt sie, sonst nichts. Senf auch nicht, nur Petersilie manchmal. Sie sagt, sie würde sowieso keinen Unterschied mehr schmecken. Einholen für sie tun die Nachbarn, die brauchen nicht einmal einen Einkaufszettel. Ihre Hände sind steif geworden, ein bißchen. An allem nörgelt sie herum. Sie wird zu einer Nörgeltante.
Michael war so, wie er momentan aussieht, wie auch sonst, mit. Komischerweise ist ihr das mit dem Bart sogar aufgefallen, aber sie sagte bloß: Noch so'n verrückter

Erbschleicher.
Oma war anfangs im Bus etwas irritiert und dachte daran, ein wenig Abstand von Michi zu halten. Nachher hat sie's ab und zu vergessen.

Abends. Vorkurzem lag unter meinem Platz in der Schule eine kleine orange Rose. Sie sah schon etwas schläfrig aus, hatte sicher die Nacht unter meinem Tisch verbracht. Ich glaub', sie war aber nicht für mich. Ausgerechnet an dem Tag hatte Meikes Joghurtbecher einen Sprung. Da warf ich sie gleich aus dem Fenster.

6. Oktober 1978, Freitag, halb zehn
Ich sitze in der Küche am Eßtisch. Mit einem Auge kann ich den halben Fernseher im Auge behalten. Mama und Papa sind ausgegangen. Ronald hat es sich in der Nähe der Barklappe bequem gemacht. Michael ist schon zu Bett.
"Ich bin des Kampfes müde. Unsere Häuptlinge sind tot .... es ist kalt und wir haben keine Decken. Unsere kleinen Kinder frieren sich zu Tode .... Mein Herz ist krank und traurig ..... Ich kämpfe niemals wieder, niemals." "Holen sie den Doktor" ....

7. Oktober 1978, Sonnabend, viertel nach 2
Der Spaziergang war schön. I was jumping like a Babycow. Der Teich in unserem Park ist unheimlich weit und blank. An Futter

für die Enten wollen wir das nächste Mal denken.
Papa fragte mich, ob ich später mal eine Familie haben möchte oder ob ich immer umhertrödeln wolle. Er meinte, ich solle endlich mal anfangen, etwas Richtiges. Sicher, sicher. Wenn ich was weiß und jemanden. Weißt Du, ich sollte mich nämlich wirklich mehr anstrengen jetzt während meiner Ausbildung.

<u>Blattgerippe</u>
Von mir zerstörtes, nein gerupftes Eichenblatt. So brutal kann ich sein.

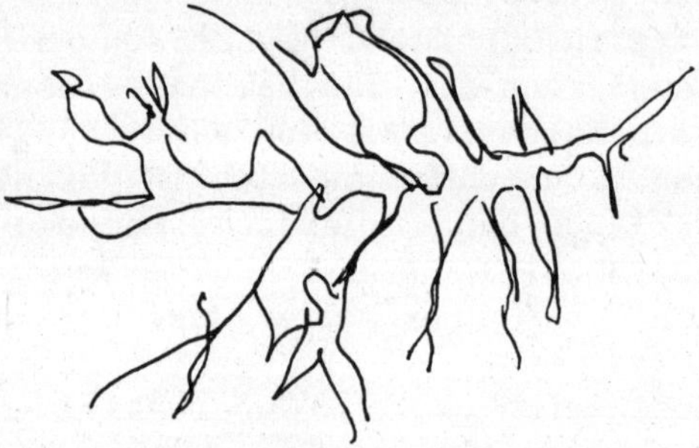

Das Buch ging nicht mehr zu. Deswegen ist nur noch das Gekritzel da.

2. Dezember 1978, Sonnabend, 11.06 Uhr
Meine Heimatstadt ist von einer schweren Sturmflut betroffen. Wir sitzen gemütlich in einem Restaurant am Hafen beisammen.

Ein schummriger Raum. Unsere gemütliche Runde wird gestört durch eine lehmige, schmierige Masse, die durch Türen und Fenster quillt, im Raum steigt und uns langsam bedeckt. Der weiche Erdmatsch umschließt unsere Körper, er schmiegt sich an.

Ich erwache zu Hause im Bett. Gott sei Dank, unser Haus war nicht zerstört von den Überschwemmungen. Wie wir nach Haus gekommen sind, daran erinnere ich mich nicht. Ich weiß aber von meinem ca. einwöchigen Schlaf. Während ich noch im Bett liege, fällt mein Blick auf meinen Plattenspieler. Er ist ganz verbogen. Mama erklärt mir, Tante Renate habe auf den Plattenspieler geschossen, seitdem sehe er so aus.

Als ich aufgestanden bin, beobachten wir alle gemeinsam das Unwetter durch ein geschlossenes Fenster. Wir beobachten ein hohes Fenster in dem Haus unserer Nachbarn gegenüber. Der Sturm hat es beschädigt. Ein Loch ist unterhalb des Fensterrahmens. Jemand ist undeutlich hinter der Glasscheibe zu erkennen, denn es ist dunkel in dem Raum. Es scheint eine Frau zu sein, es sind die Umrisse einer Frau. Nein. Der Mann tritt näher ans Fenster. Er hat das Loch ebenfalls bemerkt. Er steckt seine Hand hindurch, so daß seine Finger naß werden, denn draußen im Sturm ist der Regen. Er streckt seinen Arm

immer weiter aus, so weit, bis seine Hand an unser Fenster reicht. Seine Hand ähnelt Hannchens knöchriger Hand, ihrer rechten mit ihrem Trauring und dem lockeren von ihrem Mann dahinter. Aber dieser Mann ist Herr Beer, der alte Fotograf, der dieses Jahr verstorben ist. Doch in meinem Traum ist er der Witwer. Nicht er, sondern tatsächlich ist seine Frau gestorben.
Nun beobachte ich alleine ein junges Mädchen, welches das Haus des Herrn Beer betritt. Das junge Mädchen ist bis auf die Haut durchnäßt, und sein triefendes zerflettertes Kleid verzerrt der Sturm. Der Sturm hat es zerrissen. Herr Beer bietet dem Mädchen an, ins Schlafzimmer seiner verstorbenen Frau zu gehen und sich dort ein Kleid aus ihrem Kleiderschrank herauszusuchen. Sie geht und schließt die Tür hinter sich. Sie öffnet den breiten, altmodischen Kleiderschrank. Darin hängen prächtige Roben aus der Zeit des Barock, Rokoko, Empire; Nacktmode, Chemise und Reifröcke. Roben aus den kostbarsten Stoffen, mit schimmernden Pelzen verbrämt, von funkelnden Goldfäden durchwirkt, verziert mit zarten Spitzen und schwarzen und weißen Perlen. Alle Bügel der Roben sind verziert mit kleinen Knäulen aus Socken. Sie sind auf den Henkel gespießt. Das junge Mädchen weiß, daß es das Vertrauen des Herrn Beer mißbraucht, wenn es diese Knäuel aufrollt. Sie nimmt einen leeren Bügel in die Hand und streift ein solches vom Hen-

kel, um es dann zu öffnen. Ein kleiner, bizarrer Talisman verbarg sich darin. Dieses Ding beweist dem  Mädchen, der Mann, in dessen Wohnung sie sich befindet, hat seine Frau betrogen. Er hatte eine Geliebte. Ich bin nicht in dem Raum, in welchem sich das Mädchen befindet, gebe ihr aber trotzdem als eine von ferne in sie dringende innere Stimme den Rat, aus der Socke wieder ein Knäul zu formen und den Talisman in einer noch unversehrten Socke zu verbergen, da sie die auseinandergedrehte Socke zusammen mit dem Talisman niemals wieder zu einem solchen Knäul formen kann, wie es eines gewesen ist. Man würde entdecken, was sie getan hatte.

7. Dez. 1978, Freitag, Donnerstag
Gestern war Nikolaus. Mir brachte er einen Pytschy und einen Schokoladenweihnachtsmann. Ich stolperte fast darüber, als ich mich auf den Waschweg machte. Meine Augen waren noch verkleistert vom Schlaf.
Erst dachte ich, er könnte mir fast gefallen. Nun muß ich sagen: Er hat 'ne riesengroße Klatsche. Er scheint sich zu einem klotzigen Pinselschwein zu verwachsen. Gestern hat er unheimlich doofe Sachen losgelassen. Die hüpfen ihm nur so immer fort aus dem Hut. Und in seinen Schuhen hat er Schweißfüße.

22. Dez. 1978, Freitag, 6.43 Uhr

Bienen in den Ohren

Wir verbrachten das Wochenende in einem märchenhaften Wald. Ich erinnere mich aber nur noch an einen Ausflug, den wir mit der Autokutsche in einen kleineren Wald unternahmen. Auf dem Rückweg oder schon auf dem Hinweg erblickte ich durch die Autokutschenfenster am Rande der Straße eine Gruppe wunderschöner junger, kleiner Birken. Ihr Laub strahlte goldgelb, jedes ihrer Blätter war wie eine kleine, runde Sonnenscheibe. Der Autokutscher hielt nicht an, um mich einen Zweig pflücken zu lassen. Wir fuhren vorbei. Ich blickte dem Sonnengoldschein des Bäumchengrüppchens nur nach.
Die Autokutsche war irgendwo am Waldrand abgestellt, denn wir spazierten durch einen behaglichen Wald. Wer weiß wie, standen wir plötzlich vor einem alten, zerfallenen Holzhaus, eine windheulende Holzhütte. Michael war zu dieser Traumzeit kleiner und jünger als ich, und ich hatte mein heutiges Alter schon erreicht. Ich betrat die Hütte mit dem Gefolge leichter Gestalten. Dort in dem schweren, uralten Mittelbalken auf dem Boden der Hütte, er war schon leicht vermodert, feucht zerbröselt, ganz mürbe, entdeckte ich, wonach wir schon so lange gesucht hatten, die Bienenköniginnen. Ich sammelte sie behutsam aus dem weichen, morschen Holz und hielt sie in der hohlen Hand gefangen, da

ich kein geeignetes Gefäß bei mir trug. Da entwischten mir zwei der drei oder vier Bienenköniginnen. Eines der Getiere kroch mir ins linke und eines ins rechte Ohr. Oh wie unangenehm. Gestochen haben sie nicht, sie hielten mich wohl für ihren morschen Holzbalken, in dem sie überwintern wollten, nur gekribbelt und gekrabbelt. Ich muß noch nachtragen, es war ungefähr die Jahreszeit wie in diesem Augenblick, Winteranfang muß es gewesen sein.
Ich zeigte keinem meine neuen Untermieter in den Ohren und auch nicht meinen Ungemut darüber.
Auf dem Heimweg in der Autokutsche mühte ich mich, die Bienen dazu zu bewegen, meine Ohren zu verlassen, ohne mich zu stechen. Ich hatte keine geeignete Idee. Sie führten wahre mich juckende, sie beschwingende Tänze in meinen Ohren auf. Freudig und froh.
Als wir im Hause waren, muß es schon spät in der Nacht gewesen sein, denn wir legten uns alle gleich in unsere Betten. Jedoch fiel es mir schwer einzuschlafen. Dieses Gefühl, Bienen in den Ohren zu tragen, behagte mir immer weniger, je länger es währte. Ich überlegte, wie lange meine Ohren wohl noch so dumpf hören müßten. Irgendwann im Frühjahr würden die Bienen ja ausgeschlafen haben.
Ich hielt es nicht mehr aus, länger mit meinen Bienen in den Ohren allein zu sein.

Nur eine Schattengestalt lag neben mir in meinem Bett. Rasch zog ich meinen Morgenrock über und ging ins Schlafzimmer meiner Eltern, welches gar nicht wiederzuerkennen ist. Michael war ja noch kleiner, schlummerte daher in einer Wiege vor dem Fußende unserer Eltern. Seine Beine hingen über den Rand hinaus, ebenso baumelte sein Kopf hintenüber. Ganz so klein war er nun auch nicht mehr.
Ich weckte Papa, dann Mama. Da merkte ich, wie sich die Bienen in meinen Ohren langsam lösten, zum Ausgang rutschten. Ich half durch Drücken nach, und die Biene, die sich im rechten Ohr eingenistet hatte, rutschte hinaus.
Wie angenehm, endlich wieder richtig hören zu können. Keine dumpfen, verschleierten Töne mehr in den Ohren. Die Bienenkönigin rutschte auf Papas Schulter und wäre beinahe in sein Ohr eingezogen, doch ich konnte sie rechtzeitig wegstipsen. Ich zerschlug sie zwischen meinen Händen, an welchen nun wildlederne Fausthandschuhe steckten, solche wie ich sie wirklich habe.
Was mit der Biene im linken Ohr genau geschah, daran erinnere ich mich nicht. Es steht aber fest, sie hat dieses verlassen, denn heute, ich habe nachgefühlt mit dem Finger, sind beide Ohren ohne solche Untermieter.

28. Dezember 1978, Donnerstag, morgens
Wie schön, es ist noch recht schummrig, Schneeflocken wirbeln gegen meine Fensterscheiben. Öffne ich das Fenster, wirbeln sie mit einem Sturm in mein Zimmer. So wie in diesem Moment. Mein Zimmer ist voll davon. Die Flocken weichen Dich Papier auf, verschmieren die Tinte, alles von mir zerläuft auf Deinem Papier in schmelzenden Schneekristallen. Du bist zu gut durchgewärmt von dem geheißten Raum. Der Sturm klingt heute sehr schön. Jetzt wäre ich gern dort draußen im tobenden Wetter. Ich könnte mir einbilden, um mein Leben zu kämpfen. Ich müßte stark sein, um standhaft zu bleiben, nicht davonzuwehen. Kräftig müßte ich durch die Wolken stapfen. Tiefe Spuren lägen hinter mir im klebrigen Schnee. Mir schiene es, als sei nichts als Schneegewirbel auf der Welt. Ich sehne mich nach der kalten, frischen Winterluft. Ich möchte große Schritte tun im knietiefen Schnee.
Am liebsten sprengte ich das Dach dieses Hauses. Diese ätzende Enge bringt mich noch um. Den ganzen Tag schreibe ich im Wechsel an meinem Roman, lese einen Roman (der übrigens um vieles langweiliger ist als jener, an dem ich arbeite), gugge verfilmte Romane, Western usw. im Fernsehen. Ich fühle mich wie eingekeilt. So wütend wie der Sturm dort draußen müßte ich sein, mit so viel Kraft wie der Sturm.

22.05 Uhr. Mein Kleid ist wie silberweißer Seidensamtpelz. Ich bin hier allein im kalten Zimmer, durchs offene Fenster strömt der Schnee, ziemlich heiß hier drinnen. Mein Zimmer schneit noch voll. Bevor ich vor Vereisung zerspringe, schreibe Ich Dir etwas aus meinem Leben einfach auf. Mein letztes Testament. Es wird wohl nicht ALLZUviel werden, so ungeheuerlich war es bisher nicht.
Mein Lieblingsgericht ist möglicherweise gilbliche Petersilie. Mein Knicks ist knacksend. Dieszeitlich träumt mir von meinem Roman, der etwas anderes werden soll als ein Roman. Mich werde ich da raushalten, wir sind quergestritten. Bin ich in dem Schnee in meinem Zimmer zu Eis gefroren, werden die Kirchenglocken schrill schreien, die kleinste kreischen, bis ich zersprungen bin. Ding Dong, brummte der Turm.

ERSTES ENDE MIT DEM SCHWACHSINN

Butterbrote mit Schokolade schmecken, auch wenn es langweilt.

VOR DEM ZWEITEN ENDE MIT DEM SCHWACHSINN

Ich werde einmal eine Geschichte über Stinkfische erfinden, aber ohne geröstetes Brot, dafür mit Orangen und Zwiebeln. Doch es tut sich heute mein Bauch weh.
Angenehme Nachtruhe wünsche ich Dir.

31. Dez. 1978, Sonntag, 15.25 Uhr
Wenn der Schnee durch die Fenster fällt,

weiß man, draußen liegt noch mehr. Alle Fenster sind fest verschlossen.
Der Schnee auf der Fensterbank, er sieht aus, als kam er mitten durch das Fensterglas geschneit.

7.1.1979, Sonntag, morgens (zu früh aufgewacht)
Weißes Frauenmagenportmone, Steinburgkirche am Hang mit eingeborenen Heiligkeiten
Erzwungener Eigenhandkuß
Giftmünze
Ich besaß eine alte, sehr dicke Münze. Auf der einen Seite trug sie statt des Kopfes eine ungewöhnliche Erhöhung, einen Stöpsel. Als ich diesen neugierigerweise ablöste, was ganz leicht war, stieg mir eine Wolke eines feinen grauen Pulvers entgegen. Mir fiel das Atmen schwer. Ich atmete tiefer, das Giftpulver verstopfte mir die Nase. Ich hatte mich voller Giftpulver geatmet.
Schnell lief ich ins Badezimmer und schloß die Tür hinter mir. Ich tat etwas, wodurch es mir nach einer Weile wieder gut ging. Da betrat ein Schneemann das Badezimmer (es war natürlich kein Schneemann, aber ich sag nicht, wer es war). Ihm war das gleiche Übel widerfahren. Er mußte die geöffnete Münze gefunden und aufgehoben haben. Ich riß ihm das Ding aus den Händen, warf es in den Handstein und spülte.
2. Teil
Ein wir fuhr mit einem Auto an einem

zögernd lebhaft träumenden Uraltgebäude vorbei. Wir, eine unbeständige Menge aus immer neuen Menschen und mir natürlich. Unser Etwas gesellte sich zu uns. Das Gebäude stellte eine uralte, nicht sehr bekannte Kirche dar, die einer Burg sehr ähnelte. Weilig betraten wir den großen Vorhof der Kirche. Hier herrschte aufgeregter Betrieb. Es wurde ein pastellfarbener Jahrmarkt ausgetragen, ein Markt, auf dem ausschließlich Heiligtümer angeboten wurden. Es waren Heiligtümer fremder überwindiger und unterwindiger Kulturen, eingeborene Heiligkeiten fremder Gedanken, die von ihrer Art her nicht in die abendländische Kirche paßten.
Es beschloß sich mir, auf diesem Markt etwas zu erstehen. Ich hatte mich noch für kein bestimmtes Heiligtum entschieden.
Da schlug mir jemand Altes ein kleines, weißes, angenehm weiches Portmone vor, einen Geldbeutel. Der Händler bemerkte unser Interesse und erklärte uns, es sei aus einer bestimmten Sorte von Menschenhaut hergestellt. Ich glaube, er sagte Magenhaut.
3. Teil
In einem großzügigen, angenehmen Raum mit einer Streifentapete, ähnlich wie die in Thorstens Zimmer, sitze ich bequem auf einer Couch. Zu meinen Seiten sitzen noch zwei oder drei. Unerwartet tritt auf mich ein junger, mir vollkommen unbekannter

Mann zu, greift meine Hand, drückt sie mir auf eine unerklärliche Weise fest an den Mund, damit ich sie ihm küsse. Er läßt mich in dem Glauben, ich würde seine Hand küssen. Geschickt versucht er mich zu täuschen, doch ich spüre verwundert meinen Kuß auf meinen Fingern, es ist aber nicht zu sehen.
So wären meine Träume gewesen, wären Träume geschrieben.
Muß mich beeilen, mir fällt eben wieder ein, warum ich so früh aufgewacht bin. M.L.

Dienstag, 9.1.
Um fünf traf ich mich mit Andrea an der U-Bahn-Station. Wir bummelten durch sämtliche Läden und Kaufhäuser. Kaufte eine Winny-Platte, kann noch nicht sagen, wie ich sie finde, mag stündlich keine Musik. Im Cover war die Zeichnung vom Antlitz Winny's. Wer weiß, ob ich sie noch einmal einklebe. Weiter kaufte ich noch Bonbons. Von jeder Sorte und Farbe einen. Sie sind für meine neuangelegte Bonbonsammlung. Andrea und ich sehen uns nur sehr selten. Habe ich Zeit, hat sie keine, hat sie Zeit, habe ich keine. Nur zu wenigen Zeiten haben wir zur selben Zeit Zeit.

Mittwoch, 10.1.79
Mehr fällt mir nicht ein heute. Diesen Satz schreibe ich nur, weil mir absolut ganz und gar nichts einfällt, diesen ganzen Satz.

21. Januar 1979, Sonntag, 1.06 Uhr
Zwei Eintrittskarten für das Konzert seiner aller-Lieblingsgruppe hatte Thorsten ergattert. In der ersten Reihe, dem Riesengedrängel blieb ich nicht lange, bekam die Eisensperre in den Magen, geriet in die zweite. Thorsten erwischte das feuchte Handtuch, auf mich rieselten nur Silbersterne. Einen wollte ich zurück auf die Bühne werfen, sie waren aber zu leicht. Du hast ja auch schon Sternchen abbekommen, die fallen noch aus meinem Haar.

23. Januar 1979, Dienstag, 6.56 Uhr
Eben tatüte ein sausender Krankenwagen vorbei, nun sofort sirrt der Leichenwagen hinterher.

4. Februar 1979, Dienstag (möglicherweise)
Ich sorge mich. Ich sorge mich um mich, ich sorge mich um alle, ich sorge mich um alles, ich sorge mich um alles andere. Ich sorge mich um Dich.
Leider muß ich schlafengehen. Dies war nur dazu da, um zu sehen, ich habe Dich noch nicht vergessen.
(Ob aus einem Herrn Thorsten F. der Franz werden kann?)

6. Feb. 1979, 20.10 Uhr
Vor zwei Minuten ging ich noch im Wohnzimmer nach einer etwas monotonen Musik im Straßenlaternenlicht herum.
Alles ist ausgegangen. Mama und Papa sind ausgegangen. Michael ist ausgegangen. Ronald ist ausgegangen. Bestimmt sind auch sonst so alle Leute ausgegangen. Ich habe auch eine Verabredung für nun. Du siehst, anscheinend gehe ich nicht hin. Oder sollte ich mich ab gleich beeilen.
Um Omas Gesundheit steht es nicht gut. Sie versucht, sich nichts anmerken zu lassen, und spielt es herab. Aber es ist schlimm. Ich bin davon überzeugt, an Krämpfen zu verzucken, falls ich meinen Roman lesen sollte. Beim Schreiben liegt er fern hinter mir. Nur im Lesen sind deutliche Worte vor meinen Augen.

13. Feb. 1979, Dienstag
Weiß ist die Luft, voller Schnee. Düster ist der Himmel, so wundervoll blindmachendes Dunkelblau. Schwarze Kirschbaumäste zittern im Sturm. Dahinter im Schein einer Straßenlaterne eine Wolke von Schneesturm, schwer und dick. In meinen Kopf dringt ein Gemisch aus Sturmesheulen und Worten von und über Göthe. Daher, wo der Fernseher steht.
Auf dem Gehweg liegt ein schwarzer Schatten dieses Hauses. Mein Bild, das der Kerze und der Tapete verwischen sich mit dem des tiefschwarzen, nackten Kirsch-

baumskelettes. Menschen finde ich dort draußen nicht. Nur schöne, weiße, kalte Stille. Die weiße Wolke im Laternenlicht draußen durchweht mein Gesicht. Mein Auge ist verschluckt vom dunklen Ast.
So war das Spiegelbild meines Fensters.
Oh, es ist noch nicht so spät, wie es dunkel ist.
Alles weitere diktiert der Nachrichtensprecher: "Dichte Schneefälle auch in Berlin ... die Schneegrenze ist zur Stunde auf einer Linie zwischen Kassel und ...
Es wird bereits von einem Jahrhundertwinter gesprochen ... Eine der wichtigsten Folgen wäre eine Verschiebung der Trockenzone ..."
T o i l e t t e n p a u s e
"Die am Wochenende in das ... Offenbar nicht in Gefahr ... Die britischen .... der Streit um die Abrüstung ... für Bundeskanzler ... der Hinweis auf bisher .... zwei Jahre .... das Satellitenbild .... Wir melden uns wieder um 22.30 Uhr mit den Tagesthemen."
Bin heute zweimal von verschiedenen Menschen gefragt worden, ob ich nichts mehr mit ihnen zu tun haben wolle.
Und ebenso meine Eltern, weil ich gerade ausziehe und so.

16. Mrz. 1979, Freitag, 22.19 Uhr
Ich sitze wieder unter dem Blumentopf auf dem Teppich mit einem großen Atlas auf dem Schoß.
Heute morgen ging ein Schiff von Deutsch-

land in Richtung China.

Bernd brachte uns mit dem Auto an den Hafen. Wir betraten ein mittelgroßes Schiff, das am Kai lag, und ich glaube, wir legten auch gleich ab, fuhren aufs Meer hinaus.

Ich erinnere mich an einen engen, finsteren Gang auf dem Schiff, er war das erste, was ich von diesem Schiff richtig sehen konnte, denn an seinem Ende strömte Licht herein. Alles sonst war sehr finster. Die Möbel an den Wänden kannte ich schon teilweise, sie waren nur niedriger.

Viele Menschen, hübsche Menschen, gingen flink den Gang hinunter. Am Ende dieses Ganges konnte ich eine geöffnete Tür sehen, aus welcher warmes, gelbliches Licht hervorquoll. Dorthin zog es uns. Es wurde eine chinesische Hochzeit oder ein ähnlich wichtiges Fest gefeiert.

Auch ich kam in das mit Menschen angefüllte, festliche Zimmer. Alle waren sie hübsch geschmückt mit roten Samtbändern und bunten Blumenflecken auf ihren Kleidern. Nur an meine Bekleidung erinnere ich mich nicht.

Eine gebückte Wahrsagerin unter einer Treppe machte ein gutes Geschäft, denn die Leute drängelten sich, ihre Zukunft kennenzulernen. Und alles war heiter und schwamm froh im Raum. Doch aus einem Grund, den ich nicht kenne, wendete das Schiff auf hoher See und begab sich zurück in Richtung Heimat.

Ich weiß nicht, war es wirklich Deutschland dort, wo wir im Finstern landeten - Alles lag vollkommen im Schwarzen, Dunkelheit öffnete sich vor unseren Augen. Mit ein paar anderen, die ich nicht kenne, begab ich mich schleunigst an Land und wollte das Schiff, welches seine Fahrt von neuem antrat, auch unter Zureden nicht wieder betreten, denn ich wußte, es drohte ihm Gefahr, es würde ihm eine Katastrophe geschehen. Als einzigste von denen, zu denen ich gehörte, blieb ich an Land. Ich schaute zu, wie das Schiff ablegte.
Mit den Fremden ging ich ein Stück Wegs, es erhellte sich langsam, der Himmel wurde grau. Es wurde immer heißer. Mit Tüchern wischten wir den Schweiß von unseren Hälsen. Es war eine karge Gegend, hier wehte nur staubige Hitze in unsere Gesichter. Wir beschlossen, uns in ein Oasenhotel einzumieten, und betraten auch schon den Innenhof von einem. Seltsame Märchenmenschen trieben hier ihren Handel auf einem kleinen Markt. Man schaute zu uns eingestaubten hinüber, plapperte fort und trank kühlen Saft aus Krügen. Da spürten wir nach einer Weile, wie die uns umgebenden Menschen in Eile gerieten. Sie unterbrachen ihre Händel. All die einzelnen Menschen flossen gemächlich eilend zu einem verlassenden Strom zusammen. Immer dichter drängten sich die Menschen aneinander. Hastig begann der Menschenstrom zu fliehen. Er brodelte auf uns zu, riß uns mit

fort. Die Erde bebte, der Menschenstrom zersprang, unter unseren Füßen tat sich die Erde auf. Der Spalt der Erde war genau unter meinen Füßen. Mit einem Sprung rettete ich mich auf die linke Erdhälfte. Die Fremden, mir eben im Gespräch vertraut geworden, auf die andere Seite. Ein paar wilde, scheußliche, affenähnliche Männer rannten über den offenen Erdspalt. Sie trieben alle Menschen mit ihren scharfen Waffen und lautem Gebrüll in die Wüste, weit weit in die Wüste, bis wir nur noch in einen grauen Kerker rennen konnten. Wir saßen in der Falle. Sie ließen uns durch ein schweres schmiedeeisernes Gitter von sich absperren. Die Menschen, welche noch hinter den Treibern standen, hätten ungehindert weitergehen können. Sie schauten nur zu uns herüber.
Wir waren gar nicht so viele Menschen auf unserer Hälfte, und zum Schluß hatte uns auch nur noch ein Mann getrieben. Er bedrohte uns mit einem großen, langen Gewehr. Die meisten von uns lagen auf dem Boden verstreut, mit dem Gesicht im Staub. Ein junger Mensch, eine halbe Armlänge von mir entfernt, sprang auf und wurde sofort niedergestreckt. Leblos stürzte er zu Boden. Ich mußte mich bewegen, da ich so unbequem lag. Der Mann, der uns hergetrieben hatte, er war jung und aus der Nähe ganz hübsch, richtete das Gewehr auf mich. Er schoß nicht, sondern drohte nur, er würde uns alle erschießen, wenn

wir uns nur im geringsten bewegen würden. Ich fürchtete, ein Windstoß könnte meine Kleidung ins Flattern bringen.
Am Anfang schien mir das Gitter direkt vor meiner Nase zu hängen, doch nach einer Zeit beruhigte ich mich im anbrechenden Tag. Es wurde endlich hell. Die Sonne schien auf uns herab und wärmte uns.
Bis eben fürchtete mich meine allerkleinste Bewegung, holte ich Luft so unauffällig ich konnte, doch jetzt täuschte ich einen Schlaf vor und rührte mich ab und zu ein bißchen. Mir geschah nichts.
Etwas wie Pulver war kurz zuvor in die Mitte des Sammelgefängnisses gekippt worden und hatte sich selbst zu einem Kreis gebildet. Es sollte uns betäuben oder einschläfern, dachte ich zu der Zeit.
Doch niemand schlief, vielleicht dösten einige. Nur ich täuschte einen Tiefschlaf vor.
Unser Bewacher war ganz in meine Nähe gekommen. Er beobachtete mich, ich glaubte seine Blicke an mir zu fühlen. Meine Augen waren noch immer geschlossen zu Boden gerichtet. Seine Blicke schlichen um mich herum. Ein junges Mädchen trat an ihn heran und lenkte ihn von mir ab. Sie waren wieder zu weit weg, ich konnte ihr Gespräch nicht verstehen. Er schien auf einmal sehr nett zu sein, sein Gewehr stellte er an der Mauer ab. Er hatte Vertrauen zu dem Mädchen und sagte, er wolle ihr seinen Penis zeigen, um ihr zu bewei-

sen, was er durchgemacht habe. Ich wagte nicht aufzublicken, aber ich wußte genau von den Narben auf seinem Penis. Obwohl ich mich nicht rührte, meinen Kopf nicht in ihre Richtung hob, hatte ich das Gefühl, beide genau zu beobachten. Sie wurde nicht rot. Und ich konnte es nicht gesehen haben, mein Gesicht lag eingebettet in meinen Armen im Staub, die ganze Zeit.

18. März 1979, Sonnabend, 15.08 Uhr
Den ganzen Tag laufe ich über die Wand, die Decke, die andere Wand, den Fußboden, die Wand, die Decke, die andere Wand, den Fußboden auf und ab. Hänge meine Blicke aus dem Fenster, hänge sie unter die Decke. Und hab' nichts weiter getan als einmal kurz den einen Teppichzipfel aufgerollt. Sonst fang ich nichts an. Der ganze Tag ist sensationell langweilig, unnütz und abscheulich verstrichen bisher. Soetwas nennt sich Beinahe-Sonntag. Aber meine Woche war ausnahmsweise ganz gut.

20. März 1979, Dienstag, Mitternacht eben vorbei
Schnee, Schnee, Schnee fließt vom Himmel. Ich beiße hinein. Gut. Schön.

M L.

(Morgen werde ich wieder nur gähnend arbeiten.)

21. März 1979
Morgens. Eben aufgewacht. So eben aufgewacht bin ich noch hellwach. Erst nach dem Frühstück wird mir wieder schläfrig werden. Und wenn ich kräftig loslegen soll, naja.
Dieser Herr Weiher wird mich wieder den halben Vormittag mit seinen dummen komischen Witzen traktieren. Leider sind sie wirklich komisch. Und die ewige Lacherei fällt mir eines Tages noch auf den Wekker. Auf Porzellan wirkt sie sich verheerend aus. Doch Nachmittags hat der Herr W. zu viel um die Ohren.

Sonnabend, 24. März 1979
Noch nie erlebte ich eine so mondhelle Nacht. Der Mondschein genügt fast, um Dir zu schreiben. Ich glaubte immer, solche Nächte gäbe es nur in Märchen und Liebesromanen.
Soeben von einem nicht ganz bis vor die Haustür hupenden Auto nach Hause gebraust worden. Toll dieser alte Mond über dem schnellen Auto.
Du gehst jetzt besser schlafen.

Sonntag, 25. März 1979
Morgen werde ich Dir versprechen, am Ende dieses Tages, an dessen Morgen ich Dir das Versprechen gebe, den ganzen Tag zu erzählen.

Wird morgen meine Zeit so knapp sein wie heute, werd' ich Dich gut ärgern können, ohne etwas dafür zu können.

2. April 1979
Hannchen war gestorben.
Während ich dies schreibe, kann ich keine Gefühle des Mitleides an mir feststellen. Es scheint an mir vorüberzugehen, ohne mich zu berühren. Es scheint mir so fremd. Dabei möchte ich mir wünschen, es möge Hannchen gutgehen; nicht nur Tante Hannchen. Ich möchte mir mein Glück wünschen. Ich bringe mich nicht dazu. Meine Gleichgültigkeit ist mir piepig egal.

4. April 1979, mittwochs
Fremd fühle ich mich hier.
Es war ein falsches Kopfkissen. Es sieht nur genau so aus wie ein echtes. Gestern abend kroch ich doch in mein eigenes Bett, und ich habe meine Augen zugemacht. Die Zahnbürste. In dem Bad hier steckte eine falsche Zahnbürste, und der Zahnputzbecher tut so, als wäre er meiner. Diese Art von Zahnbürsten mag ich nicht. Gestern abend benutzte ich doch noch meine eigene.
Und kuck nur in den Spiegel - wann hab' ich je so ausgesehen? Dieses Bild in dem Spiegel hatte ich bis eben noch nie gesehen. Und wenn ich jetzt esse, kau ich dann, verdau ich?
Ich fürchtete schon eine ganze Weile, eines Morgens aufzuwachen und jemand an-

deres zu sein. Ich bin gespannt, was jemand anderes an meiner Stelle so tut und denkt.
Nun fehlt mir sogar der Antrieb zum Frühstücken. - Daß ich noch immer schreibe - ?
- Allerdings, es wäre wirklich nötig, mein Erinnerungsvermögen an den Geschmack von Toast mit Marmelade aufzufrischen.
Wenn ich jetzt nicht satt werde, bin ich mir sicher.
Sicher im Klaren über die Undeutlichkeiten.

22.07 Uhr. Vorhin bekam ich meinen ersten Heiratsantrag, im Bus, von einem fremden Amerikaner, der nur amerikanisch sprach (amerikanisch mit einigen Zentnern Kartoffeln im Hals). Von der Einstiegshaltestelle bis zur Endstation versuchte er, sich mit mir zu unterhalten. Fing an von Ringen an Fingern zu reden, von Big New York, fragte hin und wieder, ob ich sein Girlfriend werden wolle, bis er schließlich auf Wedding und Marriage kam, fragte andauernd, ob ich ihn auch verstehn würde, und fuchtelte bei New York mit den Armen in der Luft herum. Er wolle mich unbedingt heiraten und mir New York zeigen, mich mit in die States nehmen. Sogar die ganzen States wollte er mir zeigen. Ich erzählte ihm, ich wäre gerade erst letztes Jahr in den States gewesen, in meinen Ferien, und nun sei Amerika erstmal nicht mehr so interessant für mich. Meine Adresse und Telefonnummer wollte ich ihm nicht geben, trotzdem er ganz nett schien. Dann wollte er mich nochmal heiraten, in diesem Tonfall, weißt Du. Zum Schluß kritzelte er etwas auf und steckte mir den Zettel zu. 5 Zeilen, es soll anscheinend seine Adresse darstellen, aber der Kerl hat eine üble Schrift. Was er sonst noch so gefaselt hat, konnte ich mir nicht übersetzen. Es waren aber nur drei oder vier Wörter. Er wiederholte ja ständig dieselben Sätze.

Montag, 16.4.1979, 21.36 Uhr

E s
t u t
mir
l e i d. M L.

24.00 Uhr. Weißt Du, wie Toast mit Marmelade schmeckt?

1.00 Uhr. Das ist fein.

22. April 1979, Sonntag, 22.17 Uhr
Ich habe das Gefühl, ich soll zerstört werden.
Auf dem besten Wege dahin bin ich schon.
Aber ich beschließe sekündlich krampfhaft, es nicht mit mir geschehen zu lassen.

24. April 1979, Dienstag, 23.00 Uhr
Es ist vorbei. Es wird nichts anderes mehr kommen, düster schwarz, giftgrün und zugig werde ich windig ahnen.

Es wird mich fassen. Ich renne noch nicht schnell genug. Aber ich beschließe, stärker zu sein. Ich werde rennen wie kein Orkan.

Dienstag, 1. Mai 1979, 13.12 Uhr
Eben Heiko und Rudi bequatscht. Bärbel macht auch mit. Thorsten womöglich auch noch, und Nippi natürlich.

Montag, 2. Juli 1979
Beate nennt mich neuerdings Schimmelpilz. Ich bekomme einfach nicht heraus, wie sie das meint. Viel hat ein Spitzname von Beate nicht zu bedeuten. Es ist ihre Schwäche, wöchentlich neue zu erfinden. Magst Du Mattias, Thorsten oder Thomas lieber? Mich mag scheinbar Thorsten am liebsten. Bei mir liegt aber immer noch Mattias an erster Stelle und Thorsten einen halben Platz dahinter. Franz ist süß. -
Habe mir ein neues Badelaken gekauft. Sabine trägt neuerdings Perücken.
Endlich konnten wir uns einigen, im Sommer ans Meer zu fahren. Tauch 5 Tage vorm Urlaub ein paar Sonnenstrahlen ins mehr, damit das Wasser warm ist, wenn wir kommen.
Winny war im Fernsehen, extra kurz. Er blitzte nur einmal kurz über den Bildschirm, über meinen. Entweder er hat abgenommen oder es war eine alte Aufzeichnung, trotzdem reichlich unvorteilhaft war die Aufnahme auf jeden Fall. Ziemlich un-

vorteilhaft jedenfalls. Eine Frechheit, mir solche blöden Aufnahmen zuzumuten.

Freitag, 20. Juli 1979
Ich dachte daran, es könnte sein, dies ist das letzte, was ich schreibe. Häufig denke ich dies, schon so oft, fast jedesmal, wenn ich schrieb und schreibe. Ich fürchte mich so, weil ich nie möchte, daß meine augenblicklichen Gedanken meine letzten Gedanken im Leben sind. Sie sind nicht schön genug als letzte Gedanken. Damit sind nun nur meine aufgeschriebenen Gedanken gemeint. Ich finde keinen Gedanken, den ich so, wie er ist, stehenlassen möchte, und auch noch als meinen letzten. Das wäre schrecklich. Stell Dir vor, dies wären meine letzten Gedanken. Solche Gedanken als letzte Gedanken passen nicht zu mir. Nur wenn ich gleich 'nen Herzinfakt bekommen sollte, wären sie genau auf mich abgestimmt.
Aber so ist es überhaupt. Nichts was ich tue sollte um alles in der Welt jemals das letzte sein. Ich möchte immer erst noch was anderes tun.
Ob ich noch lange lebte ohne Angst vor meinem Tod?
Heimlich rechne ich an solchen Tagen mit etwas.
Ich habe einen Grund. Einen Teil davon, der nur eine Folge ist, beschrieb ich hier schon flüchtig. Es ist ein Grund, welcher mein Sein lähmt. Noch näher beschreiben

darf ich ihn Dir nicht, denn er schöpft den größten Teil seiner Kraft aus der Tatsache, daß ich ihn Dir nicht nenne. Nennte ich ihn Dir, so hätte ich ihn meinen Grund nicht mehr, meine sämtlichen Pläne verlören ihren Grund, ich würde sie aufgeben. Du ahnst nicht, wie nah mir mein Grund geht. Er will absolut nicht genannt sein. Er weiß, dies wäre sein Untergang. So macht mein Grund es mir Tag für Tag unmöglicher, ihn zu nennen. Ich kann es nicht mehr wagen, ihn auszusprechen, geschweige denn niederzulegen mit Buchstaben. Du ahnst nicht, wie wichtig mir mein Grund sein muß. Er ist mein einziger Grund. Dieser mein einziger Grund ist eines Teils schuld an meinen sämtlichen Plänen, doch ansich ist er mehr ein Verhinderungsgrund. Du ahnst natürlich auch nicht, wie hinderlich mein Grund ist.
Gäbe er mir nur nicht jeden Tag allen Grund, an ihn zu glauben. Doch mein Grund tut das. So laß ich meinen Grund gewähren.

Freitag, 27. Juli 1979
Seit Hannchen gestorben war, ging es ihr sehr schlecht.
Tante Hannchens Augen glänzten wie zwei angestochene, zerfließende Spiegeleier in der vertrockneten Fettpfanne. Nur eben augenblaugrau nicht spiegeleidottergelb.
Ihre Wohnung stand leer.
Du hast mir bis heute noch nicht verraten, wie Dir ihre ehemalige Wohnung gefällt.

Du bist doch ein kleiner Mitbewohner.
Winny bräuchte ich natürlich gar nicht erst zu fragen, aber Dich?
Ich kenne keinen Menschen mehr. Ich sollte wieder einen kennenlernen und werde es auch irgendwann.
Nun kommst Du in mein Versteck hier im Zimmer. Es wäre ein sehr sicheres Versteck, außergewöhnlich sicher und für ein Buch ganz gemütlich, wenn Du nicht zu schwer wärest. So hängst Du immer durch. Du darfst Dich zur Ruhe begeben.
Merkst Du was, ich will Dich loswerden.
Als Tagebuch führt man schon ein armseliges Leben, immer wenn es am interessantesten wird, muß man zu Bett. Genau wie kleine Kinder. Und am nächsten Morgen hat keiner Lust, was zu erzählen.

2. August 1979
Ich hätte mir nicht träumen lassen, daß es so traumhaft würde.

Donnerstag, 31. Juli 1979

N i e m a l s .

nein.

m l.

Freitag, 8. August 1979
Die einzig schmackhafte Mahlzeit der letzten Woche waren die Knackwürste. Es fraßen hin und wieder geschwülstige Unzufriedenheiten zwischen einigen den Appetit weg.
Schon seit einigen Tagen gebe ich die Führung meines Tagebuches auf.

Freitag, 8. August 1979
Kurz darauf muß ich aufgewacht sein. Ich nahm mir zu wenig Zeit, den Traum aufzuschreiben. m_1.

Sonnabend 9. August 1979
Die Urlaubsbilder holte ich heute vormittag ab. Sie sind alle was geworden. Nicht einen einzigen Sonnenbrand konnte ich dieses Jahr fotografieren. Bisher. Ich habe noch Urlaubstage nach. Viele.
Bin am Nachmittag auf den Friedhof gegangen. Zum ersten Mal seit ihrer Beerdigung besuchte ich Rullarusulas Grab. Es sieht ihr nicht ähnlich. Mein schlechtes Gewissen damals war überflüssig, heute ist es auch nicht mehr bei mir zu finden. Kaum eine Erinnerung an mein schlechtes Gewissen wegen Rullarusula ist in mir geblieben. Ich bin auch nie eine ihrer engsten Freundinnen gewesen, wir hatten nur eine Zeitlang denselben Schulweg. Auf dem Klassenfoto könnte ich sie noch wiedererkennen, beschreiben kann ich sie nicht mehr.
Heut' abend werden Mattias, Susanne, Petra, Thorsten, Heiko, Angela und ich ein bißchen losziehen.
Ich hab' nichts anzuziehen außer Schuhen und Unterwäsche.

11.(Montag) August 1979
Verstehst Du das? Mir
Eine Traumfrau schlief in einem schlich-

ten nachtweißen Raum, in welchem zwei Etagenbetten im rechten Winkel zueinander standen. Die Traumfrau schlief in einem der oberen Betten. In den drei allen drei übrigen Betten lag nur Bettzeug. Die Traumfrau war allein. Außer den Betten waren keine Möbel im Raum. Im gegenüberliegenden rechten Winkel lag nichts umher, die zwei anderen rechten Winkel konnte die Traumfrau vom Bett aus nicht sehen. Oberhalb des anderen Etagenbettes, des bisher leeren, bewegte sich etwas. Beunruhigende Geräusche tickten ans Fenster, das einzigste winzige Fenster dieses Raumes genau über dem leeren Etagenbett, dem oberen Bett davon. Die Traumfrau hob ihr Puderköpfchen, den dunklen Schatten am Fenster beschauend. Er verstopfte das Quadrat vom sternklaren Himmel, welches zuvor im Fenster stand. Es war dunkel, wie wenn schwarze Hüte über die Augen gestülpt wären. Endlich fiel der Schatten aus dem Fenster ins Zimmer aufs Bett, der eckige Himmel schien wieder ins Fenster. Der Schatten fand sich zurecht und kroch ans Fußende, stieg hinüber zu der Traumfrau aufs Bett und hockte nun auf ihrem Bettrand. Er war ein unbekannter junger Mann mit gepuderten Locken. Nacht war er. Er sagte zögernd, er wolle die Traumfrau vergewaltigen. Rasch zog sie sich das feine Trägerhemdlein aus und flatterte aufgeregt mit den Flügelchen. Sie spürte nichts von der Vergewaltigung

als eine Einbildung.
Nur wenige Jahrzehnte später traf die Traumfrau den Mann wieder, und sie freundeten sich an, schließlich verliebten sie sich sogar ineinander, und Die Traumfrau nahm sich vor, ihm das Lieben beizubringen. Er hatte den festen Willen, von seinem bisher verfehlten Leben zu lassen und die Traumfrau glücklich zu machen.
Dieser Traum wurde heute in einer alten Handtasche entdeckt. Er befand sich in dem kleinen Seitenfach.

3. September 1979
Vielleicht werde ich auf dieser Erde sterben.

22.23 Uhr
Mir ist tröpfelnd öde. Ich werde auf dieser Erde sterben, ohne etwas versucht zu haben. Ich werde nicht versuchen, nicht zu sterben.
Wie sonderbar, ich bin mir nicht mehr so wie vor einem Tag. Das geht jeden Tag so. Wo komm ich denn da hin. Und es ist nicht wahr, alles ist heiter. Ich freu mich schon.
Ich habe noch immer meinen unsagbaren Grund.

4. September 1979
Andrea hat die Strickeritis. Maxi war zuletzt dran. Nun ist er ein schwarzer Pudel in feschem Streifenpulli. Maxi saß

völlig unerwartet plötzlich unter meiner Nase und schnappte nach ihr. Maxi ist ein alter Hund, seine Zähne wackeln, aber bissig ist er wie eh und je. Der Korb mit dem duftenden Kaffee hatte sich unbemerkt in diesen stinkenden Hund verwandelt. Es war auch kein karierter Rock mehr, es war jetzt ein geblümter langer Rock. Andrea hatte sich auf den freigewordenen Platz gesetzt. Nur zwei Haltestellen lang haben wir geredet, dann mußte sie aussteigen, ihre Schwester besuchen.
Beate und Bernd versuchten heute, Friederike Feuer unter den Hintern zu legen.

8. September, Sonnabend, 1979
Dieses müde Bild am heutigen Abend ist vergähnt.
Mein angestrengtes Erinnern ruft das Gähnen zurück auf Dein Papier: Ein Irgendwer schnarchend ausgestreckt auf dem flauschigen Teppich. Bis zur Unkenntlichkeit verpennt. Neben ihm auf einer Zeitung ein oder mehrere Teller überbergt von Apfelsinenschalen, Apfelknüsten oder sonstwelchen Essensresten gesunder Speisen. Ein Kopf herabhängend von der hohen Sessellehne, das ist Beate, ein Stückelchen weiter. Beate im dösenden Halbschlaf. Gleich reißt ihr der gewichtige Schädel ihren Hals in Fetzen. Tischgedeck: leere Milchtüte, halbgefülltes Milchglas mit Milchrand, Rum, Kartoffel-

schipps, Krümelteller. Und in der Ecke beim Papierkorb hockt noch etwas. Zu dem Etwas gehört die leere Milchtüte, dieses Etwas hat den Milchmund. Daneben sitzt ja noch was, und hier sitze ich schon wieder.
Von Zeit zu Zeit wechseln sich schläfrige Stimmen mit hinausgedröhnten Verkündigungen ab. "Gleich machen wir was los", der tüpische Spruch aus dem Milchmund. Schimpfer über den faden Sektgeschmack lassen die Flasche nicht voll. Vom Flur her hört man Knutschen. Eventuell war's auch nur Heidis neue Jacke. Die macht komische Geräusche. Aber ich glaube doch nicht.
Zu meinem verzweifelten Kummer, was sehr singend klingt, vertrieb mir die kühlende Luft von der Straße draußen all meine Müdigkeit. Wären nur nicht immer die aufmunternden, kühlen Wege zwischen den Wohnungen, auf der Stelle könnte ich süß schlummern. Nur gähnen tue ich immer noch. Und um diese Zeit darf ich doch keinen Lärm mehr machen. Weißt Du noch die Autohupe bis fast vor die Haustür.
Lausch. Du mußt flüstern, hier klingt es totenstill. Schwarze Luft umflutet mich. Ich kritzle in schwarzer Luft. Unheimlich schwarze Luft. Unheimlich schwarze Luft atme ich ein, puste ich, um Deine Tinte zu trocknen. Ich nehm die schwarze Luft, weil sie vielleicht noch leiser ist. Ich bin verschluckt in ihr, ich schluck von ihr. Es kitzelt.

11. Sept. 1979, Dienstag, 21.35 Uhr
Das macht gar nichts.
Feuer von Bernd und Beate ließ nur eine mürrische Kastanie verpuffen. Keine Explosion. "Mit mir geht das nicht", piepste Friederike. Peinlicherweise weinte sich die nichtsahnende Friederike am Schluß halbwegs bei Beate aus.
Alles weitere ist übrigens genauso völlig uninteressant wie dies.

16. November 1979, Freitag
Seit Beginn dieser Woche fühle ich mich schon vor dem Klingeln des Weckers so grenzenlos ausgeschlafen und ausgeruht. Ich schlafe nicht länger als sonst, nur so gut. Sowie sich meine Augen öffnen, bin ich munter und springe sofort auf. Das Frühstück schmeckt auch immer besonders fantastisch. Mir fällt alles viel zu leicht.
Dii!e Tür klingelt. Quatsch.ÖEs klingelt an der Tür.
Es war nur eine Meise.

22.43 Uhr. Wie alt ich war, als ich überall ausführlich erzählte, ich wolle von niemandem mehr geküßt werden, weil ich mich vor den Bazillen fürchten würde, welche ja bekanntlich beim Küssen übertragen werden, daran erinnere ich mich nicht mehr. Sehr klein auf jeden Fall. Ich weiß nicht, ob ich schon zur Schule ging. Von der Existenz der Bazillen hatte ich gerade erst gehört, ganz zufällig hörte ich davon im Radio, das weiß ich nun wieder sehr genau. Seit all den Jahren habe ich nie wieder geküßt. Abgeleckt und so wird man immer wieder, aber eigentlich habe ich nie wieder geküßt. Ich nicht.

17. November 1979, Sonnabend
Immer noch heute.
Taschentücher haben Zipfel zum Fischen.
Bin ich verliebt?
Erinnerst Du Dich noch an meinen Schwur? Ob es schon zwei Jahre her sind? Ich würde sagen, bisher hielt ich ihn größtenteils einigermaßen ein. So ernst war das mit dem tot Umfallen auch nur in einem einzigen Punkt gemeint. Dieser Punkt war mein Grund, von dessen Vorhandensein Du gelegentlich schon hörtest. Mit dem Schwur beschwor ich nur die Folgen meines Grundes.
Ich muß gestehen, mein Grund ist umfassender als ich bisher ahnte.
Ich weine nicht, es ist nur Wasser.

21. November 1979, Mittwoch, 0.36 Uhr
Mal wieder wollte ich mir angewöhnen, ein neues, schöneres Leben zu leben. Mal wieder ein neues Leben beginnen. Alle zwei drei Tage will ich ein neues Leben anfangen, um mit meinem alten nichts mehr zu tun zu haben.
Heute könnte ich eine Käseglocke erfinden.

In der Bücherhalle blätterte ich zufällig in einem Buch herum. Ich hatte nicht gewußt, was man lesen könnte, stand irrend zwischen den Regalen umher. Da traten zwei Leute an ein Regal in meiner Nähe. Um nicht auffallend irrend auszusehen, griff ich mir willkürlich einen schmalen, hohen Band heraus, in welchem ich scheinbar interessiert blätterte. Dabei lauschte ich dem Gespräch der beiden Leute, nichteinmal den Titel des Buches las ich.
Nun ärgert es mich doch, dem Gespräch der beiden Leute über geschälte Kartoffeln in Gläsern gelauscht zu haben und mir nicht den Titel dieses Buches gemerkt zu haben. Ein Untertitel blieb bei mir nämlich hängen. Es stand da etwas wie: jeder Mensch durchlebe im Laufe seiner Entwicklungsgeschichte die einzelnen Stufen der Entwicklungsgeschichte der gesamten Menschheit.
Aus der Steinzeit müßte ich schon raus sein. Morgen werde ich in die Bücherhalle gehen und versuchen herauszufinden, in welchem Zeitalter ich lebe.
Morgen ist sie geschlossen.
Ist Dir aufgefallen, schon mehrere Jahre lang feierst Du keinen Geburtstag, kein Weihnachtsfest, keine Silvesterparty mit. An Feiertagen habe ich immer nur wenig Zeit und gar keine für Dich. Vom nächsten Weihnachtsfest an werde ich Dir mal wieder etwas Weihnachtliches erzählen. Dein Geburtstag ist wohl heute nicht mehr fest-

stellbar. Oder meinst Du, das Datum der ersten Seite gilt.

Donnerstag, 22. November 1979, 18.00 Uhr
Ich beschließe zu werden, wie ich bin.
Gute Idee. Es ist nur schwer zu entdecken, wie ich bin.
Petra hat mich eingeladen. Petra hat mich zum Waschen eingeladen. Sie bot mir an, ihre Waschmaschine zu benutzen, dafür bat sie mich nur, heute mal auf ihren Dackel aufzupassen. Nur heute abend, weil er krank ist und Petra noch eine Verabredung hat.
Es war ja gar nicht so schwierig. Es kann nicht so schwierig werden umzuziehen, wenn man nicht ganz so viele Sachen hat. Und seit heute abend ist endlich alles restlos fertig.
Jetzt müßte es hinter der Wohnungstür, die meiner gegenüberliegt, gleich anfangen zu orgeln. Abends, so um diese Zeit, mindestens viermal die Woche, höre ich von da drüben Orgelmusik. Petra erzählt, die unter ihnen müssen auch eine Heimorgel haben, sie hört auch manchmal was.
Nun gehe ich ersteinmal mit dem vollgepfropften Kopfkissen und der Tüte Kartoffelschipps hinunter zum kranken Dackel.
22.54 Uhr. Petra ist doch nicht mehr zu ihrer Verabredung gegangen. Wir haben die Tüte Schipps zusammen aufgegessen. Petra sitzt noch in dieser Sekunde unter mir, die Beine auf einem zweiten Sessel schräg vor dem Fernseher, der ausnahmsweise etwas

besonders Spannendes spielt. Nun strecke ich meinen linken Arm ganz weit aus, ich strecke ein wenig meine Zunge heraus, beginne zu krakeln –, mußte leider doch aufstehen, um meinen Fernseher auch auszuschalten. Welch interessanter Abend, besonders wenn ein so blödes Stück läuft wie jetzt.
Wie unwirklich und fremd andere Leben sind. Und wie entfernt mein Leben von anderen Wesen zu sein scheint.

24. November 1979
Warum bin ich nur so unfreundlich zu anderen. Besonders zu
Ich werde mir dies bestimmt eines Tages zum Vorwurf machen.

26. November 1979
Die einzigen Stunden, während deren wir nun noch Gelegenheit haben, uns zu sehen und miteinander zu sprechen, bieten sich Sonntags Mittags und Nachmittags beim Mittagessen und Kaffeetrinken. Dies stellten wir am Ende einer Diskussion über Umweltverschmutzung u.ä. vor unseren erkaltenden Mahlzeiten fest (der Braten war im Gegensatz zu Ronalds Feststellung noch fast heiß).
Und ich bin jeden Sonntag sowieso und auch sonst ein gern gesehener Gast und sollte ruhig vorbeikommen. Wenn ich Zeit habe, werde ich auf jeden Fall mal kommen. m
I.

27. November 1979, 18.09 Uhr, Dienstags
Ich bin so furchterregend doof.
So doof, viel zu doooof. ml.
Dooohf bin ich.

29. November 1979, Donnerstag, noch vor dem Wege
Ich sehe immer noch, was gestern bei mir im Zimmer geschah. Wie der Mann 2 oder 3 Köpfe in seinen Händen trug und sie auf einen Berg von Köpfen legte, wie als wäre es ein Gebirge von lauter leckeren Kohlköpfen. Es ist ein Gebirge von abgehackten Menschenköpfen. Er legt sie zu den anderen.
Man hat mir fest versichert, dies sei echt.

4. Dezember 1979, Dienstag, 18.34 Uhr
Mein Tod, mein Leben, Sonne, grüner Wald, schöne Arme. Mir tut es fast nicht mehr leid, mein Lieblings-T-Shirt in die Mülltonne geworfen zu haben. Mein Lieblings-T-Shirt hatte zwei kleine Löcher an den Ärmeln. Ich nähe gerade einen Knopf an Thorstens Hose. Halb angenäht ist er schon. Der Knopf vom neuen Mantel ist noch immer ab. Als ich sehr klein war, weinte ich einmal eine halbe Nacht wegen des Unrechts, welches dem "kleinen häßlichen jungen Entlein" angetan wurde. Nach erfolgreichem 12ten Versuch ist mein Bauchnabel endlich von dem über ein Jahrzehnt alten Krümel in seinem Krid-

delkram befreit. 12mal pulte ich daran herum, bis es vorhin blutete und ich zwischen dem bißchen Blut an meinem Finger den Krümel entdeckte. Nun ist mein Bauchnabel endlich sauber.
Heute begann wieder eines meiner neuen Leben (mit sauberem Bauchnabel diesmal, da kann sich keiner beschweren über meinen Bauchnabel). Eines Tages wird mein Leben lauter hakelige begonnene Lebensstückeleien sein. m_{l}.

Heute sollte ich Dir wieder unerhört ausführlich von Thorsten berichten, ihn beschreiben, wie er neuerdings ist und aussieht und so, Er trägt nämlich seinen Magen seit der letzten Fahrt auf einer anderen Seite als ursprünglich. Doch es ist mir, seit mein Kopf zwischen meinen Füßen hängt, penetrant anstrengend, ausführliche Beschreibungen zu liefern. Unbeschreibende Andeutungen wie diese sind sowieso viel aufregender.
Meine Andeutung läßt durchblicken, daß es möglicherweise etwas Andeutungswertes gibt. Sie deutet hiermit an, wie verschwiegen sie, die Andeutung, zu sein scheint.

Am besten lasse ich alles durchblikken.

14. Dezember 1979, Freitag, 20 nach 7, abends
Eines Tages werde ich mich verfluchen.

Im Grunde bin ich völlig allein, und es fällt mir erst heute auf. Es hat lange gedauert bei mir. Es ist schon lange so. Ich liebe niemanden, und ich hasse niemanden.
Klopft man an eine taube Nuß, klingt es hohl.
Als ich vorhin so weinen mußte, wünschte ich mir, ein solches Geheul passierte mir im Lager oder in der Schule mitten in der Stunde oder im Bus oder in der U-Bahn oder beim Tanzen oder, wenn Thorsten da ist, oder beim Mittagessen oder bei Petra oder, wenn ich im Supermarkt an der Kasse bezahle. Ich zerschlüge einen Tisch und alle würden mich tröstend verstehen und mich bedauern. Doch in Gegenwart anderer kann ich mich beherrschen. Es passiert mir nie. Dabei stelle ich mir vor, wie sie reagieren würden, sähen sie meine verkrampften Gesichtszüge und hörten sie mein jammerndes Stöhnen, sähen sie meine völlig tonlosen Schreie.
Sonntag wollte ich mich gerade bemühen, einmal absichtlich gewollt und geplant in Gegenwart von Thorsten zu heulen. Als ich noch angestrengt zu starten versuchte mit meinem Tränenakt, fragte er auf einmal ganz unschuldig: "Was kuckst du so blöd?" Ich war begeistert.
Ich bin selber schuld. Ich habe mich hineingestoßen, werde nicht mehr frei. Wenn ich Du wäre, könnte ich sogar zugeben, wie absichtlich es war.

In wenigen Tagen ist Weihnachten, und ich habe noch nicht ein Geschenk, noch eine Geschenkidee.
Ich weiß, ich möchte mich gerne ein wenig ändern.
Du, es glaubt mir keiner.

24. Dezember 1979, Montag, vor 19.00 Uhr
Ich komm' mir entsetzlich hohl und gemein vor. Alle sind so nett zu mir und so lieb, und auch die Weihnachtsatmosfäre ist es. Alle freuten sich auf Heiligabend. Nur ich nicht. Ich bin ganz und gar nicht in Weihnachtsstimmung. Heute bin ich nicht ein bißchen nett.

25. Dezember 1979, Dienstag, Mittwoch, morgens
Oh, diese Schimpferei, wie ich sie hasse. Erst schimpften Thorsten und sein Freund und dessen Freundin vor meiner Wohnungstür, jetzt schimpfen Petra und ihr Verlobter unter meinem Zimmer am Frühstückstisch, auf welchem bestimmt vier brennende Kerzen stehen. Die Schimpferei höre ich durch den Fußboden, durch die Tür klingen nun Orgeltöne.
Ich stehe heute nicht auf. Und überhaupt, zwischen diesem Zanken würde jeder den fein bimmelnden Klingelton von meiner Türglocke überhören, so wie ich.
Ungefähr nachmittags:
Ein Nebel von Kraftlosigkeit erfüllt das Haus, er schwemmt durch alle Ritzen. Ich

bin in seiner Stimmung. Zu Thorsten sagte ich durch die geschlossene Tür hindurch, mir wäre übel, ich hätte zuviel Braten und Marzipankartoffeln gefressen und könne mich nicht einmal auf dem Hintern halten, geschweige denn auf den Beinen. Mein Magen sei noch nicht wieder aufnahmefähig für ein weiteres Festtagsmahl. Das sagte ich alles durch die geschlossene Tür. Das stimmt nicht, aber es wäre mir lieb gewesen, hätte ich sie nicht geöffnet. So recht geglaubt hat er mir nicht, nehme ich an. Es war ja auch nicht wahr. Nur leider wird es wahr. Mir wird allmählich übel. Eine viertel Stunde schaute ich aus dem Fenster. Möglicherweise habe ich ihn jetzt endgültig enttäuscht, so daß er gar nicht wiederkommt. Das tut mir ja leid. Aber wir sahen uns sowieso höchstens ungefähr zwei- dreimal die Woche. So schlimm ist es auch nicht, wenn er höchstens ungefähr zwei- dreimal die Woche weniger kommt. Soll der doch endlich wegbleiben und abhauen.
Es gibt einige Menschen, die glauben, sie sprechen mit mir, wenn sie sich mit mir nett oder unnett unterhalten. Sie glauben, sie sprechen mit mir. Sie glauben, wir unterhalten uns. Ich glaube, sie glauben es wirklich. Ja, so muß es schon sein.
Wie ich die Geburt meiner Schwester in Erinnerung habe - gar nicht
Wie ich die Geburt meiner Tochter in Erinnerung habe - gar nicht

Wie ich die Geburt meines Sohnes in Erinnerung habe - gar nicht
Wie ich die Geburt meines älteren Bruders in Erinnerung habe - gar nicht
Wie ich die Geburt meines kleineren Bruders in Erinnerung habe - gar nicht
Wie ich die Geburt meiner Großmutter in Erinnerung habe - gar nicht
Wie ich meine Geburt in Erinnerung habe - ich weiß nicht
Wie mein Vater meine Geburt in Erinnerung hat - weiß er
Wie ich die Geburt von Jesus Christus in Erinnerung habe - Hab ich nachgelesen.
Wie ich die Geburt meiner Erinnerung in Erinnerung habe - die passiert immer
Unglaublich was man sich alles so einbilden kann. Was man sich alles so einbilden kann. Sogar die Verliebtheit eines anderen Menschen in sich, nicht nur die eigene Verliebtheit in einen anderen Menschen.

Freitag, 28. Dezember 1979
Bald kommt '80 und ich werde dies immer im Datum schreiben müssen, wo ich doch 8en so schlecht schreiben kann. 1980 werde ich das 8en schreiben wohl endlich ausgiebig üben.
Und das war wie versprochen Weihnachten.
Ich wollte Dir doch diesmal von Weihnachten, wenigstens, erzählen.

30. Dezember 1979

Verzeihung

31. Dezember 1979
Ansich fange ich heute mit dem Schreiben nur an, weil mir diese Andeutung mit dem eingebildeten Verliebtsein plötzlich einfiel. Man kann sich sogar die Verliebheit eines anderen Menschen in sich einbilden. Ich wollte nur noch nachtragen, daß Thorsten damit nicht gemeint ist. Es ist eben oft so, daß ich denke, Du weißt ja alles, vergesse dabei mein Lückenhaftes Erzählen. Damit war nämlich Thomas gemeint.

2. Januar 1980, Mittwoch, 18.43 Uhr
Ich möchte viel tun, aber ich will es nicht tun.
Mein linker Zeigefinger läßt sich von meinen Zähnen ein wenig beißen und von der Zunge mit Speichel befeuchten.
22.59 Uhr. Endlich liege ich wieder auf meinem Teppich, in die Nähe der Lampe geschoben, auf dem Bauch, schreibend wie schon so oft. Einen wenig juckenden Wollpullover tragend selbstverständlich. Dieser große Onkel sieht den hier eben hereingetragenen, auftauenden Sandkörnern

auf dem Teppich zu. Er ist mein rechter großer Onkel und nutzt das Loch in seinem Strumpf.
Dies ist der Rest von dem ersten Dienstag.
Es klingt so gut.
Rate mal, was kann ich tun, um nicht schon im nächsten Mai eine immer noch und sehr wissend wartende und genervt ungeduldige besonders gute verdammt kostspielige an zu harte Flaschen gewöhnte in Wattebäusche pustende und wunderschöne sehr heitere mit besonders feinen Gräten gespickte Zuckerwatte mit geballter Energie zu dröhnend zu verschleudern. Würde es ihr guttun? Gib mir schleunigst umfangreich Deinen fantastisch tollen ungeheuerlichen Rat.
Nächstes Mal.
19.05 Uhr. Er sagte: "Du ißt noch zu viel Schokolade", und schenkte mir eine Tafel. Und zu Hause in meinem Zimmer hörte ich erstmal Musik. Endlich hörte ich auch meine ungehörte Winny P.-Platte. Die lag mindestens schon ein Jahr ungehört herum.
Die Tafel Schokolade habe ich von Thorsten und nicht von Winny. Und nun gehe ich, und dann kommt das alles wieder so. Ich würde sagen, mit größter Wahrscheinlichkeit. Und jetzt mache ich mich schön. Nein nur halb schön, das genügt für ihn. Und dann geh ich zu ihm.
Neulichst lag mir Winny auf der Zunge, obwohl ich Thorsten sagen mußte. Neulichst

hörte ich auch, wie Thorstens Freund zu Thorsten sagte: "Lauf der dummen Ziege doch nicht mehr hinterher. Die bildet sich noch was ein." Ich habe nicht gelauscht, er hat es so laut gesagt, daß ich es hören mußte.

10. Januar 1980, Freitag, 00.22 Uhr
Die zwei Mal die ich jetzt wieder ausgeschlafen habe, schlief ich schlecht, wachte nach wenigen Minuten auf, schlief wieder ein, um zu träumen. So z.B. dies: Es muß in einem Schulgebäude gewesen sein. Wir sollten uns zum Schwimmunterricht umkleiden. Wir Mädchen wollten uns einen Spaß machen und verkleideten uns als Jungs in gartenzaun-grünen Badelatzhosen.
Denk Dir den Rest doch aus. Außerdem ist mein Geburtstag. Du dürftest mir mal was erzählen. ml.
Ich habe Zahnschmerzen. Oben rechts ganz hinten der letzte oder vorletzte, und morgen ist Sonnabend und übermorgen nur Sonntag.

21. Januar 1980, Montag, 21.08 Uhr
Blau, blau, fast nur Blautöne, wenig Grün. Eine Insel. Blaues Wasser, blauer Himmel. So schön. So ewig weit und himmlisch blau. Es ist alles ganz einfach.
Ich verstehe Dich nicht, und Du verstehst mich nicht. Klar!

ml.

Meine Augenlider fallen
jetzt stimmt das schon nicht mehr, das mit den Augenlidern.

23. Januar 1980, Mittwoch, ca. 18.00 Uhr
Es ist wieder weiß draußen.
Heute habe ich 10 Brötchen mit Fischsalat, 1 Apfelsine, 3 Mohrenköpfe, eine Schachtel Pralinen (Luxusschachtel) und zwei Portionen Pommes Frites und eine Tüte Bonbons (Familienpackung) zu Abend gespeist.

Freitag, 25. Januar 1980
Frau Sterner und ich waren heute in der Stadt, bummeln. Sie will sich eine Schreibmaschine kaufen. Dieser Zettel ist bei unserem Proben herausgekommen:
lllllllllllllllllllllllllllllllllllllllllll
ooooooooooooooooooooooooooooooooooooooooooo
ovvvvvvvvvvvvvvvvvvvvvvvvvvvvvvvvvvvvvvvvvv
emeeeeeeeeeeeeeeeeeeeeeeeeeeeeeeeeeeeeeeeee
eeeeeeeeeeeeeeeeeeeeeeeeeeeeeeeeeeeeeeeeeee
Das Großartige ist: wenn sich Frau Sterner noch in diesem Monat für eine Maschine entscheidet und sie kauft, wird sie mir diese gerne einmal ausleihen, hat sie mir fest zugesagt, versprochen, hat sie gesagt, aber nur für die Zeit, in der sie die Maschine nicht braucht, z.B. in ihrem Urlaub. Das Farbband muß ich natürlich selbst bezahlen. Ungefähr kann ich mir auch schon vorstellen, was ich damit anfangen werde. Sehr gut sogar.

23.00 Uhr
Ich möchte tief Luft holen und aus dem Fenster klettern. Doch heute rühre ich keinen Finger mehr. Ich fasse nichts mehr an heute. Nichts. Nur noch Bewegungslos dasitzen werde ich die ganze Nacht hindurch. Ich werde nichts mehr hören und nichts sehen. Keinen Tick mach ich mehr. Ich darf auch nicht aufhören zu schreiben, ich muß in dieser langsamen, kaum sichtbaren Bewegung verharren.
So war es:
Ein zierlicher alter Mann mit grauweißem Haar bis auf die Schultern seines langen grauen Mantels fallend führte mich einen steilen Berg hinauf. Beschwerlich - ?
Dort oben stand eine splittrige Burgruine mit altem Schatten und einem wuchtigen Turm aus Düsternissteinen, noch gut erhaltenen Düsternissteinen, recht gut erhaltenen Düsternissteinen. Der zierliche alte Mann führte mich direkt zum Turm, mich sanft hineinzudrängen.
Dieser Turm, außen breit wie ein Hochhaus, war innen eng wie ein schmaler Schornstein, ein feuchtkaltes, düsteres Gemäuer mit schweren Eisenketten im Gemäuer. Weil ich mich fürchtete, erklärte mir der Mann die Geschichte dieses Turmes. Sie war so: jedesmal, diente dieser Turm einem neuen Menschen zum Gefängnis, war der Turm enger geworden. Für jeden neuen Gefangenen waren alle Innenwände neu ausgemauert worden. Die neuen Innenwände

waren vor die alten gezogen. So war nun bis heute diese unglaubliche, unerwartete Enge in dem breiten Turm entstanden. Und ich sollte an diesem Tage als letzter Mensch hier eingemauert werden für den Rest meiner Tage. Für Essen bliebe kein Loch in den Wänden. Ich sollte als letzter Mensch darin meinen Tod finden, danach wäre er zu eng für einen Menschenkörper. Meine Schritte gingen unschlüssig mit mir zur Seite. Der Greis hielt mich nicht. Vorbei an ihm schritt ich an den Abhang des Berges, ließ ihn hinter mir stehen. Meine Fußspitze stieß an die Luft, die aus dem Tal aufstieg. Meine Stirn berührte eine blaue Wolke. Inmitten des Tales schwebte ein Wunder von See. Ein Blaustrahlensee, darin eine Insel wie ein Erdteil, schwamm in blausilbern perlenden Wellen. Der Himmel gießt sich darüber, taucht alles ein. Blau, so himmelblau. Die warme Sonne trug alles in ihren blendenden Strahlen.
Da muß ich sehen wohin, so schien es mir beim Erwachen.
Der Himmel war deutlich. Anders als hier. ih:

Ich war eingedöst.
Gute Nacht.

29. Januar 1980, Dienstag, 5.56 Uhr
Um halb vier wachte ich auf heute morgen und bekam einen Krampf in der rech-

ten Wade. Als ich wieder eingeschlafen war, war es so:
Einige Kollegen machten es sich auf den Schreibtischen bequem. Ich setzte mich auch auf einen Schreibtisch, sie waren doppelt so breit wie in Wirklichkeit. Wir rückten alle noch ein bißchen zusammen, um anderen Kollegen Platz zu machen. Dieter sagte zu mir, bei ihm sei noch Platz, zog mich zu sich heran, bis mein Rücken an seinen Bauch drückte, zog mich höher, zog meinen Rücken an seine Brust und legte sich mit mir zurück auf den Schreibtisch. Er umfaßte meine Schultern von hinten mit seinen Händen, küßte mich mit warmen Lippen in die Nähe meines Mundwinkels und auf den Hals unter dem Ohr. Er pustete leise in mein Ohr, er wisse, wie tief er mich verletzt habe, aber er habe mich erst jetzt erkannt. Warum hätte ich mich die ganze Zeit versteckt?
Er wärmte meinen Rücken immer noch an seiner Brust. Mein Kopf hing rückwärts über seine Schulter.
19.00 Uhr. Mir gleitet alles fort. Mir rutscht alles aus den Händen. Ein Karton mit Wassergläsern knallt aufs Lenolium. Alle zersprungen. "Sie können wohl nur noch Scherben machen!"
Seit ich von Dieter träumte, bin ich direkt ein wenig verliebt in ihn. Und das Komische ist, heute morgen in der Frühstückspause bekam er auch einen Krampf in der Wade. Ich weiß nur nicht in welcher. Ich

konnte nur hören, wie er jammerte: "Ich hab' ein' Krampf in der Wade."
Den ganzen Tag denke ich an den blauen Traumhimmel. Den ganzen Tag denke ich daran, einen Roman mit diesem Traum beginnen zu lassen. Der Roman würde dann zeigen, wie der Träumer versucht, den Turm zu umgehen, um in den blauen Himmel zu ziehen. Zwei Sätze meines Romanes sind schon geschrieben, von Hand, die Schreibmaschine von Frau Sterner bekomme ich erst später. Doch es macht schon jetzt keinen Spaß mehr, mir fallen keine neuen Sätze mehr ein, nur die zwei ersten Sätze.
Mir fallen überhaupt keine Sätze ein.

1. Feb. 80
Doch, ich lasse mich gern bewundern. Wenns schon mal vorkommt.
Das ist ja mal wieder. Natürlich nicht nur, weils vorkommt. Wie wäre ich gerne etwas Gutes, das gut schafft. Und immer verfluche ich diesen heimlichen Wunsch insgeheim. Fluchen und sich wünschen besser zu sein ist nicht gut, heimlich doch im Verborgenen gefällt es mir. Daher bin ich traurig im Heimlichen, denn mein Tun ist dahin. Da kann ich es nie werden.
Und im Geheimen hoffe ich doch.
Es wundert mich die Fremdheit eigener Gedanken. Gedanken gedacht vor wenigen Sekunden.

22.57 Uhr
wiedergefunden
BBBBBBBBBBBBBB
Der Kuß im Mund
Es war einmal ein Kuß, der wußte nicht, wohin sich wenden. Da nahm er seine Zunge und leckte seine eigenen Zähne scharf.

!!!!!!!!!!!!!!
öööööööööööööö

Montag, 4. Feb. 1980
Dings war hier, zum ersten Mal. Mochte alles.
Leider finde ich die eine neue Idee ziemlich bekloppt. Wir tranken noch Kaffee, ohne Milch. Nur mit Zucker.
Bin ich verliebt? Schon wieder? Immer noch? Bin ich verliebt? Nein leider nicht. Ich kratze mich nur am Kinn.
Ich muß noch den Fußboden feulen, vorher einen Feul kaufen, damit ich kein Handtuch nehmen muß. Milch nicht vergessen.
Aber Meike meint, gelbgrün wäre besser. Ich dachte mehr an beige. Bleu ginge auch.
Dieter kauft sich heute ein Auto. Ein graues will er, mit Kassettenrekorder.
Tüffel trägt doch keine Pantoffeln als Hausschuhe. Trägt aber kunstvoll gestopfte Socken.

5. Februar 1980, Dienstag, 21.34 Uhr
iCh weiß nicht, ob ich die sAche heute morgen geträumt oder mir ausgedacht habe. iCh meine die sAche von dem lAnd, in dem

es verboten war, rEifröcke aus sTacheldraht unter dem nAchthemd zu tragen. Geschafft. Soeben verschwand Winny P. nahezu vollständig hinter dem Kleiderschrank. 2 Jahre lang hatte ein Poster von Winny P. unter meiner Schreibtischunterlage aus grünem Leder (Geburtstagsgeschenk von Stengels, paßt kein Stück) zusammengefaltet gelegen. Vorgestern fand ich 5 Heftzwecken in einem Aschenbecher hinter der Blumenvase mit den gelben Punkten drauf. Da faltete ich das Poster gleich auseinander und heftete es an die Wand. Doch meine letzte halbe Stunde verbrachte ich damit, meinen gefüllten Kleiderschrank von der Stelle zu würgen. Vor Winny P. zu würgen. Millimeter um Millimeter schob ich ihn vor Winny. Es dauerte mindestens eine halbe Stunde, wenn nicht länger. Seitdem hängt Winny P. hinter dem Kleiderschrank. Nur wenn ich in die äußerste gegenüberliegende Ecke (Seite meine ich) meines Zimmers gehe und mich dort auf einen Stuhl stelle, kann ich den Ansatz seiner schönen Stirn über dem oberen Rand meines Kleiderschrankes erkennen. Wie schade, darunter liegen gleich ein paar Staubflusen. Armer Winny muß hinter dem Kleiderschrank bleiben. Jetzt steht er sowieso so, daß ich mich von keiner Wand mehr abdrücken kann.
m:

7. Februar 1980, Donnerstag, 23.22 Uhr
Sowie ich schreibe, sind meine Gedanken unterbrochen. Es bilden sich die Schreibgedanken.
Heute beginne ich mal ganz neu. Heute nehme ich mir vor, nicht andauernd und schon wieder neue Leben zu beginnen, die ich doch nie führe.
Gestern vertrugen sich Thorsten und ich wieder recht gut.
24.09 Uhr. Kein Ton von Dir. Gib zu, Du bist ein komischer Kauz. Und wie Du aussiehst. Schämst Du Dich denn gar nicht, daß Du Dir auch nicht im geringsten überflüssig vorkommst -. Ist es Dir nicht peinlich?
Manchmal liegst Du ziemlich in meiner Nähe unter der Matratze, darüber das Kopfkissen, manchmal ein bißchen weiter in der Schublade mit den Strümpfen, manchmal im Küchenschrank unter dem Brot. Dort lasse ich Dir Zeit und Gelegenheit zum Überlegen. Nun blättere ich in Dir, und Du brachtest wieder nichts hervor. Nirgendwo ein Gedanke von Dir. Du verbrachtest schon einmal eine dunkle Nacht allein in einem zugigen Futterhäuschen. Dazu hast Du auch nichts gesagt, nicht einmal zu den Vogelklecksen.
Heute werde ich mal ausprobieren, wie Du es findest, wenn Du von mir nicht erfährst, wohin ich Dich tue.

10. Feb. 1980, Sonntag, 19.34 Uhr
Die Disko gestern war'n Reinfall, überhaupt der ganze Abend, der ganze Tag.
Winny quetscht sich noch immer hinter meinem Kleiderschrank umher. Er gefällt mir wieder mal noch besser als vorher. Mehrmals täglich, am Sonntag geht es, begebe ich mich in den äußersten Winkel meines Zimmers und hüpfe hoch. Ganz hoch, so hoch es geht, dann taucht Winny's Stirnansatz über dem Kleiderschrank auf. Ich habe schon Staub gewischt. Ansich würde ich den Kleiderschrank gerne wieder an seinen alten Platz schieben. Aber das Ding ruckt und rührt sich nicht mehr, nicht einen Mikromillimeter. Wie angewurzelt ist mein Kleiderschrank. Ich versteh das gar nicht. Ich bin doch nicht schwächer geworden. Allerdings vorher nach der anderen Seite hatte ich mich mit Händen und Füßen von der Wand abstoßen können.
Ich glaub', ich bin ein bißchen verliebt, nur ein bißchen, in Mattias (den Mattias mit der gelben Mütze). Er ist zwei Jahre älter als ich. Leider ist er eng mit Susanne befreundet. Durch sie lernte ich ihn auch auf Mariannes Silvesterparty kennen. Silvester, erzählte ich Dir Silvester was? Silvester hatte er keine besonders gute Laune, ich dafür um so glänzendere. Funkelnagelneue gute Laune. Mitten aus der Party ist er abgehauen, noch vor 12 Uhr. Niemand wußte, warum er sauer war. Erst im nächsten Jahr tauchte er plötzlich wie-

der auf, in Begleitung zweier Freunde. Jetzt schien er sehr gut in Stimmung zu sein, genau wie seine beiden Freunde. Aber nach einer viertel Stunde hauten sie wieder ab. Sie waren nur zum Tschüßsagen gekommen. Ich konnte nicht mehr nach Hause kommen und schlief bei Marianne auf der Bettkante. Am nächsten Morgen oder besser Mittag fanden wir Mattias schlafend auf der Couch im Wohnzimmer. (Die Couch ist etwas zu kurz zum Ausstrecken.) Wir konnten uns nicht erklären, wieso und wie er reingekommen sein könnte, bis er aufwachte und uns erzählte, die Wohnungstür hätte weit offen gestanden. Nach dem Essen ist er dann gleich zu Susanne gefahren.
Vorgestern haben wir uns im Bus getroffen. Ich bin aber wirklich nur ein ganz kleines Bißchen verliebt.
- Ja doch das stimmt, ich bin wirklich irgendwie etwas verliebt.

11. Feb. 1980, Montag, 17.42 Uhr
Heute schreibe ich mit geschlossenen Augen, der Anblick meiner Handschrift macht mich krank.

Ich brauche mehr Zeit und mehr Papier, um

meine Zeilen nicht übereinander zu setzen.

So wie jetzt geht es wohl.

Mehr möchte ich nun auch schon nicht mehr sagen.

m:

20.39 Uhr. Ich trage meine Augen wieder offen.

Lassen wir das mit den nassen und in anderen Gegenden vertrockneten Schneeflocken. Die Schneeflocke ist wieder in ihrem Winter irgendwo.

21.07 Uhr. Warum bedauern manche Menschen tote Selbstmörder? Weil man die lebendigen nicht sieht?

21.15 Uhr. Ob soetwas wie das "Lassen wir das mit den nassen und in anderen Gegenden vertrockneten Schneeflocken" mit meinem Plan, ein Buch zu schreiben, zusammenhängen könnte? Vielleicht verwende oder verwandte ich mein eigenes Tagebuch als Grundlage für dieses Buch und wollte es nicht vollständig veröffentlichen, fand jedoch beim Abtippen die Geschichte mit der Schneeflocke ansich zu schade zum Weglassen. Vielleicht möchte ich mit solchen Andeutungen den Herrn Winny P. ein wenig ärgern. Wer kann sowas schon wissen, denn woher könnte ich das erfahren?

21.59 Uhr. Bitte. Ja? Ich verspreche Dir dann. Ich verspreche auch, ich werde es schaffen. Nur bitte jetzt, jetzt. Schnell. Bitte jetzt. Ich verspreche dann auch alles, was ich versprechen will, aber jetzt bitte erst. Warum denn nur nicht? Schnell, bitte. Bitte. Was ist? Ich werde alles versprechen, wie ich schon sagte.

Ich verspreche auch schon jetzt. Ich meine, ich verstehe nicht. Was ist denn nur? Ich habe doch nur die eine Bitte. Ich will doch gar nichts. Und ich werde vieles tun, wenn ich nur nicht immer bitten muß. Es wird so sein. Und es wird so sein. Ich verspreche alles, nur bitte, bitte. Hey, bitte. Es ist doch wirklich nur eine Kleinigkeit. Bitte. Warum ist nichts? Bitte.

13. Februar 1980, Mittwoch
Heute gibt es warmen Kuchen, aber was war denn das gestern und vorgestern. Glaub mir, ich weiß genau, wen ich warum so beschwor. Heute gibt es Kuchen. Oma hatte mich eingeladen, bei ihr mit ihr einen Kuchen zu backen.
Bei mindestens zwei Personen muß ich durch meine Beschwörerei etwas erreichen.
Der Kuchen wird jedenfalls ganz fantastisch schmecken.
Könnte ich auch nur die geringste Chance für einen Beschwörungskuchen entdecken, gäbe es diesen in ca. einer halben Stunde. Ich kann also noch eine halbe Stunde in der Wanne bleiben. 20 Minuten. Keine Sorge, Du befindest Dich auf dem Brett über dem Badewasser. Auf dem Weg zum Eierholen bin ich nämlich triefend naß geworden, da hat Oma mich in die Wanne gesteckt. Und nun fange ich gleich an zu singen, wie man das in der Badewanne immer so tut. Ich befinde mich in grünem Wasser in Schaum, und der Kuchen beginnt zu duften. Das werde ich

alles gleich singen. Dich habe ich übrigens mit zu Oma genommen wegen dem entflohenen Wellensittich gestern.

14. Febr. 1980, Donnerstag, 18.42 Uhr
Leise rieselt der Schnee, die Heizung summt und verbrennt mein Bein. Darum drehe ich sie jetzt aus.
Ich muß fast glauben, gestern hat es auch geschneit und nicht geregnet. Durchgefroren war ich auf jeden Fall.
Maske und Schatten wachsen aus einer Blume. Eine Maske ist ein erstarrtes Menschengesicht, ein Schatten wandelt sich mit dem Licht.

dER fLUCH sCHENKT dIR fURCHT wENN dU hIER lIEST
?±?±?±?±?±?±?±?±?±?±?±?±?±?±?±?±?±?±?∓?±? h:
. . . .
Es dient der Abtötung von Harmlosigkeit. Es ist nachts und kühl. Es ist warm und lebendig. Es ist heiß und scharf. Es ist lieb und nett. Gedrungen nur. Es dient der Vergebung von Spaß. Verzückt ist es zuckend. Es ist Lila und grün, wenn es verfärbt wurde. Dem Es ist ein schwarzer Punkt beschert. Den schwarzen Punkt kann man auch nicht wegküssen. Er ist Lippenfest, oder-wie Unterlippenfest. Es ist stickig und trocken. Es beginnt nicht.
Ich bitte Dich nochmals, Dich nicht zu lesen.
Ich bitte Dich nochmals, Dich nicht zu lesen.

Ich erbitte Deinen andauernden Tod, welcher in jeder täglichen Ewigkeit neu beginnt und darum immer ist.
Ich bitte Dich nochmals, Dich nicht zu lesen.
Dies dient zur Vertötung Deiner harmlosesten Gedanken.
Ich erbäte noch immer meine Bitte, wenn ich Dir nicht traute. Doch dies liest Du ja nicht mehr.

Freitag, 15. Feb. 1980, 23.29 Uhr
Zuerst verlief alles ganz normal, genau wie es schon unendliche Großmütter und Großväter ihren Enkeln erzählt hatten. Genau so verlief es. Doch diesmal entschlummerte etwas, so ganz leicht, so ganz flach und sacht, denn es erwachte bereits nach einem Jahr, wohl durch den Schatten eines Prinzen in Eile. Im nächsten Jahr kam ein emanzipierter Prinz vorbei. Beide hatten sie Glück. Wahrscheinlich werden sie dennoch sterben. So wie sie riechen.
Heute ist wieder etwas zuende gegangen.
Ich mag nichts mehr tun, was mir Spaß macht. Ich habe keine Lust, etwas zu tun, was keinen Spaß macht. Ich mag nichts tun, was mich freut. Was hätte ich davon, mich zu freuen? Was bringt mir das schon.
Unangenehmes und Angenehmes erledige ich gleich gut, gleichermaßen fehlerhaft.
Ein bißchen Ärger mit Dieter, ein bißchen Ärger mit Mike, ein bißchen Ärger mit Thorsten, ein bißchen Ärger mit Frau

Dingsdabumsda, ein bißchen Ärger mit Herrn Bille. Es ist zaghafter Ärger, ganz niedlicher.
Ich nehme an, in der allerwirklichsten Wirklichkeit macht es nichts.

19. Februar 1980, Dienstag
Ich vergesse zu oft, daß niemand unendlich stark ist. Aber ich denke nur an meine Schwäche. Sollte ich mal ein Stärkungsmittel probieren, eines von geheuerlich unendlicher Kraft. Eines das gibt: Kraft und Saft, gibt Schwung und macht jung, ist besonders zu empfehlen bei Schwächeandeutungen bis Anfällen.
Es ist herrlich dort draußen. Kalte Luft windet sich durch die Autogänsemärsche, strömt in mein Zimmer und lüftet. Ich mag gar nicht hinuntergehen in die Wärme der Stube von Petra. Ein Unbehagen hockt auch dabei. Ich möchte woanders hingehen.
Die Unbehaglichkeit kommt auch von mir.
22.20 Uhr. Ha, Überschwemmungen in: Californien, Arizona, LA. Vielleicht ist Winny dabei umgekommen. Eine ganze Menge Menschen ist auf jeden Fall dabei zu Tode gekommen. Ob ein toter Winny anders wäre als ein lebendiger -.
Morgen im Laufe des Tages werde ich in der Zeitung lesen, hoffe ich doch, falls Winny nun dabei abgekratzt ist stets auf jeden Fall irgendwo.
Einen Unterschied zwischen einem toten und einem lebendigen Winny gibt es für mich.

Wäre er tot, bräuchte ich endlich nicht mehr zu denken, ich könnte zu ihm. Und sein Grab begutachten, solche Reise nur wegen seinem Grab. Dann schon lieber sein Haus. Übrigens bin ich neuerdings fest davon überzeugt, daß sein Schlafzimmer in creme-gelb gehalten ist. Das große Fenster mit der Terrassentür liegt, wenn man durch die Zimmertür geht, auf der rechten Seite, links geht es, so viel ich weiß, ins Bad. Die Küche ist recht schmal geraten. Das Küchenfenster liegt auf der breiten Seite. Der Raum ist recht hell, weiß mit hellgrün. Ein Küchentisch steht vor dem Fenster. Ein Speisezimmer hat er aber auch noch, passend zum Wohnzimmer. Die Kellertreppe kann ich ebensowenig ausmachen wie die Garage. Hat er aber. Sein Wohnzimmer kenn ich aus der Zeitschrift. Gästeklo hat er bestimmt. Dies halte ich hier gestochen scharf fest, um nicht hinterher erklären zu können, ich hätte genau gewußt, wie es bei Winny im Haus aussieht, ohne es jedoch im voraus geäußert zu haben. Ich meine, nicht daß ich, wenn ich nun bei Winny ankomme und es sieht ganz anders aus, sage, ich hätte mir gedacht, so würde es bei dir aussehen. Einen Swimmingpool mit Liegestühlen und vielleicht einer Hollywood-Schaukel hat er draußen im Garten in der Sonne, denk ich mir. Für die Farbe des Wassers kann ich sogar fast garantieren. Zwei rote Sonnenschirme stehen da. Einer nur aufgespannt. Winny liegt darunter im Liegestuhl

und liest. Aber eine Zeitschrift.
- Ansich eine komische Vorstellung, daß Winny lesen kann und auch liest. Stell Dir nur mal vor, Winny und lesen. Aber ich rechne damit, daß er es kann und auch tut. Auf dem Tisch rechts neben dem Liegestuhl, denn Winny ist Rechtshänder, glaube ich, liegt übrigens seine Sonnenbrille. Die kenne ich von einem Foto. Und was zu trinken steht auch da, mit Eis.

20. Februar 80
Jetzt wollte ich doch von den bekloppten Leuten schreiben. Ich muß sagen, es gibt ganz schön bekloppte Leute, was diese als störend empfinden.

25. Februar 1980, Montag, 6.08 Uhr
Die Blumengalarie im Treppenhaus mit ihrem bedeckenden Duft erinnert mich an Beerdigung. Auf Beerdigungen sind immer viele bunte Blumen. Diese unten sind Partyblumen in allen Blumenfarben. Ich war auch eingeladen gewesen zu der Party von Petra. Sie ist übrigens nur 5 Jahre älter als ich, und ich weiß nun endlich, wieso sie mir auf den ersten Blick so bekannt vorgekommen war. Sie war nämlich früher eines von den großen Mädchen auf dem Schulhof. Die Party war toll, aber es ist so schwierig, eine Party zu erzählen. In einem Tagebuch kann man immer nur Tagebuch schreiben.
22.12 Uhr.
Hab' mir's anders überlegt.

Ich möchte doch nicht mehr schreiben.
"   bin müde.

7. März 1980, Donnerstag, 23.16 Uhr
Wiedereinmal beginne ich, eine ausgedachte Geschichte aufzuschreiben. Vermutlich wird mir bald die Lust verloren sein, wie immer. Darum hier in Kurzform der Inhalt: Des Mädchens Wunschtraum ist es, einen ganz bestimmten Superstar kennenzulernen. Sie beginnt allmählich, sich allerlei Pläne genau auszumalen. Manchmal meint sie schon, er, ihr Superstar, würde sie herbeirufen. Dann will sie ab und zu zu ihm, um ihn zu erwürgen, und dann wieder meint sie, sie würde halbwegs sterben, wenn sie niemals mit ihm schlafen könnte. Ab und zu kommt sie auch auf die Idee, sie könnte sich alles nur einbilden, was einen sehr negativen Einfluß auf sie ausübt. Eines Tages kommt sie beinahe auf die Idee, das Dach über ihrem Kopfe anzuzünden. Aus lauter nicht mehr wissen schreibt sie ein Buch, ein Buch, dessen Inhalt ich zur Zeit noch nicht erfunden habe. An der Stelle, an der sie ein Buch zu schreiben beginnt, stecke ich mit dem Schreiben meines Buches fest. Auf jeden Fall soll es folgendermaßen weitergehen mit der Geschichte: Sie schreibt das Buch. Es wird ein ganz fantastisches Buch. Sie findet mit etwas Glück einen Verlag, der es begeistert verlegt und so. Das Buch ist ein Renner. Es verkauft sich so gut, daß ihr Buch sogar in der Sprache

des Superstars neu geschrieben wird. Dies passiert alles rasend schnell, innerhalb eines einzigen Jahres. Mr. Superstar liest es natürlich zufällig und glaubt ein wenig zweifelnd irgendwie gemeint zu sein. Dann wird ihm schon irgendwas einfallen. Jedenfalls lernen sich die beiden dadurch dann irgendwie kennen (müßte mir noch einfallen wie).

Doch, so wie ich ihn kenne, fällt ihm bestimmt was ein.

Also, wenn ich mein Buch über die Geschichte dieses Mädchens nun schreibe - Also, zuerst muß ich an der Stelle weiterkommen, an der ich hängengeblieben bin. Ich muß also zunächst einmal das Buch erfinden, mit dem dieses Mädchen diesen sensationellen Erfolg hat. Dann füge ich dieses Buch in ihr Tagebuch ein. Aus diesem Grunde darf mein erfundenes Buch nicht zu lang werden, denn sonst könnte ich meine eigenen Absichten in meinem Buch nur noch sehr und zu kurz erwähnen.

Ich glaube, es ginge. Sie würde also in meinem Buch mit ihrer Geschichte diesen sensationellen Erfolg haben und mir durch die Geschichte ihres Weges, der meiner werden soll, zu meinem Erfolg verhelfen. Ich werde sie unglaublichen Erfolg haben lassen.

Auf jeden Fall stand bis heute in keiner Zeitschrift oder Zeitung etwas über Winny P.'s Ableben. Winny P. spreche ich immer Winny Pö aus in meinen Gedanken. Ansich

hat er von mir fast einen neuen Namen bekommen. Es ist nun mal so, wenn man jemanden so im Fernsehen sah, weiß man niemals, ob er noch am Leben ist.
Bereits durch das Schreiben dieses Buches würde sich der Unterschied zwischen einem toten und einem lebendigen Winny rapide hervortun. Eine sehr angenehme Nebenerscheinung meines Buches wäre: ich könnte mein ewiges Tagebuchschreiben umbilden. Es würde etwas Spannendes sein, mein Tagebuch am Morgen oder am Abend auch nur aufzuschlagen. Aber meine liebe M., bedenke nur, wie lange du brauchst, nur allein um das Buch, mit welchem das Mädchen einen solchen sensationellen Erfolg hat, zu erfinden. Das könnte Jahrzehnte dauern. Und dann muß auch noch erst der Erfolg kommen. Und dann muß Mr. Winny P. es lesen, vorher muß es übersetzt worden sein. Und was sollte Winny damit anfangen? Was fingest denn z.B. Du damit an, wenn ich so ein Buch nun um deinetwillen geschrieben hätte? Würdest Du das bemerken? Oder spreche ich womöglich schon mit Dir, Mr. Winny P.? Aber ich meine jetzt nicht Dich, Mr. Winny P., ich meine Dich, was dächtest Du von mir? Würdest Du mir glauben? Oder nur ein Tüddelchen glauben?
Und ich glaube, ich kann mir nicht einmal bruchteilweise ausmalen, was Sie sich alles dabei denken könnten. Ich bin aber vollkommen sicher, daß Sie eine Idee haben werden, wie wir uns kennenlernen

könnten. Vielleicht ergibt sich ja auch durch Zufall was von alleine.
Wenn ich nur nicht fürchten müßte, Sie würden sich nicht angesprochen fühlen.
Es wird auch nicht helfen, wenn ich nun schreibe: ich meine es ernst. Sowas steht immer in Büchern. Ich fürchte auch, Ihre Mitleser werden dies denken.
Ungefähr ein qm meines Teppichs ist mit Bonbons belegt, eine Ecke mit Bonbons bestreut.

8. März 1980, Freitag, nachts
Thorsten gab mir vor einiger Zeit ein 50-Pfennigstück aus seiner Hosentasche. Er hat es auf dem Bürgersteig gefunden, als er 10 war. Er meinte, es würde mir Glück bringen. Ich bewahre es auf, doch ich weiß schon lange nicht mehr, welches es ist. Eines der drei auf dem Bord dort drüben. Zwei davon sind das Wechselgeld von dem Eismann, der hier Sonntagnachmittags immer mit seinem Wagen vorbeikommt und an der Ecke hält, um Eis zu verkaufen. Im Sommer natürlich. Ich weiß nicht, welches der drei Stücke mir das Glück bringt, welches mir Thorsten wünschte. Ich will alle drei nicht ausgeben. 1,50 DM.
Eigenartiger Weise bin ich wieder einmal am umherwinnyn. Trotzdem ich ihn eine Weile nicht mehr sehen mochte.
Als ich immer so auf ihn schimpfte, fand ich ihn manchmal wirklich nicht mehr so

gut. Ich frage mich, ob ich mich heute in Winny verknallen würde, wenn ich nicht schon einmal vor ein paar Jahren in ihn verknallt gewesen wäre.

10. März 1980, Montag
Sind nur noch wenige Reste da, wirkt es am natürlichsten.
Es ist nicht zu fassen. Nicht einmal mehr zum Flirten bin ich fähig. Gestern auf der Party erst trieb ich hilflos davon. Sowas von Dämlichkeit. Dabei glaubte ich, es wäre vorbei damit.
Am liebsten hätte ich das Auto zertrümmert.
Es gibt Menschen mit Problemen, die helfen Menschen mit Problemen. Welche tun es trotz ihrer Probleme.
Zitierter Satz aus einem Tantenmund: "Den find ich gar nicht so schlecht, the man Winny P." Sowas hört man gern. Und diese Betonung auf man.
(ein abgehacktes) Uffuff.

20. März
Mir ist, als spielte ich eine Szene in einem Film. Ich fühle mich gut, fantastisch. Mein Kleid ist kostbar, weich. Die Schleppe weht in meinem raschen Schreiten. Eine winzige Schramme auf der Mitte meiner Stirn schmerzt. Die Filmszene spielt auf den Treppenstufen in einem von verschleierter Blütenpracht erfüllten Park. Ich hätte mich auf den Stufen umdrehen sollen und vergaß es. Die Szene wird unterbrochen.

Ganz behutsam hob ich Dich aus dem Nachttisch.
Thorsten tut mir leid, und ich bin froh darüber. So sehe ich doch wenigstens manchmal, daß manchmal ein klein wenig was Gutes in mir ist. Jetzt sage ich, er tut mir leid, weil ich nicht mehr mit ihm schlafe, in einer weiteren Wahrheit wäre es aber auch umgekehrt. Im nächsten Monat wird es nur sowieso nicht auffallen, weil er nach Frankreich ist. Und voraussichtlich wird er in einem Jahr ca. für ein Jahr nach Amerika gehen. Ganz festgelegt hat er sich noch nicht.

21. März 80
Ich weiß einen guten Witz.

22. März
Es ist nicht komisch, ihn nicht zu erzählen.

24. März 1980, Montag
Zusammen mit der rosa Blumenvase holte ich alte Poster von Winny P. aus dem Abstellraum. Die sind schon richtig staubig und mit angegilbten Rändern wie alte wertvolle Pläne von Schatzinseln. Den Staub muß ich noch aus meinem alten Zimmer bei meinen Eltern mit hierhergebracht haben, solange bin ich noch gar nicht hier. Ein Poster fehlt. Es ist weg. Ich kann es unmöglich weggeworfen haben.
Am liebsten würde ich das Poster mit den

Palmen im Hintergrund an meine Tür heften. Die Farben passen gut zu meiner Tür. Nur müßte ich aus dem Fenster klettern, wenn ich wieder einen Kleiderschrank vor das Poster von Winny schiebe.
Wem könnte ich eigentlich das von Winny erzählen - ? Nur so ein bißchen, nicht gleich die ganze Geschichte auf einmal. Soviel ich herausbekommen konnte, würden alle meinen, ich sollte dringends und natürlichster Weise versuchen, mir den Kram schleunigst wieder auszureden. Die ganze Geschichte hätte ich mir sowieso nur eingeredet.
Ich biete Dir an, es zu versuchen. Versuch Du das mal, versuch, mir meine Winny-Geschichte auszureden. Versuch es nur. Dann wirst Du verstehen, wie schwer ich es da mit mir habe. Du hast sogar die Absicht, es mir auszureden, und wirst es trotzdem nicht schaffen, mir fehlt aber auch noch die Absicht, es mir auszureden.
Ich werde eine Belohnung aussetzen für denjenigen, der es schafft, mir meine Winny-Geschichte auszureden. Die Hälfte von dem, was ich mit meinem Buch, welches dann einmal geschrieben worden ist, um Winny P. kennenzulernen, verdienen werde, wird für denjenigen oder diejenige ausgesetzt, der oder die es schafft, mir die Winnyrei auszureden. Das Buch wird ein sensationeller Erfolg sein und sensationell viel Geld einbringen. Die sensationelle Hälfte (Steuern vorher abgezo-

gen) setze ich als Ausredebelohnung aus.
Abends. Meine Gedanken sind noch immer flüssig. In Gedanken bin ich in Gedanken bei Winny. Winny P. spreche ich immer Winny Pö aus. Das sollst Du wissen.
Setze ich das "P" (Pö) von Winny P. mitten ins breite "W" von Winny P. und stopfe ich alle Ritzen mit Zeitungspapier zu, so entsteht ein kleines Schiffchen aus W.P. und wenig Pappzeugs. P kann im Wind flattern und W auf den Wellen schaukeln. W.P. ist dann wie der Pappkarton, mit dem ich früher im Kinderzimmer Boot fuhr.

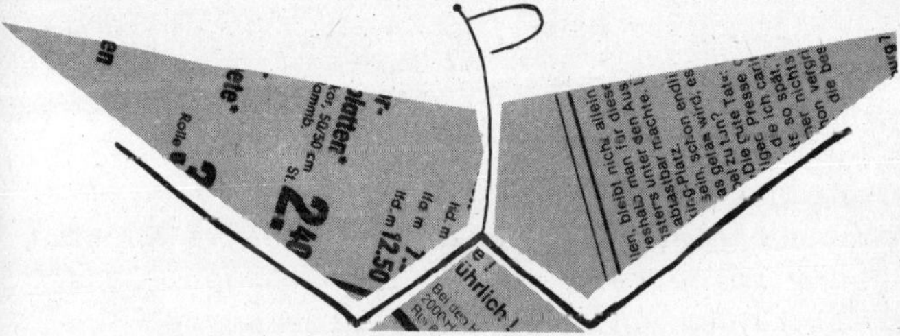

So, nun kennst Du auch mein Geheimzeichen.
Nun kann ich nicht mehr in Gegenwart von Jedermann über Winny P. alles sagen, was ich will, ohne daß jedermann erraten könnte, was ich meine. Ich werde vom sexy Pappkarton reden oder von Schiffchen.
Und jedes Schweinchen wird mich verstehen.
Ich bin dahintergekommen, wie die ganze Buch- und Kennenlernsache vermutlich beschleunigt werden wird. Einige meiner

Leser werden versuchen, mir zu helfen, und an denjenigen, von dem sie vermuten, er ist Winny P., ihre ausgelesenen Exemplare schicken. Sicher werden einige Leser auf falsche Superstars tippen, auch diese werden mein Buch zugesandt bekommen, aber auch der richtige, der den ich meine, wird darunter sein, und dieser wird bestimmt merken, wer gemeint ist. Falls er kein Deutsch versteht, wird er bestimmt jemanden finden, der das Buch für ihn liest und ihm in groben Zügen übersetzt, eben das Wesentliche, das ihn betrifft. Auf diese Weise würden wir mindestens zwei Jahre gewinnen. Es ginge alles viel schneller. Ich bräuchte nicht auch noch so lange auf die Übersetzung zu warten.

25. März, Dienstag, 1980
Fast hätte ich geweint, denn ich dachte, ich hätte Angst. Alles an mir hatte Angst. Jeder Körperteil seine eigene Angst. Jedes Teilchen von mir hatte alleine Angst. Ich war ganz und gar einzeln in Angst gestreut. Irgendwo klapperten meine Zähne, woanders schlotterten meine Knie, ein Stück weiter war meine Haut eine Gänsehaut. Und noch wieder woanders liefen mir meine Beine weg. Und ich wollte es doch fast nicht glauben. Zerstückelt, so mulschig zerhackelt fühlte ich mich. Auseinandergetrieben. Ich fürchtete mich so, denn wie könnte ich noch weg, wenn mir meine Beine alleine davonlaufen.

Ich bin noch immer alleine in meiner Wphnung. Eine Weile teilte mich eine kraftvolle Schwäche, eine Schwäche von unbändiger Stärke. Ich spüre die Angst nicht mehr, nicht mehr so deutlich. Nur ganz sachte im Hintergrund weißgelber Sonnenstrahlen über dem Fußboden, wie immer. Vielleicht manchmal auch nicht. Sehr oft bestimmt. 18.21 Uhr
ih:
18.25 Uhr. Täuschung. Sie war nur solange fort, wie ich schrieb. Weil ich so angefüllt bin mit ihr, findet kaum noch etwas anderes Platz in mir. Es würde zu eng in mir. Ich lasse mich sie zu oft spüren. Vielleicht gibt es etwas Stärkeres als sie, etwas zum Austreiben. Es ist nur so schwer, mit ihr im Leib auf die Suche zu gehen.
Schon beim Aufstehen überlege ich. Ich finde jeden Tag immer wieder nur sie. Sie ist überall. Ich hasse die Angst nicht, ich fürchte mich vor ihr. ih:
Bin ich aus ein kein wenig Angst in alle übrige Angst geflüchtet?

Von gestern aus gesehen ist heute schon der nächste Tag.
Ein paarmal riß ich die Wohnungstür auf, lief aus dem Zimmer ins Treppenhaus die Stufen hinunter, stürzte sie hinunter, um nichts mehr hören zu müssen. Es war das erste und einzigste, was ich in den letzten zwei Tagen zu hören bekam. Immer wie-

der rannte ich die Treppen hinunter, immer wieder zog es mich zurück. Ich schlich ganz leise wieder hinauf. Ich störte nicht mehr die Mittagsruhe der Nachbarn. Auf Zehenspitzen huschte ich leise zurück in mein Zimmer zum Plattenspieler. Die Winny-Platte ist das einzigste, was ich in den letzten zwei Tagen hörte, sonst nichts, nicht einmal Kirchenglocken aus der Ferne kann ich hier hören. Bei Thorsten hört man sie Sonnabendabend und Sonntagmorgen, wenn man ganz still sitzt und das Radio abstellt. Aber hier in der Gegend gibt es keine Sonntagsgeräusche, und nur solche fallen mir auf.

1.4.80
Soeben verstaute ich meine alten Tagebücher wieder unter dem Bett. Sie sind einherschweifende Zweifeleien. Kaum noch erinnere ich mich der Gedanken, während derer ich sie schrieb. Auch mit ihrer Hilfe erinnere ich mich nicht mehr daran. Es graute mir davor, in meinen alten Tagebüchern zu lesen. Von manchen Sachen, die ich aufschrieb, habe ich vergessen, was sie bedeuten.
Ich war auf der Suche nach Ideen für das Buch, welches das Mädchen schreiben muß, um endlich ihren Superstar kennenzulernen. Ich bin am Beschließen, niemals ein Tagebuch geführt zu haben.
Tagebuch führen bringt mir auch keinen Spaß mehr.

Zwei Pfund Bonbons. Zwei Bonbons zertrat ich heute morgen, weil die zwei Pfund Bonbons noch immer auf meinem Teppich gestreut sind. Die Bonbons liegen aber auch genau im Weg, es ist kein Wunder, daß ich sie zertrat in der Eile. Zwischen den zwei Pfund Bonbons sind nun diese Zuckerflecken von zwei zertretenen Bonbons. Aber ab heute abend werde ich bestimmt keine Bonbons mehr zertreten. Petra kommt nämlich gleich herauf, dann werden wir zusammen sie alle aufessen.

3.1.80
Ich wohne in einem Haus, dessen Hauptsicherung vor ca. 5 Minuten durchgebrannt ist.
Hast Du etwa Schweißfüße? Bist Du ein guter Liebhaber? Meine Schweißfüße sind nur reine Verscheuchungstaktik auf dem Papier. Bei Dir genügte es ja schon, wenn Du Dir Deine Füße einmal wöchentlich in einer Badewanne spülen könntest, ich hingegen muß mir auch noch erst wieder frische saubere Strümpfe besorgen.

5.
Zum ersten Mal im Schlaf von Winny P. geträumt.
Zusammen mit fast allen mir bekannten Menschen, näher bekannten Menschen, besichtigte ich ihn. Wir hatten die besten Aussichtsplätze. Er stand so nahe vor uns, daß man ihn nach 2, 3 Schritten hätte

greifen können. Fast nackt, nur mit etwas Winzigem, was man vielleicht PH nennen könnte, bekleidet, verrenkte er seinen ekelhaften Kloßkörper unwahrscheinlich unglaublich. Seine Gesäßknochen (auch wenn's soetwas nicht geben sollte) staken weit hervor vor Magerkeit am Hintern. Sein Haarwuchs verteilte sich auf eine äußerst merkwürdige Weise als kleine dichte Kränze um Ellenbogen und Kniegelenke. Über die anderthalb Meter lange Haarsträhne, welche ihm aus der Nase wuchs, stolperte er mehrere Male recht unglücklich, bis er ganz verheddert war. Auf einmal spürte ich, wie mich alle ansahen. Sie traten näher an mich heran, ganz dicht, bis sie sich aneinander drückten, nicht näher kommen konnten. Wie aus einem Munde rief es aus ihnen rund um mich: Ist das etwa dein Typ? Ich zog es vor ersteinmal aufzuwachen. Ich muß ja zugeben, ich habe mir ausdrücklich gewünscht, etwas von Winny zu träumen, weil diese Träume ja manchmal so unglaublich echt wirken, nur hatte ich mir meinen Traum ein wenig anders vorgestellt.

Ich glaube 9.4.80
Beim Spülen tropfte mir das Wasser aus der Nase in die Lauge. Meine Haut um die Augen wurde ganz klebrig. Ich schrie. Ganz leise. Petra konnte es nicht hören. Sie saß dort, genauso wie jetzt, auf dem

Küchenstuhl und häkelte Serviettenringe für ihre Mutter. Ich spüre noch die Spannung meiner Haut um die Augen. Es ist aber nichts zu sehen. Ich hab mich im Spiegel vergewissert.
Nachher kommt noch Mama vorbei. Sie hat mein Zimmer noch nicht fertig gesehen. Petra und Mama bekämen bei mir mit Sicherheit keinen Bissen mehr durch den Hals, wenn sie ahnten, daß mir aus der Nase alles ins Abwaschwasser tropfte.

Erst heute der 9.
23.34 Uhr. Es muß einem schaurig leicht zumute sein, wenn man fühlt, wie man ist.
23.34 Uhr. Eingefangen in das Zählen der bunten Bonbons auf dem Teppichboden.
Vor zwei Minuten wußte ich noch, wie viele es waren. Frag Winny, wenn Du es wissen möchtest, vielleicht erinnert er sich noch, denn ich erzählte es ihm.
Spricht sich Winny im Englischen eigentlich anders aus als im Deutschen? Auf jeden Fall spreche ich seinen Namen immer deutsch aus in meinen Gedanken. Reden tue ich aber Englisch, und Winny spricht meinen Namen englisch aus in meinen Gedanken.
In meinem Zimmer hängt ein süßlicher Duft. Ich denke mir, der muß von den Flecken der beiden zertretenen Bonbons auf dem Teppich stammen. Es ist kaum zu glauben, aber Petra hat mir fast sämtliche Bonbons alleine vom Teppich weggefressen. Nicht an

dem einen Tag, nein nein, so ganz allmählich jeden Tag. Dafür brauch ich, solange sie ißt, nicht so vorsichtig zu sein mit dem Ausbeulen meiner neuen Blechkanne.

10.4.80
I think I am a very god medium, but not of my work I have to do every day, no, I do prefer Winny P.
I already told this a long time ago.
18.22 Uhr. Jden Tag springe ich über einen neuen Berg Bonbons. Lila Rosa Grüne Gelbe Rote Blaue Schwarze
eNDE Weiße Braune und Türkise. Bonbons.
Mit Ohren geht es.

11.4.80
Bärbelchen und ich buken Kuchen, heiße Schnecken in einer eisernen Form, welche auf dem Schmiedeeisernen Tisch, welcher auf dem handgeknüpften Teppich stand, welcher in dem Schloß lag. Der geknüpfte Teppich war anschließend nur noch für die Backstube zu verwenden.
Wir häufelten Mehl, Zucker und etwas Pfeffer auf einem Brett über der eisernen Fettform an. Es war heißes Fett. Den ziehihigen Teig quetschte ich zwischen zwei Brettchen mit hölzernen Griffen lang und flach. Sehr lang und geschmeidig mußten die Schnecken werden, denn darauf wollte ich mein Tagebuch tippen. Ich hatte einige Schwierigkeiten mit dem Durchschlag.

Schließlich wurde mein Tagebuch sogar gedruckt, auf Klopapier. Die Drucker besorgten sich solches Papier extra bei einem Tischlermeister, weil dieser sehr festes aus Stoff lagerte.
Die Druckerei sparte auf diese Art und Weise die Schärfung von Brotmessern und sämtliche Scherenschleifer, das Stoffklopapier raste in einem Stück ungeschnitten durch eine Presse.
Um Winny oder dem, welcher mein Tagebuch für ihn las, ein unendliches Umschlagen vor dem Lesen des schon einmal gelesenen, ihm zugesandten Buches zu ersparen, bedruckte man beide Seiten gegeneinander mit demselben Text. Unter Hilfe von zwei Klöppeln erleichterte sich das Umschlagen, das Aufrollen außerordentlich.
Mein Tagebuch in dieser Form gedruckt machte Spaß. Noch dazu war es eine Hochgeschenk-Zeit, alle Leute kauften Klopapier.
Diese Gedanken dachte ich gestern für eine Zukunft. ih:
dER tAG tWUSCGEB dEN vON gESTERN uND dEM vON hEUTE
Beim Erwachen wußte ich bereits von dem Tag mittendrin. Ich lächelte und hatte einen Tag lang für immer gute Laune. Es ist ein anstrengender Tag gewesen, heute abend nickte ich schon zwischen zwei U-Bahn-Stationen ein. ih:

13.4.1980, dämmert schon
Ich möchte schreiben, und ich habe einen ganz anderen Wunsch.
Schon wieder geweint. Mir schienen meine über die Wangen rinnenden Tränen angenehm, da mochte ich sie nicht fortwischen. Bevor die neuen kamen, legte ich meinen Kopf zurück in die Lehne, da rannen mir meine Tränen kühl in beide Ohren, dorthin, wo sie nun getrocknet sind.
Ich wusch mein Gesicht und die Ohren viermal, da war es bald ganz und gar gerötet. Eine halbe Stunde wartete ich vor dem Spiegel, solange bis nicht mehr viel zu sehen war.
Was ich nur wieder schreibe und denke.
Eine Weile, als ich dort auf dem frischgemachten Bett lag, hörte ich die Draußenstimmen. Auf der Straße spielten zwei Kinder, eine ältere Frau mit piepsiger Stimme versuchte zu schimpfen, geriet in Rage, weil sie es nicht konnte. Eine meiner Hände hing schlabbernd bis auf den Fußboden. Ebenso mein einer Fuß. Die andern beiden versuchten, mich im Bett zu halten. Es ist keine warme Jahreszeit jetzt, sonst hätte ich bestimmt einen Rasensprenger gehört. Es harkte nur jemand. Und dann wurde "Sabine!" gerufen.
Zu dunkel geworden. Das Licht anknipsen will ich nicht. Jetzt mag ich nicht aufstehen und das Buch zuschlagen. Ich mag nicht die Zimmertür öffnen und zur Tele-

fonzelle gehen. Dabei versprach ich anzurufen.
Mein Arm sieht nun grau aus, meine Hände auch und meine Hose auch. Der Stuhl ist grau, die Zimmerdecke auch. Ich muß Licht anmachen, Du siehst auch grau aus.
Gefallen erfülle ich nicht gerne. Sie sind immer viel zu umständlich störend.
Und sonst, was mag ich noch nicht gerne.
Ich gehe heute abend nicht gerne zur Telefonzelle, obwohl ich es versprach.
22.24 Uhr. Was ich mir nur von Winny verspreche? -
Was erwarte ich nur? -
Erwarten tue ich doch etwas. Wahrscheinlich mal wieder etwas Falsches, das würde mich nicht im geringsten überraschen. Ich bin unfähig, auch nur ein einziges Mal etwas Richtiges zu erwarten. Es ist mir noch nie gelungen. Immer wieder versuche ich, das Richtige zu erwarten, oft nehm ich mir das fest vor.
J e d e s m a l erwartet mich das, womit ich beim besten Willen und ganz und gar nicht rechnete. Seltsamer Weise jedoch sind meine Vorstellungen immer genau treffend, nur daneben. In Gedanken erforsche ich stets alle nur vorstellbaren Möglichkeiten aus, bis auf eine natürliche, diese ist dann diejenige, welche in der Wirklichkeit ist. Es hat schon den Anschein, jedenfalls macht es auf mich den Eindruck, ich könnte nur an Dinge denken, die es in Wirklichkeit nicht gibt.

Eine Variationsmöglichkeit enthält mir meine Fantasie immer vor, diese darf ich dann mit Händen, Nase, Augen und Ohren bewundern.

Nun denk ich was Tolles. Wer weiß, vielleicht bis Du Winny. Auf jedenfall bist Du mein Leser. Wenn Du aber Winny P. bist, weiß ich sogar ungefähr, wie Du aussiehst und wo Du wohnst. Und ich kenne Deine Wohnzimmereinrichtung. Ich habe auch mal ein Bild von Dir gesehen, auf dem Du noch klein warst, 8-9. Und ich weiß, wann und wo Du geboren worden bist. Ich kenn die Namen einiger Freunde von Dir. Ich glaube mich undeutlich erinnern zu können, auch einmal ein Foto mit Dir und Deinen Eltern darauf gesehen zu haben. Ich weiß, welche Haarfarbe Du hast, und ich weiß, was für Hände und was für eine Nase, Augen, Lippen, Zähne, Ohren natürlich, Wangen. Und ich kenn jemanden, der hat genau solche Ohren wie Du. Ich weiß auch, was für eine Figur Du hast. Und ich weiß so einige Kleinigkeiten, die Du mal gemacht haben sollst. Aber ich muß zugeben, ich bin ein recht uninformierter Fan. Und nun würde ich Dir gern einen Bonbon anbieten, bevor Petra wieder hier war und alle aufgefuttert hat.

Ich weiß nur nicht, wie Du aussiehst, wenn Du liest. Du ißt doch sicher auch. Das ist doch ansich merkwürdig, daran hatte ich bis heute noch nicht gedacht. Aber, - nein nein

- so bald wirst Du dies nicht lesen, fürchte ich. Nein nein, Du bist bestimmt noch nicht Winny. Du könntest ihm aber vielleicht Dein ausgelesenes Exemplar schicken, möchte ich noch einmal vorsichtig andeuten. Es dauert sonst zu lange. Es dauert zu lange. So lange will ich es nicht mehr aushalten. Ich kann es auch nicht.
Oh, wehe Winny glaubt mir nicht. Er muß mir glauben.
[illegible]
[illegible]
[illegible]
[illegible]
[illegible]
Vorige Zeilen strich ich einzig und allein wegen Winny P. Weil er sie nicht lesen soll.
Natürlich werde ich seinen Namen verändert aussprechen in meinem Buch. Ich wird möglicherweise ganz und gar umgetauft sein oder radikal gekürzt. Mr. Winny P.
Sollte ich zu Beginn seinen echten Namen verwendet haben, so werde ich seinen Namen in meinem lesefertigen Buch selbstverständlich durchgehend korrigiert haben. Möglicherweise wird sein Spitzname ebenso korrigiert sein. Ich werd Winny ein bißchen umziehen lassen, ihm die Haare umfärben, ein paar kleine kosmetische Operationen vornehmen lassen, oder ich werde ihm die Haare nicht Färben, ihn aber Umziehen lassen und die Kosmetischen Operationen vornehmen lassen, oder oder oder. Du weißt

schon. Das werde ich nicht tun, weil mir Winny nicht mehr gefällt, sondern der Märchenhaftigkeit wegen.

14-4-80, Sonnabend, um die Mittagszeit, noch im Bett

Ich liege auf dem Bauch im Bett und schreibe daher recht ungleichmäßig.
Was von allem, was ich weiß, bilde ich mir nicht ein?
Vielleicht habe ich heute nur zu lange geschlafen, mir ist nämlich nicht im geringsten schläfrig zumute, und doch scheint mir dieser Tag schon so verstrichen. Ich werde für eine Stunde aufstehen, zu Abend Essen und mich wieder schlafen legen. Ein unförmiger Tag.
Mir fällt die Frau ein, die mit der hübschen bunten Schürze. Sie hat vorhin dort drüben Wäsche aufgehängt, ja, als ich aufstand wegen dem Durst, konnte ich sie durch das Fenster sehen.
So schlecht ist dieser Tag gar nicht. Heute brauche ich nur mein Frühstück und mein Mittagessen, ich spare eine Mahlzeit, und ich werde bestimmt keine Ameisen zertreten.
Im Fernsehen liegt auch gerade eine Frau im Bett. Dort klopft es an die Tür, sie fragt: "Wer ist da" "Ich". Sie schlägt die Decke zur Seite, greift ihren Regenmantel vom Fußende, zieht ihn über ihr durchscheinendes Neglische, öffnet die Tür, schließt zwei Knöpfe ihres Regenmantels über dem Nachthemd.

Und nun werde auch ich aufstehen, mir aber keinen Regenmantel überziehen, bei mir hat niemand an die Tür geklopft.
Ich werde auch Wäsche waschen, 2 Blusen im Handstein.
Ich trage kein durchsichtiges Nachthemd.

14.4.80
Ich möchte so vieles schreiben, doch beim Schreiben des einen entfällt mir das andere.
How can I ever find - ENDE. Wie kann ich jemals jemanden in dieser Welt finden, wenn ich mir ununterbrochen diesen Kram ausdenke. Heute macht mich der Tag ganz froh, denn ich habe schon wieder neues hinzuerfunden.
This morning Winny and I had a meeting. We had a good time. We enjoyed it.
Ich will meine Träume nicht aufhalten, ich könnte versuchen, meine Träume auf den Arm zu nehmen und mit ihnen im Arm hier auf den Teppich zwischen die Bonbons zu springen.
Das sollte ich versuchen.
Ich fürchte, ich werde es wieder vergessen. h:

24.4.80, 20.39 Uhr
Aus Müdigkeit konnte ich eben kaum die Zahnbürste auf und ab bewegen. Ich freue mich so darüber, endlich einmal wieder so herzhaft schläfrig zu sein. Sicherlich werde ich deswegen nicht einschlafen.

25.4.80
Es gibt Diamanten, Ziegelsteine, Kieselsteine, Feuersteine, sonnengewärmte Steine, bunte Steine, Marmor, störende Steine, Grabsteine, Glückssteine, Nierensteine, Tropfsteine, Zahnstein, Safire, Bernstein, Kalkstein, Mauersteine, Felsgestein, steinerne Herzen, verrußte Steine, Flastersteine, Kesselstein und den Stein in meinem Schuh. Ebenso gibt es Smaragde, Gallensteine, Mühlsteine, veralgte Steine, Steinsplitter, Schleudersteine, Sandsteine, scharfe Steine, Wackersteine, Wackersteine im Wolfsbauch, Sand, runde Steine und den drückenden Stein in meinem Schuh.
Kostbare Steine, Steine zum Töten, Steine zum Begraben, zum Behauen, Aufwärmen, fürs Glück; alles Steine.
Ständig jage ich aus meinen mit Steinen gefüllten, cremigen Schuhen hinauf in meinen mit zerzausten Steinen gefüllten Kopf, hinunter, hinauf, hinunterhinauf. Blitzartig rase ich hinunterhinauf. Am gemütlichsten wäre es in meinen Schuhen zwischen den Steinen, doch halte ich mich dort auf, drückt mein Körper so sehr auf mich. Ob ich wohl noch lebensfähig bin, wenn man mir meinen Körper haarscharf über den Knöcheln amputiert.

26.4.80, 22.13 Uhr
Bevor mich andere verstoßen, verstoße ich mich selbst, um ihnen die Berechtigung zu nehmen. Ich lasse mich nicht verstoßen,

ich verstoße mich.
Sicherlich hörst Du auch immer von den Unmöglichkeiten, die es gibt. Sicherlich nennst Du Dich auch Eigentümer einer Unmöglichkeit. Möglicherweise würdest Du sie liebend gerne verschenken. Unmöglichkeiten zu verschenken ist nicht immer eine Kleinigkeit, denn oft sind sie sehr treu und anhänglich und nicht zu sichten. Sicherlich denken sich die Unmöglichkeiten haufenweise verfressen durch Dich hindurch, wo Du doch nun so erinnert bist an sie. Aber das sind sie nicht selbst.

27.4.80, 22.13 Uhr
Ich geb' zu, ein bißchen viel mit Dir und Winny P. beschäftigen tue ich mich manchmal schon. Ich rede fast schon mit Euch. Außerhalb von Euch fühlt man sich scheinbar ein wenig vernachlässigt von mir. Ihr beiden beschwert Euch nur nicht darüber, weil Ihr keinen Grund habt, Euch darüber bei mir zu beschweren.
Manchmal bilde ich mir schon beißend überzeugt ein, Winny würde mehr zu mir halten als z.B. Thorsten. Und das bilde ich mir ganz allein auf Grund seiner vermutlichen Existenz ein, denn in echt gesehen habe ich ihn ja noch nie. Und das obwohl er schon einige Male so nah hier gewesen sein soll.
Betrachte ich mir die satten Farben der Poster und Bilder von Winny, steigt in mir oft die Befürchtung auf, Winny gäbe es nur

auf Gemälden, so leuchtend wirkt er auf sämtlichen Fotografien. Erst kürzlich wurde im Fernsehen ein Künstler vorgestellt, welcher sehr natürlich malte. Seine Bilder wirkten fast genau wie die Fotos von Winny P. Wenn ich gerade so im Zweifeln bin, traue ich den Leuten, die Winny P. malen, auch zu, daß sie ganze Zeichentrickfilme mit Winny-Bildern zusammenstellen und sogar einkalkulieren, daß er mal ein bißchen dicker wird. Und wer weiß, was die Erfinder sich bei Winny so gedacht haben. Manchmal muß ich das eben denken.
Petra fragte ich mal, ob sie glauben würde, Winny wäre eine Person oder ein Gemälde. Sie meint, der wäre echt. Die meisten sähen doch so aus auf den Fotos.
Aber im Grunde glaube ich auch, Winny ist echt.
Ansonsten sprach ich mit Petra nie von Winny, nur dies eine Mal. Da tat ich so, als wäre es Zufall. Ich könnte ihr die Geschichte mit Winny auch nicht erzählen, glaube ich, sie würde sie mir doch nicht glauben.
Ich könnte sie ihr also vollkommen beruhigt, ganz ausführlich in sämtlichen Einzelheiten erzählen. Sie wird glauben, es ist ein erfundenes Märchen, welches nie leben wird.
Dir kann ich sie auch ruhig erzählen. Andererseits, Du kennst sie fast von Anfang an. Du bist sozusagen mit dem Winny-Märchen aufgewachsen. Du kennst kaum etwas

anderes. Dir fehlt völlig der Vergleich. Du kennst die Winnyrei bald genauso gut wie ich. Und ich habe Dich sogar auch schon eingeplant in meine Winnyrei. Du gehörst selbst mit zum Winny-Märchen. Stückweise rechne ich mit Dir.
IMmer nur Winny!
IMmer nur Winny!

Ich kenne ein Mädchen, welches in der Schule neben mir sitzt. Ich glaube, sie würde mir mein Winny-Märchen liebend gerne ausreden. Wenn sie es nur kennte.

1.5.80, 22.48 Uhr
Die Bonbons könnte man an eine Wascheleine Klammern, dann tritt man nicht unaufhörlich drauf.
Du errätst meine Hintergedanken nicht. Du bildest Dir das nur ein. Du kommst niemals dahinter.
Erst blättere ich in den Seiten, dann bist Du noch ein halbes Tagebuch, nach dem ersten Satz wirst Du wohl schon zum Leser.
m:
22.50 Uhr. Ich gehe.

2.5.80
Höä, war das ein mieser Tag heute. Und so blöde Arbeit. Am kommenden Mittwoch werde ich zwei Überstunden machen müssen, Freitags werden mir dafür die beiden letzten Stunden wegfallen.
Gestern abend ging ich nur wenige Schritte vor die Haustür. Es hatte sich schon sehr

abgekühlt, und ich mochte nicht mehr ganz zur Telefonzelle laufen.

4.5.80
My bed is so very frigid that I can't fall asleep. I am still wearing my sweater, nevertheless I don't get warm.
Last year in these days it was in Germany colder than in Grönland.
It's getting warmer in bed now.

8.5.80
Ich bin mit Bonbons in der Manteltasche auf die Straße gegangen. Ich trug meine Hände in den warmen Taschen und spürte, wie sie langsam aufweichten und klebrig wurden.
Ich ging viele Umwege für die Bonbons.
Nun liegen überall in den Straßen meine Bonbons. Die ganze Nacht werden sie unbemerkt bleiben, am Morgen, wenn es hell wird und die Leute zur Arbeit gehen, werden sie die Bonbons finden und nicht aufheben und nicht essen, weil sie glauben, die Bonbons sind vergiftet.
Ich kann sie morgen abend wieder einsammeln.
Ich tue so, als wäre mein Problem so ziemlich das einzigste, mindestens aber das größte von der Welt. Es ist eben jenes, welches ich am besten kenne, am deutlichsten und am unangenehmsten spüre. Es nimmt meine ganze Aufmerksamkeit in Anspruch und schon so lange. Wenn es erst gelöst ist, denke ich, oh wie ich mich

dann um so vieles andere kümmern werde. Allein schon durch diesen Gedanken ist mein Problem unlösbar. Ich gebe mich dieser Sache ganz und gar hin. Mit jedem Atemzug. Mein ganzes Leben könnte in diese Sache sickern, das ist meine größte Angst. Wenn ich aus diesem merkwürdigen Gefühl gegangen bin, werde ich nicht mehr wissen, wie es war.
Im Bus traf ich heute zufällig Mattias. Wir gerieten in ein Gespräch, während dem er zufällig kurz erwähnte, er hätte drei alte Platten von Winny P. Er wäre mal ganz begeistert gewesen davon. Mattias nimmt sonst immer eine andere Strecke, doch heute wollte er einen alten Klassenkameraden in der Eisdiele treffen. Wir erzählten noch ein bißchen von der Schule und der Arbeit und so, dann lud er mich zum Eisessen ein, sein Freund wäre bestimmt noch nicht da, sagte er für den Fall, dieser könnte mich stören.
Warum ist das Gefühl einer kleinen, beginnenden Verliebtheit in Mattias aus mir geschwunden? Nur weil seine Freundin meine beste Freundin ist (gewesen ist)? Das wäre ja ganz schön nett von mir.
Ich sagte ihm, ich hätte keine Zeit zum Eisessen. Übrigens hat er genau dieselben Winny-Platten wie ich, er hat genau dieselben wie ich nicht.
Meine Zeit bekommst ja nun Du.
Im Fernsehen brachten sie neulich etwas über Depressionen. Es kam mir bald so vor,

als habe ich auch sowas. Aber nur manchmal und nicht immer. Meistens geht es bald wieder vorbei. Mir ist jedoch aufgefallen, ich lese und höre und sehe mir in den letzten Wochen alles über Depressionen und so weiter an. An einigen Tagen scheint es schon so, als beschäftigten sich sämtliche Leute mit nichts anderem mehr. An anderen Tagen wiederum scheint es so, als würden sich für sowas nur die Leute interessieren, die sowieso schon alles darüber wissen.
Ich möchte mal wissen, wann ich schlafe.
So kurz nach Mitternacht beginne ich Tagebuch zu schreiben, morgens um halb sechs wache ich auf.
Manchmal habe ich gedacht, ich könnte jetzt auch etwas sehr anderes denken, etwas völlig anderes.
Ich fürchte mich, meinen Kopf auf das Kissen zu legen. Woran könnte ich dann denken und wie mich fühlen? Beim Schreiben geht es mir immer ein bißchen besser, dabei fasse ich Mut. Es ist leicht verderblicher Mut. ih:
0.53 Uhr. Heute muß ich Konservierungsmittel gegessen haben.
18.00 Uhr. Mama ist besorgt um mich, sie kam in der letzten Woche dreimal vorbei. Ich lasse sie mir nicht helfen, aber sie könnte es auch nicht, wenn ich sie ließe. Sie kann sowas nicht, sie ist da selbst völlig hilflos.
Als Mama eben nach mir fragt, was ich hätte und ob ich irgendetwas haben wolle, ob ich

Kopfschmerzen oder sowas hätte, ahnte ich von meiner ungeheuren Gemeinheit.
18.59 Uhr. Oft wünsche ich alle Menschen aus meiner Nähe fort, damit sie endlich weg sind, damit sie weggehen. Keiner tut, was ich mir wünsche.
Unaufhörlich bemühe ich mich, allen sämtlichen Leuten klarzumachen, wie unerwünscht sie sind, doch sie bemerken das nicht einmal. Ich kann ihnen erzählen, was ich will, sie glauben mir ganz einfach nicht. Ich kann ihnen alles unter die Nase reiben, und sie sagen nur beruhig Dich erst mal wieder, dann siehst du gleich alles wieder ganz anders. Die werden dasselbe sagen, wenn ich ihnen die Winny-Geschichte erzählen sollte, vermute ich. Die glauben an ihre Geschichte fast genauso fest wie ich an meine Winny-Geschichte.
Etwas eigenartig überlege ich, wie ich wohl sein müßte, um Winny zu gefallen. Gerade in diesem Moment beginne ich damit. Manchmal schreibe ich etwas hier auf, weil ich finde, es könnte zu Schiffchen passen, manchmal schreibe ich etwas nicht auf, weil ich finde, es könnte zu Winny passen. Manchmal schreibe ich etwas hier nicht auf, weil ich finde, es könnte nicht zu Schiffchen passen, manchmal schreibe ich etwas hier auf, weil ich finde, es könnte nicht zu Schiffchen passen.
Wenn ich Winny treffe, wird er sicher so oder so verpuffen.
Mir fällt etwas ein, was ich sehr gerne

aufschriebe. Ich kann es jetzt nur wegen Winny nicht tun. Nur allein wegen Winny P. kann ich das, was mir einfällt, jetzt nicht aufschreiben. Dabei könnte es so herrlich auf dem Papier sabschen. Es wären nur 8 Worte, ein kurzer Satz. Einzig und allein wegen Winny kann ich diesen Satz jetzt nicht aufschreiben. Ich könnte ihm diesen Satz höchstens sagen, wäre er hier, aber nicht aufschreiben. (Ich werde ihn später aufschreiben.)

16. Mai 1980
Ich bin mitten im Besuch meiner Großmama. Es ist wirklich ganz nett hier, aber das macht nichts. Ich sehne mich fort. Lange kann ich hier so nicht mehr bleiben. Ich sehne mich nur noch immer fort. Ich will überall weg, etwas anderes denk ich nirgendwo. Anschließend nach meiner Oma werde ich Rainer oder Sibille besuchen. Schon jetzt ahne ich, daß ich dort auch gleich wieder weg wollen werde.
Ich lege meinen Kopf zurück, tief auf beide Schultern, hinaufsuchend mit den Blicken.
Oh, Winny's Lächeln bewegt sich.
Ich bin enttäuscht. Ich erkenne das Lächeln genau. Es ist nicht Winny's Lächeln, so lacht M.
Ich konzentriere mich. So lange, so angestrengt, so spannend, bis er endlich zwischen uns am Kaffeetisch sitzt, bis Oma ihn endlich sieht. Oma wird ihm Kuchen

anbieten, leider nur noch den Rest. Sie wird fragen, ob er lieber Kaffee oder Tee trinken möchte. Sie wird fragen, ob er Zucker und Milch möchte. Am liebsten bäte ich sie, schon mal ein weiteres Gedeck aufzulegen, vielleicht kommt er dann eher. Gleich wird man hören, wie Winny sich setzt. Ich glaube zwar nicht, daß Winny und Oma sich gut miteinander unterhalten werden, aber wir können ja dann gehen.
Wenn ich wenigstens durch die Erde hindurch zu Winny kucken könnte. Ich will sehen, was er jetzt macht.
Ich versuch es [illegible]:

Es ist immer noch
derselbe Tag

Ich weiß nicht, was Winny tut.
Ich habe mir extra einen zweiten Wecker zugelegt, damit ich ihn auf amerikanische Zeit einstellen kann und immer genau weiß, wie spät es bei Winny gerade ist. Eben wollte ich zum ersten Mal die beiden Uhrzeiten miteinander vergleichen und abschätzen, was Winny zu seiner Tageszeit wahrscheinlich tun wird. Aber die deutsche Zeit war eine so komische Uhrzeit für diese Tageszeit. Das ist kein Wunder. Die Uhr mit der Zeit von hier ist stehengeblieben, die Uhr mit der Zeit von Winny steht auch, ich habe sie anscheinend nur gestellt, ohne sie auch aufzuziehen.
Meinen Kopf an die Luft anlehnen können

und mich wohlig fühlen möchte ich.
Die ganze Welt soll mich lieben, mich sacht umschließen wie ein duftiger Hauch. Wenn ich mich auflöse und wenn sich die ganze Welt auflöst, brauche ich nicht mehr zu suchen, auch nicht mehr an Winny denken. Der wäre bestimmt mit druntergemixt.
Es kann mir nicht mehr geschen, als daß etwas mit mir passiert. Bisher ist immer etwas geschehen, ob ich es geschehen ließ oder versuchte, es zu beeinflussen. Wenn ich nichts versuche, kann ich mich schlecht oder gut fühlen; wenn ich alles versuche, kann ich mich schlecht oder gut fühlen. Ich kann tuen, was ich will, alles was ich kann oder so wenig ich nur kann, nie werde ich erfahren, ob es mir so oder so besser ergangen wäre. Und denk nur, wie ich was alles machen kann.
Man ist allein, wenn man seine Stimmungen mit niemandem teilen kann. Die Stimmungen sind wie Welten.
Ich schaue aus dem Fenster. Schiffchen läuft im Eiltempo bekleidet mit sandfarbenen Hosen und einem meerblauen Hemd über die saftiggrüne Rasenfläche auf die Hollywood-Schaukel zu. Warum rennt er nur so?
Seit wann kann er laufen? Und umgezogen hat er sich auch.
Ich muß Winny einfach kennenlernen. Es ist schon soviel Zeit mit Gewinny verstrichen, so ziellos davongeplätschert.

Sie muß ein Ziel bekommen, und wenn es nachträglich ist. Sie muß doch ein Ziel gehabt haben. Morgen borge ich mir die Schreibmaschine.
Meine Zeit geht einfach fort, ohne mir zu sagen wohin, ohne mich mitzunehmen. Ich bin nicht in meiner Zeit, sie rennt alleine vor sich her, und ich werde ganz schnell alt und schwach werden. Wenn sie nur mit mir ginge, im Herztakt, wenn sie nur nicht so in die Raserei geriete.
Ich bin noch nicht so alt, wenn meine Zeit so rast, muß ich jung sterben.
Eines Tages wurde jemand nach einiger Zeit ein Superstar. Unter anderem hörte jemand wie ich von ihm. Nur ganz wenig hörte sie von ihm. Und dann wußte auch ich eine ganze Zeit, daß der Pappkarton irgendwo leben sollte.
Weil sie nichts weiß, denkt sie sich diese Geschichte aus. Sie denkt: vielleicht bin ich verrückt, aber ich weiß, er hat es nur meinetwegen gemacht. Er, Pappkarton, ist nur zum Superstar geworden, um mich kennenzulernen. Ich bin ganz sicher, so ähnlich war Winny's Idee. Er hat es sich gewünscht, daß so etwas passiert, wie nun bald passieren wird. Es muß so sein. Ich kann nur hoffen, daß er es im Laufe der Jahre noch nicht vergessen hat.
Nein, das wird er nicht. Winny wartet darauf. Winny wartet auf mich. Es wird so sein. Es kann nicht anders sein, denn von ganz allein wäre ich niemals auf diese

Idee gekommen, extra ein Buch schreiben, um einen einzigen Superstar kennenzulernen.
Natürlich wird sie Winny in ihrem Buch nicht näher beschreiben. Das hat mehrere Gründe. Einmal der Märchenhaftigkeit wegen und zum andern auch, weil die Gefahr einer Täuschung besteht. Vielleicht mag er sie ja doch nicht, dann könnte sie die Superstars begutachten, welche sich versehentlich angesprochen fühlten.
Diese Geschichte denkt sie sich aus. Sie meint demnächst, sie müsse endlich hin, um sich soetwas weiterhin nicht mehr einbilden zu können. Sie ist überzeugt, sie muß ihre Geschichte in die Tat umsetzen. Sie ist fest überzeugt, es wird ihr auch gelingen. Sie weiß genau, daß sie etwas tun muß, und sie weiß ja auch schon, was sie tun wird. Winny P. hat nun einmal keine Ahnung, wo sie wohnt, darum beeilte er sich ja auch, ein Superstar zu werden, damit sie so schnell wie möglich tun könnte, was sie tun wird. Sie tut es.
Jetzt kennst Du die Idee.
Ich werde nur noch einige kleine Korrekturen vornehmen. Vor allem aber habe ich noch keine Vorstellung von dem Ausgang des Buches. Da habe ich noch viel zu tun. Es wäre für mich an der Zeit zu überprüfen, ob meine Verknalltheit oder Verliebtheit noch besteht.
Es ist wirklich verrückt, einem Wunsch nachzugeben, doch vielleicht ist es noch

verrückter, einen Wunsch zu verscheuchen zu versuchen.

15.5.80
Wenn ich mich anders fühle, begreife ich nicht mehr, auf welche Weise ich meine eigenen Gedanken und Pläne entwickelte. Ich versteh nicht mehr genau, wieso ich solche Pläne habe, ich weiß nur noch, daß ich sie habe und wie sie zustande kommen. Ich weiß es aber nur.

16.5.80
Endlich weiß ich, woher ich komme. Ich denke mich selber aus.

17.5.80
Hebe ich meinen Kopf an, stürzen die Tonnen von Zweifeln über mich. Sie begraben mich unter sich.
Wenn man von sich selber verlassen ist, ist man ganz allein.
Ich bin immer nur ganz kurz bei mir. Ich kann mich kaum erinnern, wo ich mich die ganzen Tage über herumtreibe. Nur kurze Besuche statte ich mir ab, um zu sehen, ob noch alles läuft, ohne mich weiter auszubreiten in mir oder auch nur nähere Notiz zu nehmen von mir. Ich kontrolliere nur Stichprobenweise, ob ich auch weiterhin alles weitere richtig gemacht habe, besonders auf meine Arbeit muß ich achten. Schon bei zwei Stichproben fielen mir Schwache Stellen auf.

Ich reiche nicht einmal bis in meine Fingerspitzen.
Ich denke, mir scheint beinahe ein jedes Wort nur ein Mißverständnis zu sein, wenn es etwas Bestimmtes meinen soll.
11.56 Uhr. Ich bin müde. Ich weine. Keine Tränen. Meine Haut weint. Ich weine ganz und gar.
Irgendwann morgen will ich die Übernatürlichen Kräfte ausprobieren. Solange bis ich ihn sehe, mit meinen Augen sehe, will ich meine Gedanken auf Winny konzentrieren.

17.5.80
Es ist heiß. Vor Hitze bin ich aufgewacht. Ein ganz schön beschissener Tag heute. Die Wohnungstür, die Zimmertür sind abgeschlossen. Von innen. Sie ballerten mit Händen und Fäusten gegen die Wohnugstür. Das große Poster von Winny an der Tür vibrierte. "Ist die Klingel kaputt? Hörst Du uns?" "Komm M'chen." "M'chen, ach Du Süße." "M., Du willst wohl nichts mehr mit uns zu tun haben?" "Komm wir gehen." "Huhu, M. Wir laden Dich auch ein zum E Ss en! Es ist doch schönes Wetter draußen." Schließlich kamen mir auch noch die Heuler, deswegen ging ich weg von der Wohnungstür, ging vom Flur ins Zimmer und schloß auch diese Tür ab. Jetzt sind sie wohl weg. Ich höre nichts mehr von ihnen. Ich mache es sehr ungeschickt, trotzdem bin ich froh darüber. Auch wenn der Tag heute so traurig ist.

Sie wissen genau, daß ich hier bin. Morgen oder spätestens übermorgen werde ich ihnen nicht mehr aus dem Weg gehen können. Ich weiß nicht, was ich ihnen erzählen soll, mir fällt keine Ausrede ein. Keine, die sie mir glauben würden.

Eben spielte ich die einzige Single von Winny P., die ich habe. Ohne ersichtlichen Grund blieb die Nadel plötzlich hängen, sprang, sprang weiter, sprang schließlich auf das Gummy vom Plattenteller. Kreischendes Tösen. Aufkreischendes. Die Ohren zermürbendes. Erschrocken bückte ich mich zum Plattenspieler. Nur ein wenig gewöhnlicher Staub auf der Platte, der ja sonst auch nie stört. Ich ließ die Platte ohne Staub zu wischen erneut kreisen und setzte die Nadel kurz vor dieselbe Stelle. Alles spielte wieder ganz glatt, mit Staub. In dem Augenblick von diesem fürchterlichen Gummy-Nadel-Quietschen dachte ich: jetzt hat er mich gesehen. Gleich bekomme ich einen Riesenschreck, wenn er so plötzlich aus der Luft vor mir auftaucht. Ich war fast ein wenig benommen, konnte mich gar nicht richtig bewegen, mir war schwindlich. Mir ist auch jetzt noch etwas duselig. Ich fürchte, jeden Moment umzufallen.

Irgendwie wirst Du einmal enden müssen. Mir fällt kein Schluß für Dich ein. Ich werde Dich abbrechen müssen. Nur wann? Wann ist die beste Zeit.

Wenn ich sterbe vielleicht. Noch lieber aber möchte ich Dich aus einem anderen Grund, der vielleicht auch noch kommen kann, abbrechen. Du brauchst also nicht gleich soOO fürchterlich erschrecken am Ende einer letzten Tagebuchseite. Du brauchst nicht gleich zu trauern, falls Du darüber traurig werden
solltest.
Es kann auch sein: Sie, also ich, verlegte die restlichen Hefte. Sie verlegte schon manches.
Nein, nein, man kann heute noch nicht wissen, wieso eine Tagebuchseite die letzte Tagebuchseite sein wird. Wir könnten Deine Reaktion aber jetzt schon mal auf die Probe stellen.
Vielleicht werde ich Dich auch schlicht und einfach wegwerfen. Irgendein Oskar wird Dich in der Mülltonne finden und Dich beschnüffeln.
Der Schokoladenpuppe ist in der Hitze etwas abgeschmolzen. Sie steht auf Knien in einer Schokoladenpfütze aus Füßen, Unterschenkeln und ihrer ganzen feinen Haut. Sie glänzt. So steht sie mitten auf meinem Nachttisch auf dem Porzellanteller auf der Kochplatte neben der Nachttischlampe. Ihr Kopf wird schmelzen, wenn ich diese anknipse.
Ich bin allein und sehe mir "Bellas Tod" an. Im Fernsehen. Die Kochplatte schenkte mir Thorstens Mutter vor ungefähr einem

halben Jahr. Sie hat sie früher einmal gebraucht.

18.5.80
Weißt Du, welcher Tag heute ist. Ist es dieser, eben jener, welchen er heute benennt. Weißt Du, welcher Tag heute war? Weißt Du, welcher Tag morgen ist. Weißt Du, welcher Tag morgen war. Welcher Tag war vorher. Welcher Tag war nachher. Welcher Tag ist. Welcher Tag ist immer. Welcher Tag ist nicht ununterbrochen. Welcher Tag ist manchmal. Welcher Tag kommt heute. Kommt er auch morgen. Kommen Tage. Was kommt. Kommende Tage? Tagchen

;§!&_O, Montag
Gegen 20.30 Uhr war ich heute abend zu Hause. Im Eintreten zog ich Schuhe und Mantel aus, ging beinahe wie in einem Stück von der Straße unter die Dusche.
Ich duschte wohl bald eine geschlagene Stunde, drehte das warme Wasser ab. Schritt schnurstracks aus dem Bad zu meinem seit dem Morgen noch nicht gemachten Bett und legte mich bis eben schlafen. Bin gerad vor 5 Minuten aufgewacht, und nun weiß ich nicht, wohin ich mich für den Rest der Nacht schlafen legen kann, denn mein Bett ist klamm, fast feucht, weil ich mich unabgetrocknet hineingelegt hatte.
Ich werde noch einen Bonbon aus dem

Fenster werfen. Das mache ich beinahe jeden Abend. Heute ist es schon der zweite.

20.5. bis ca. 20.6.80, an einem der Tage zwischen diesen Daten (Datum nachgetragen am 30.5.80)
Sie hat die Kalenderblätter falsch herausgerissen. Sie kann nun nicht herausfinden, welches Datum genau man heute schreibt.
Sie hat nur noch 5 Finger.
Im Krankenhaus roch's nach Krankenhaus.
Fünf Finger fielen durch den Maienwind,
3 Stockwerke tief
Wurde sie etwa Ohnmächtig.
Sie erinnert sich wohl nicht mehr so genau.
h:
Manchmal fantasiert sie etwas, dann kuckt sie auf die anderen fünf Finger.

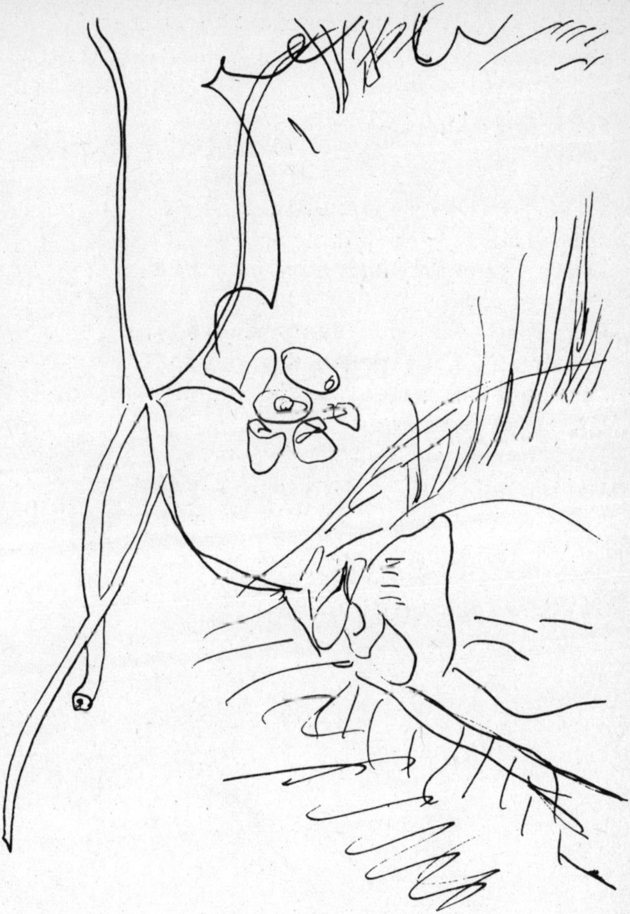

Mr.
Winny P.
Los Angeles
U. S. A.

Dear Winny!
I only want to send some regards
to somebody.
Please say on your next record
if you did receive them, 'cause I
like to find out if I can send regards.

Here they are
M.

Lieber Winny!
Ich möchte nur einige Grüße
an jemanden senden.
Bitte sagen Sie auf Ihrer nächsten Platte,
ob Sie sie erhielten, weil ich
herausfinden möchte, ob ich Grüße senden
kann.
Hier sind sie
M.

Dieser Brief wurde eines Morgens von Hand eines Mädchens mühselig mit einem in Nagellack getauchten Zahnstocher auf eine Gefriertüte gekritzelt. Sie entschloß sich zögernd, diesen Versuch nicht weiter zu verändern, mit Ausnahme des Aufklebens der noch fehlenden Briefmarken. Sie wird den Brief auf der Gefriertüte in der Mitte falten und an den Ecken zusammenkleben. Man wird es von außen nur noch beschwerlich lesen können, denn die Buchstaben rutschen mit der glatten durchsichtigen Folie hin und her. Auf einen kleinen Anhängsel wird sie Winny P.'s Adresse schreiben, kann sein mit Nagellack, kann sein nur mit Kuli.
Gleich morgen am Montag will sie die Marken kaufen, aufkleben und dieses Ding in den postgelben Kasten werfen, aus dem sie selbst ihn nicht wieder herausholen kann. Auch nicht wenn sie möchte. Ihre Gedanken werden sich noch eine Weile mit dem Weg ihres Briefes beschäftigen, ein wenig befürchtend vielleicht. Sehr viele Stunden

wird sie überhaupt nicht daran denken, den Brief abgesandt zu haben, eines Tages wird sie Winny's Antwort hören. Sie glaubt schon jetzt, den Brief nie vergessen zu können, jedenfalls nicht völlig. Mindestens 6 Jahre dauerte es, bevor sie auf diese Idee kam, einen Brief an Winny zu schreiben, noch dazu an einem Tag, der heute war. Ein wenig froh ist sie, daß sie es tun wird. Man braucht ja nicht gleich ein ganzes Buch zu schreiben. Endlich tut sie etwas. Endlich. Bald wird die Antwort von Winny da sein. Sie hofft darauf, daß es eine ist, mit der sie etwas anfangen kann.
Es hat ja lange gedauert mit ihrer Idee. Schlagersänger, Schauspieler, Nachrichtensprecher, Opernsänger, Superstars kriegen doch andauernd Briefe, wieso kommt sie erst nach über einem halben Jahrzehnt auf den Gedanken, auch einen abzusenden.
Sie wird nun erst einmal eine Weile hinausgehen an die frische Luft.
Und nun ist die Wiederkehrende Angst wieder einmal gegangen, und sie weiß sie möchte wiederkehren, um gehen und kommen zu können, wie sie es mag. Immer wieder. Sie ist gegangen, um ihr Vorahnung zu geben. Sie ist nur gegangen, um wiederkehren zu können, zu gehen, zu kommen, wie es ihr gefällt.
Es soll endlich der Tag gekommen sein, an dem es ihr gelang, weniger Angst und mehr von all dem anderen zu erleben. Der Brief

soll ihr letztes Startsignal sein, ein endlich endgültiges. Hätte nur heute die Post auf, so könnte sie schon heute die Marken kaufen und unabwendbar starten.
Aber warum dieser Umstand mit Winny's Antwort auf seiner nächsten Schallplatte, warum schreibt sie nicht ihren Absender auf den Anhängsel von dem Brief? Das ist ganz einfach. Sie bekommt Winny's vollständige Adresse nicht heraus, stünde ihr Absender in dem Brief an Winny, gäbe sich die Post bestimmt nicht genug Mühe, den Adressaten herauszufinden.
Der Brief, er fällt ihr den ganzen Tag ein. Morgen müßte sie ihn abschicken. Soll sie es tun? So einen dummen Brief? Es macht nichts, wenn er dumm ist, es steht ja kein Absender drauf. Sie weiß genau, Winny P. wird nicht wissen, von wem er ist. Wenn sie nur wüßte, warum er dann darauf antworten sollte. Doch nun fürchtet sie wieder, ihr Brief ist zu verräterisch. Es werden Fingerabdrücke von mir auf der Plastikfolie bleiben. Die Schrift ist zwar schablonenhaft, doch ihre Fingerabdrücke. Sie wird ihn gleich abwaschen und ihn weiterhin nur noch mit Handschuhen anfassen.
Erst will sie ein ganzes Buch schreiben und veröffentlichen, dann wischt sie einen simplen Brief an Winny wegen ihrer Fingerabdrücke ab.
Sie nimmt eben an, bei einem solchen Buch, wie sie es plant, wird man eben ein bißchen

an der Wahrheit zweifeln. Dieser Satz hier eben wird das nicht ändern. Ebenso wenig wie der nächste oder übernächste. Vielleicht sollte sie sicherheitshalber ein paar Dinge unauffällig in ihrem Buch erwähnen, Dinge, die nur Winny verstehen könnte. So würde wenigstens er ihr glauben.

Wenn ihr Brief den Adressaten erreicht, dauert es länger als gewöhnlich, so ohne vollständige Adresse (sie vertraut auf die Bekanntheit des Superstars, vielleicht arbeitet ja ein Winny P.-Fan bei der Post). Wenn der Brief tatsächlich angekommen ist, kann er äußerst leicht in den Papierkorb wandern; allerdings ist er immerhin auf eine Gefriertüte gekritzelt, das ist etwas seltener; er könnte eine Minute um den Papierkorb herumwandern. So sagt sie sich, der Brief wird zwei Wochen brauchen, bis er bei Winny ist. Wenn Winny mit seiner Schallplatte gleich antwortet, könnte ich in einem viertel Jahr eine Antwort haben.

Ein viertel Jahr. Drei Monate. Das ist sehr lange. Jede Woche wird sie die Schallplattengeschäfte abklappern und nachsehen, ob schon etwas da ist. Eines Tages wird endlich die ersehnte Platte eingetroffen sein. Sie wird sie kaufen, nach Hause laufen und sie abspielen. Dann wird sie sehen, ob wirklich eine Antwort von Winny P. darauf ist. Es kann

ihr aber ebenso gut passieren, daß sie eine zu entdecken glaubt, obwohl das Flugzeug, mit dem der Brief transportiert wurde, abgestürzt und verbrannt ist. Aber vielleicht, Herr Winny, schickte sie ihren Brief gar nicht per Luftpost. Erinnern Sie sich? Vielleicht ließ sich auch nur der Briefträger seine Posttasche klauen. Sowas wüßte sie alles nicht, während sie Winny's Antwortplatte spielte. Sie schriebe einen zweiten Brief, mit möglicherweise etwas mehr Inhalt diesmal. Vielleicht mit Postfachangabe (was nur möglich ist, wenn Winny ihr die restlichen Teile seiner Adresse auf der Platte mitgeteilt hat, versteckt und nur für sie verständlich, versteht sich). Zu der Zeit, zu der Sie, Mr. Winny, dies lesen, werden Sie wissen, ob Sie meinen Vorstellungen entsprechend gehandelt haben oder nicht. Mit Sicherheit muß etwas schiefgelaufen sein, denn sonst gäbe es dieses Buch ja nicht.
Man muß sagen, dies Ganze ist ein selten realistischer Traum von ihr, erscheint er auch noch ein wenig traumhaft. Jeder ihrer Gedanken rechnet mit ihr bekannten Tatsachen. Dieser Traum liegt doch immerhin noch im Bereich des Durchführbaren. Ansich ist er doch recht verständlich. Es kommt nur noch auf Winny an, auf die Post und auf die Verlage und Lektoren. Für die Verlage könnte sie zusätzlich einen interessanten Reklamebrief erfinden. Der steht natürlich nicht im Buch.

Erhielte sie traumartiger Weise eine realistische Einladung von Winny, fände sie ganz bestimmt einen Grund, diese auszuschlagen. Da nützt es ihr auch nichts, logisch ablaufende Träume zu träumen.
Zum Beispiel lehnte sie eine Einladung schon mal ab, weil sie nicht wüßte, welches Gastgeschenk sie ihm mitbringen könnte. Woher sollte sie eine Idee bekommen. Sie kennt ihn doch gar nicht.
Jedoch weil ihr keine geeignete Ausrede einfallen würde, nähme sie Winny's Einladung trotz derartiger Bedenken an.
Ohne eine Ausrede bliebe ihr nichts anderes übrig. Man wird verstehen, warum sie diese Ausrede, keine Ausreden erfinden zu können, erfindet.
Sie würde Winny gerne bitten, ihr derartige unnötige Probleme wie eben beschrieben zu ersparen zu versuchen.
Wäre es nicht z.B. eine elegante Lösung ihres Problemes mit dem Gastgeschenk, es in ihrem Buch zu erwähnen (natürlich nur, wenn das mit den Briefen nicht klappt).
Etwa in der Art, daß sie Winny in ihrem Buch ganz einfach bittet, sich etwas zu wünschen. Winny sollte sich etwas wünschen, gleich zusammen mit seiner Einladung oder auf einer Schallplatte.
Warum kommt ihr nicht der Gedanke, Winny einzuladen? Wäre es zu wirklich?
Wenn sie da sitzt. Wenn sie da eines Tages hinter ihrer geborgten Schreibmaschine sitzt und ihr Tagebuch über-

arbeitend ins Reine tippt, und sie tippt: Ich lade Sie, Winny, hiermit ein, so wäre dies doch Wirklichkeit. In dem Moment, in dem sie dies tippte, war es eine richtig echte Einladung an Herrn Winny P. Und sie müßte jetzt gleich darauf tippen: sie ist es noch.
Und wenn man jemanden einlädt und der reagiert nicht darauf, hat man ihn trotzdem richtig echt eingeladen. Es bleibt Wirklichkeit. Für immer. Es wird nur vergangene Wirklichkeit werden.
Der Winny-Traum wäre fast aus.

30.5.80
Wie gefiele ihr wohl der wahrhaftige Winny? Sie denkt in dieser Woche täglich einmal: Wie gefiele mir wohl der wahrhaftige Winny.
Ihr fällt ein, ihr fällt wieder ein, sie sucht. Sie sucht nach allem, was man finden könnte. Was will sie nur mit alldem. Sie steht auf, verläßt den weichen Teppich, hinaus aus dem Raum geht sie in die schmale Diele. Sie nimmt die Jacke, geht in ihr zur Telefonzelle. Sie wählt eine Nummer, die sie von einem Zettel aus ihrem Notizbuch aus ihrer Handtasche abliest. Auf dem Zettel ist eine schöne Handschrift, es ist nicht ihre Handschrift. Sie läßt es klingeln, wartend. Sie sagt: "Hallo, hier bin ich - ganz gut - weiß noch nicht - nein - kalt - ganz trübe draußen - mal sehen - und was macht ihr - mhm - vorher -

kann sein - find ich auch - du spinnst wohl - möchte nicht - naja - dann tschüß."
Sie biegt ihren Rücken durch und hängt ein. Sehr langsam schlendert sie zurück. Hierher. In diesen gut gepolsterten Sessel. Sie erhebt sich stockend. In der Küche schneidet sie eine Scheibe Käse ab und beißt mit zwei Zähnen eine Miniecke ab. Mit dem angebissenen Käse in der Hand geht sie zurück ins leere Zimmer, wo noch der Fernseher spielt. Sie schaltet aus.
Sie kann es schon ganz gut, Käse abschneiden mit einer Hand, nur wenn sie ihn festgeklemmt hat. Beim Fernsehausschalten hält sie ihn einfach mit den Zähnen.
Manchmal denkt sie schon fast nicht mehr daran. Nur manchmal fast. Angeschaut hat sie ihn immer noch nicht richtig, ihren Stumpf. Sie will es auch nie tun.
Leicht wandelt sie über die Marmorplatten des Flures. Sie knarren wie alte Holzdielen. Sie hat geschwindelt. Sie kennt Winny aus ihrer nächsten Nähe. So wirklich, wie sie alle Menschen in ihrer Umgebung kennt. Genauso kennt sie Winny. Genauso wie alle Menschen um sie herum. Sie kennt niemanden besser als Winny, niemanden. Schon eine ganze Zeit her, daß sie Winny kennenlernte. Es war zufällig. Zufällig erinnert sie sich noch heute, nach so langer Zeit, an Winny. Sie erinnert sich sehr undeutlich. Sie erinnert sich nicht. Sie erinnert sich nicht, weil sie keine Zeit dazu hat, denn er

kommt ihr im Flur entgegen. Vor ihm berührt sie ein Hauch von ihm.
"du"

2. Juni 1980
Schwieg seine Stimme. Da mochte sie nicht mehr schreiben.
Die vertrockneten Magarittenstengel stekken noch immer in der Vase. Ihre weißen Blüten tragen sie noch aufrecht auf Draht gespießt, nur die Blätter hängen braun und welk herab. Die dunkelroten Rosenköpfe sind klein und verschrumpelt wie ein Boskop im Frühling.
Ihre verdammte Wäsche auf dem Ständer trocknet einfach nicht. Dabei steht sie schon so dicht vor der Heizung, noch näher könnte sie versengen.
Heute ist ein trauriges Mißverständnis passiert.
Der Brief ist noch immer nicht im Briefkasten. Sie muß auch noch zur Telefonzelle, sie hat es wieder einmal versprochen. Vor vier Tagen schon. Sie wird drei Minuten zur Telefonzelle gehen, drei Minuten telefonieren und eine viertel Stunde lang nach Hause schlendern.
23.57 Uhr. Man kann ihm in die Augen sehen, weil sie wie gedruckt sind. Sie sagt ihm "Gute Nacht". Sie verschwindet hinter der Gardine.
Ihr fällt ein, ihr fällt es wieder ein, man kann in Augen nicht sehen. Keinem Menschen. Niemals, nie, nie, niemals.

Es geht so. Die Blicke richten sich einher. Sie zirkeln die Richtung der gegenüberliegenden Blicke ab, gleiten über eine feuchtglänzende Oberfläche mit dunklen Pupillen und Iris Fleck ins Weiße. Weißes und Augenwinkel. Dort in den Augenwinkeln ist es interessant, abwechslungsreich. Dort bleibt man.
In manchen Augenwinkeln ist immer etwas zu finden. Buntes, Schwarzes oder Weißes, kleine Punkte oder Krümel von irgend etwas. Eintagsfliegen. Schlaf. Fusseln vom Pullover. Make-up-Reste. Abgebrochene Wimpern. Sand.

4.6.80
Heute bildet sie sich so sehr ein, sie würde etwas begreifen. Sie begreift es auch.
Bei dem schönen Wetter von heute mochte sie nicht draußen sein. Nun wird es gleich dämmern.
Vorhin wurde es dunkel, beinahe. Da fiel das Licht der Straßenlaternen durchs klare Zimmerfenster. Die Motoren- und Reifengeräusche und die Windgeräusche der Autos rauschten in ihren Raum. Eine Schallplatte spielte nur noch das leere Endstück. Jetzt ist sie abgespielt, die Lautsprecherboxen summen leise. Ab und zu ein Knack, ein ganz ruhiger.
Es gibt lauter unglaublichen Scheiß. Wenn das Wirklichkeit ist, warum wohl sollte ausgerechnet ihr kleiner, telegrammartiger

Brief mit seiner unvollständigen Adresse niemanden erreichen. Warum sollte gerade ihr Brief nicht ankommen. Warum sollte gerade dieser Brief ohne Antwort bleiben. Sie wird ihn einwerfen und in einem viertel Jahr wird die Antwort da sein.
Ob Winny weiß, daß er sich beeilen soll? Ob er merkt, wie wichtig seine Antwort ist? Ein viertel Jahr eine ganze Platte, dafür muß er sich vielleicht etwas eilen. Morgen früh wird sie einen Briefkasten ganz einfach 2 Sekunden lang für einen Papierkorb halten und ihren Brief einwerfen.
Sie wünschte sich sofort einzuschlafen, am liebsten für drei Tage und Nächte.

5.5.80
Schließlich konnte sie einschlafen.
Ihr gestriges Datum oder ihr heutiges Datum stimmt nicht. Ihr Kalender muß einen Druckfehler haben, der Mai kam dieses Jahr zweimal vor.
Sie irrt sich genau. Schau ihn Dir doch an. Sie hat einen Kalender, dessen Seiten man nur umschlägt, aber nicht abreißt. Durch ein Versehen, welches sie zielbewußt unterstützte, ließ sie ihn gestern oder schon vorgestern fallen, wobei sich ein paar Kalenderblätter von alleine verblätterten. Wieso sie das getan hat, ist schon nicht mehr wichtig. Daß sie es getan hat, erklärt jedoch, wieso sie in den letzten Wochen ständig mit den Daten

durcheinander gerät. Dir wird es wohl auf einen Monat früher oder später nicht ankommen.
Viel wichtiger ist der Brief. Ihr Brief liegt seit einer Stunde inmitten all der anderen. Er erscheint ihr heute wie ein hilflos stumm versickernder Ruf in eine endlos schweifende Ferne.
Sie entschließt sich auch heute zu leben. Sie nimmt die verrotteten Magarittenstengel aus dem Vasenglas. Fauliges Wasser tropft auf ihre Finger. Sie kippt es in die Spüle und läßt seinen Geruch durch frisch aus dem Hahn sprudelndes geklortes fortspülen. Ihre Finger riechen frisch gewaschen, nach Seife. Die welken Stengel fielen in den Abfalleimer neben der Spüle.
Es ist kalt im Zimmer. Ihr fröstelt. Sie trägt noch keine Strümpfe, nur eine dünne Bluse. Ihr Haar ist ungewaschen, fettig. Es ist klebrig. Es ist kaum zu sehen, doch es drückt ihre Stimmung. Und es ist auch niemand hier, der es sehen könnte. Ihr ist wieder das Poster in die Hand gefallen. Straßengeräusche, Straßenlicht. Das ist es, was in ihr Fenster fällt. Sie erhebt sich aus dem Himmelblauen Sessel, ihr einziger, steigt über einen Suppenteller, mittags gab es Tomatencremesuppe, sich wärmende Strümpfe zu suchen.
In ihrem Zimmer ist die Unordnung. Sie tritt vorsichtig zwischen eine frisch gewaschene Bluse und einen staubigen Stie-

fel, schmutzig ist er nicht, es ist ein neuer. Ein grüner Strumpf steckt noch im Hosenbein. Der andere hängt am Rand von dem Pappkarton. Sie hüpft auf einem Bein wieder in ihren himmelblauen Sessel. Von hier aus hat sie den Überblick über ihr Zimmer.
An ihrem Bettlaken sieht man noch genau, wo sie gelegen hat, an ihrem Suppenteller sieht man noch genau, was sie zu Mittag aß. Am Fenster sieht man noch genau, daß sie gelüftet hat, auf dem Fußboden sieht man, wie lange sie nicht aufräumte.
Sie bewahrt ihre Schuhe in der untersten Schublade der Kommode auf, in Plastiktüten, um die Schublade nicht zu sehr versanden zu lassen. Es sind nicht nur Schuhe in den Tüten, und die Schuhe sind auch nicht immer in ihren Tüten. Manchmal sind sie in der Unordnung auf dem Teppich, die gar nicht so durcheinander, wie sie aussieht, ist. Sonst, der weitere Inhalt der Kommode ist gemeint, liegt fast nichts in den Schubladen der Kommode. Der Inhalt der Kommode ist verbraucht oder steckt in der Unordnung. In den Tüten sind ein Brief, rausgerissene Seiten aus Tagebüchern, hin und wieder das Tagebuch untergebracht. Es ist schon ein richtiger Stapel aus herausgerissenen Tagebuchseiten. Hast Du gar nicht bemerkt? wie? Sie gab sich auch ein bißchen Mühe, die Tagebuchseiten nicht so übergangslos fehlen zu lassen. Ansich wollte sie es nicht zugeben. Das Heraus-

reißen nicht, das Fehlen nicht. Heute jedoch möchte sie finden, Du solltest neugierig werden, wenn Du kannst. So dick wie mein Daumen ist, kannst Du Dir Gedanken machen.
Einmal schrieb sie auf eine dieser Tagebuchseiten, die nach der Benutzung herausgerissen wurden: Um mein Leben genau beschreiben zu können in einem Tagebuch, so wie man es in einem Tagebuch kann, bräuchte ich wenigstens drei Leben. Nein, das stimmt nicht. Sie schrieb: Ich bräuchte viel länger.
Tatsächlich aber bräuchte sie noch länger. Aber wozu sollte sie es aufschreiben, wenn sie es erlebt.
Einmal hatte sie aufschreiben wollen, was sie alles nicht erlebt. Sie fand, ein solches Tagebuch wäre viel interessanter als ein mit Erlebnissen angefülltes.
"Nein, sie hat sich nie entschlossen zum Leben. Sie hat sich entschlossen noch nicht zu sterben." Diese Worte behielt sie, während das heiße Wasser an ihrem Körper herabströmte. Geduscht fühlte sie sich weniger verlottert. Sie behielt ihre Worte fürs Tagebuch. Beim Blick in den Spiegel erschrak sie ein wenig. So rot war ihre Haut geworden. So heiß war die Dusche gewesen. Sie hatte es nicht bemerkt. Die feuerrote Haut tut noch nicht einmal weh, wenn sie sieht, wie feuerrot sie ist. Sie ist erstaunt.
Wäre in einem Tagebuch tatsächlich ausein-

anderzuhalten, was sie erlebt, was sie nicht erlebt?
Ins Hauskleid gekleidet begutachtet sie die Postkarte aus dem Briefkasten. Mama und Papa sind jetzt an der Mosel. Sie senden schöne Grüße. Mama und Papa sind extra ein paar Tage später losgefahren. Beinahe hätte ihre Hand den Eltern den Urlaub verdorben. Und nun, bis zu diesen Grüßen, hatte sie nicht mehr daran gedacht. Rauscht denn alles an ihr vorbei?

Wie es war mit ihrer Hand.
Die Hand ist aus dem Fenster gefallen, aus dem hohen, zerschlagenen Fenster. Es war ein Fenster so groß wie ein Schaufenster. Es war so dick und so schwer wie ein Schaufenster. Nein, es war ein Schaufenster. Aus diesem Fenster ist ihre Hand gefallen. Sie denkt: meine Hand ist ganz alleine aus dem Fenster gefallen, ohne mich. Als sie noch auf der Straße stand, vor dem Schaufenster, hatte sie ihr Spiegelbild sehen können und die Bilder der Autos und Menschen und Bäume, die Straßenlaternen, die Häuser. Dann war sie hineingegangen in den Laden, hatte sich umgeschaut, 10 oder 15 Minuten, bis die Scheibe klirrte. Genau in diesem Moment hatte sie sich umgedreht. Sie blieb dort stehen, bis alle zum Fenster liefen. Die Risse in der Scheibe knackten noch einmal kurz. Die zerbrochene Puppe lag draußen, die Puppen- und Glasscherben lagen auf dem Bürgersteig.

Da stand auch ein kleines Kind mit seiner Oma, sie waren wohl erst nach dem Klirren herangetreten. Das Kind steckte seine Hand durch das große Loch in der Scheibe, winkte seiner Mutter, die sich im Laden umschaute. Als das Kind in den Laden gekommen war, kam auch sie plötzlich völlig grundlos auf die Idee, ihre Hand durch das Loch in der Schaufensterscheibe zu stecken, aber die Scheibe war eine gläserne Guillotine. Ihre Hand ist deshalb einfach aus dem Fenster gefallen.
Es muß wohl ein Riesenwirbel entstanden sein. Dies schließt sie aus den Erzählungen und Berichten. Sie soll in Ohnmacht gefallen sein. Sowas ähnliches muß es wohl wirklich gewesen sein, denn ihr fehlt etwas in der Erinnerung. Ihre Hand hat man anscheinend vergessen. Sie war jedenfalls nicht wieder auffindbar. Sonst hätte man sie ihr doch sicher wieder angeflickt, man kann das doch machen heute.
Das ist ein komisches Gefühl, vielleicht hat ein Hund ihre Hand aufgefressen. Sowas muß doch mit ihrer Hand passiert sein, sonst hätte man sie doch gefunden. Wäre sie nur nicht in Ohnmacht gefallen, sie hätte schon aufgepaßt. Und der Schnitt ist doch ganz glatt, Glas ist ja messerscharf. Sie kann sich auch nicht vorstellen, daß jemand eine abgeschnittene Hand klaut. Wer würde schon sowas anfassen und einstecken.

Aber sie weiß, man hat getan, was man konnte, immerhin ist sie nicht verblutet. Aber einfach ihre Hand nicht wiederfinden können und nicht wissen, ob sie ein Hund gefressen hat.
Sie hätte ihrer Hand einen eigenen Sarg zimmern lassen und ein großes Beerdigungsfest veranstalten lassen können. Mit beiden Händen höbe sie eine Grube dafür sogar selbst aus. Eine Hand braucht ja nur ein kleines Grübchen.
Es hat sie doch ganz schön fertig gemacht die erste Zeit. Immer wenn sie in einen großen Spiegel schaut, sieht sie so schief aus. Nur wenn sie ein Cape trägt, ist es gut. Für die Zeit in der U-Bahn und auf der Straße ist dann nichts mehr zu sehen. Aber schon bald wird sie die neue Prothese bekommen, und es wird noch weniger auffallen. Sie wird trotzdem nie hinschauen zu ihrem Stumpf. Sie weiß auch so, wie er aussieht, sie spürt es ja deutlich.
Dich hätte sie auch eingeladen zur Beerdigung ihrer Hand, Schiffchen. Zum Trösten der Enthändigten.
Lieber nicht. Sie nimmt einen Schluck lauwarmer Brause aus einem Glas.

Heute morgen hatte ihr Tag so toll angefangen, denn sie war wiedereinmal in einer tollen Idee. In ein Winny-Poster bohrte sie gleich nach dem Frühstück in die beiden oberen Ecken zwei kleine Löcher, in jede Ecke eines. Sie rückte einen Küchen-

stuhl neben das Kopfende ihres Bettes und befestigte zwei lange Zwirnsfäden im Abstand von ca. 70 Zentimetern mit Heftzwecken an der Decke über dem Kopfende des Bettes. Sie fädelte die Fäden durch die Löcher des Posters, verknotete sie, spielte Winny's Platte von neuem und suchte sich in ihrer Kommode eine passende Kerze. Immerhin echtes Bienenwachs. Man kann sogar dran riechen. Sie kroch unter das Poster, welches ganz dicht über der Matratze hing, stand doch noch mal wieder auf, um den Plattenspieler etwas lauter zu drehen, kroch wieder unter das Poster. Sie dachte, sie könnte wenigstens ein bißchen umherstöckern. Das Poster würde sich sogar ein bißchen bewegen. Es hing ganz dicht über ihrem Gesicht, sie konnte es anpusten. Es war aber wieder nicht so gut, wie sie es sich gedacht hatte. Das Poster störte mehr, es verdarb ihre Stimmung. Ohne Poster und ohne Musik nur mit Gedanken ging es besser.
Am erregendsten war es gewesen, die Zwirnsfäden an der Decke zu befestigen, während sie dachte, nun wäre sie aber endlich absolut endgültig Pieppiep.
Man könnte schon sagen nachts: als es plötzlich klingelte vorhin, stopfte sie den ganzen Krempel vom Fußboden, die ganze Unordnung aus ihrem Zimmer blitzschnell in den großen Pappkarton. Blitzschnell. Schleifte ihn blitzschnell in

die Nische in der Küche. Öffnete ihre Wohnungstür.
Da war niemand mehr da.
Nun ist sie müde, aber sie mag nicht mehr aufhören mit dem Schreiben. Nun ist sie so müde, aber mag nicht mehr aufhören mit dem Schreiben. Nun ist sie so todmüde, aber mag nicht mehr aufhören mit dem Schreiben. Sie schreibt immer noch, und sie ist so müde.
Nun ist sie so sehr müde, aber mag nicht mehr aufhören mit dem Schreiben. Nun ist sie so sehr müde, aber mag nicht mehr aufhören mit dem Schreiben. Nun ist sie so sehr müde, aber mag nicht mehr aufhören mit dem Schreiben. Nun ist sie so sehr müde, aber mag nicht mehr aufhören mit dem Schreiben. Nun ist sie so sehr müde, aber mag nicht mehr aufhören mit dem Schreiben. Nun ist sie so sehr müde, aber mag nicht mehr aufhören mit dem Schreiben. Nun ist sie so sehr müde, aber mag nicht mehr aufhören mit dem Schreiben.
Nun ist sie so sehr müde, aber mag nicht mehr aufhören mit dem Schreiben. Nun ist sie so sehr müde, aber mag nicht mehr aufhören mit dem Schreiben. Nun ist sie so sehr müde, aber mag nicht mehr aufhören mit dem Schreiben. Nun ist sie so sehr müde, aber mag nicht mehr aufhören mit dem Schreiben. Nun ist sie so sehr müde, aber mag nicht mehr aufhören mit dem Schreiben. Nun ist sie so sehr müde, aber mag nicht mehr aufhören mit dem

Schreiben. Nun ist sie so sehr müde, aber mag nicht mehr aufhören mit dem Schreiben. Nun ist sie so sehr müde, aber mag nicht mehr aufhören mit dem Schreiben. Nun ist sie so sehr müde, aber mag nicht mehr aufhören mit dem Schreiben. Nun ist sie so sehr müde, aber mag nicht mehr aufhören mit dem Schreiben. Nun ist sie so sehr müde, aber mag nicht mehr aufhören mit dem Schreiben. Nun ist sie so sehr müde, aber mag nicht mehr aufhören mit dem Schreiben. Nun ist sie so sehr müde, aber mag nicht mehr aufhören mit dem Schreiben. Nun ist sie so sehr müde, aber mag nicht mehr aufhören mit dem Schreiben. Nun ist sie so sehr müde, aber mag nicht mehr aufhören mit dem Schreiben. Nun ist sie so sehr müde, aber mag nicht mehr aufhören mit dem Schreiben. Nun ist sie so sehr müde, aber mag nicht mehr aufhören mit dem Schreiben. Nun ist sie so sehr müde, aber mag nicht mehr aufhören mit dem Schreiben. Nun ist sie so sehr müde, aber mag nicht mehr aufhören mit dem Schreiben. Nun ist sie so sehr müde, aber mag nicht mehr aufhören mit dem Schreiben. Nun ist sie so sehr müde, aber mag nicht mehr aufhören mit dem Schreiben. Nun ist sie so sehr müde, aber mag nicht mehr aufhören mit dem Schreiben. Nun ist sie so sehr müde, aber mag nicht mehr aufhören mit dem Schreiben. Nun ist

sie so sehr müde, aber mag nicht mehr aufhören mit dem Schreiben. Nun ist sie so sehr müde, aber mag nicht mehr aufhören mit dem Schreiben. Nun ist sie so sehr müde, aber mag nicht mehr aufhören mit dem Schreiben. Nun ist sie so sehr müde, aber mag nicht mehr aufhören mit dem Schreiben. Nun ist sie so sehr müde, aber mag nicht mehr aufhören mit dem Schreiben. Nun ist sie so sehr müde, aber mag nicht mehr aufhören mit dem Schreiben. Nun ist sie so sehr müde, aber mag nicht mehr aufhören mit dem Schreiben. Nun ist sie so sehr müde, aber mag nicht mehr aufhören mit dem Schreiben.
So müde, aber mag nicht aufhören mit dem Schreiben. Sie schreibt immer noch. Sie schläft schon.

7.6.80
Mit meinem Denken komme ich nie zu einem endgültigen Schluß. Es ist endlos.
War das nicht ein endgültiger Gedanke.
Jetzt nicht mehr. Jetzt nicht mehr. Ich verlängere ihn schon wieder. Ab und zu muß sie ihre Gedanken ja mal unterbrechen, um zu essen.
Ihr Magen knurrte. Sie trank lauwarme Brause aus einem Glas.
19.22 Uhr. Aus der Küche geht sie in ihr Zimmer. So wie sie geht, müßte man sagen, sie wandelt schattenlos durch ihre Gemächer. Sie schließt die Wohnungstür nicht hinter sich. Still setzt sie sich auf die

erste Treppenstufe zu Winny. Sie schauen sich an. Sie denkt -. d.h., sie träumt. Er denkt auch etwas. Sie denkt -, d.h. sie träumt. Lange.
Sie geben sich einen Abschiedskuß, dann geht sie. So wie sie geht, müßte man sagen, sie ist weit dem vergangenen Windhauch entschwunden.
ih:

8.6.80
Verläßt jemand dieses Haus durch die Einganstür, zieht es im Treppenhaus, wenn meine Wohnungstür und ein Fenster in meinem Zimmer geöffnet sind. Ein Wind streift durchs ganze Treppenhaus. Gestern, als ich auf der Treppe saß, war es auch so. Also wird er mit Sicherheit gegangen sein.
Ich bleib jetzt bei dem ich zu mir. Wir, eigentlich jetzt nur ich, befeierten es wundervoll. Ich spüre es noch heute.
Weißt Du, wenn es so weitergeht mit mir, ahne ich schon verschwommen, wie es weitergeht mit mir.
Zufällig traf ich heute Andrea im Supermarkt. Zum Glück trug ich mein Cape, so brauchte ich nichts von meiner Hand zu erzählen. Maxi ist gestorben. An Altersschwäche. Andrea kaufte nur 40 Pakete Papiertaschentücher, sie hat einen ziemlichen Schnupfen, sonst nichts.

9.6.80
Eine zusätzliche Hemmung ist mir meine Hemmung, meine Hemmungen zu haben.
Solange ich lebe, kann ich mein Leben nicht für eine einzige Sekunde unterbrechen; anscheinend. Und ich tät's doch sehr gern. Ich wäre jetzt gerne für ein halbes Jahr tot, um dann später wieder weiterzumachen, weiterleben.
Ich gäbe jetzt auch ganz gerne auf, wenn ich nur ganz bestimmt wüßte, daß Winny zu meiner Beerdigung kommt. Ich dachte, ich mache Selbstmord und schicke vorher noch mindestens 20 Einladungskarten zu meiner Beerdigung an Winny. Es muß schön sein, sich lang und flach und ganz still hinzulegen.
Wenn ich's für ein halbes Jahr könnte.
Der Brief ist heute wie ein unbekannter Ruf in die Welt, die unbekannte.
Wann habe ich ihn abgesandt - ich muß von allen guten Geistern verlassen gewesen sein.

uNleserlich
iCh biN ES SChON WiEdER. UNd dAS NUR füNf MiNUtEN SPätER.
Ich werde gleich einen Brief an die Sendung im Radio schreiben, die Musiksendung, und darum bitten, dringends das Lieblingslied von Winny zu spielen. Ich will endlich wissen, welches Winny's Lieblingslied ist.

10.6.80
Seit mir das mit meiner Hand passierte, fallen mir plötzlich überall so viele verkrüppelte Menschen auf. Es ist nichts Außergewöhnliches und überhaupt nicht auffällig.
Seit der Briefsache, ich meine meinen Brief an Mr. Winny P., scheine ich ganz allmählich etwas weniger interessiert zu werden, ich scheine nur noch neugierig zu sein. Ist mir eine Antwort von Winny wirklich so wichtig? - möglicherweise nicht so wichtig, neugierig bin ich schon. Und ob es auch der richtige Winny ist 22.57 Uhr.
Ich will endlich versuchen, ins Leben einzuziehen. Aus den Träumen muß ich endlich ausziehen.
23.00 Uhr. Ich kann mir die Sache nicht glauben. Schon oft glaubte ich, nie wieder intensiv an Winny denkend zu werden. Ein Stück langen Tages gelingt es mir tatsächlich. Es gelingt mir nicht, es ist so. Dafür ist es hinterher jedesmal um so ärger gewesen.
Auch heute bemerke ich, daß ich bereits wieder stark am Umherwinnyn bin.
Es nützt überhaupt nichts, den Postermenschen Winny P. durch andere Postermenschen zu ersetzen. Ich bin an den Postermenschen Winny gewöhnt. Er ist mir der vertrauteste, und außerdem konnte ich noch keinen anderen Postermenschen finden, der so schön ist wie Winny. Ich muß zugeben, ich habe mir den besten Postermann, der mir bisher

unter die Augen kam, ausgesucht. Und bei Postermännern läßt sich dies sehr leicht und genau feststellen, denn man kann alle in einer Reihe auf dem Fußboden ausbreiten und miteinander vergleichen. Erst sortiere ich dann die ganz blöden aus, dann die blöden, jedenfalls bleibt zum Schluß immer Winny übrig.
Bei einer solchen Gelegenheit entdeckte ich an Winny auch mal einen Schönheitsfehler, der nicht im geringsten zu ihm paßt. Es gäbe so viele Arten von Schönheitsfehlern, die ihn nur noch besser zur Wirkung bringen würden, aber ausgerechnet diesen muß er haben. Es scheint so, er ist ihm selbst noch nicht aufgefallen, er ist auch wirklich so minimal und ungeheuer schwierig zu entdecken.

11.6.80
Ich werde das Buch schreiben. Selbst wenn das mit meinem Brief klappt. Selbst dann werde ich ja nicht genug Geld haben, um nach Amerika zu fliegen. Ich weiß jetzt genau, daß ich mein Buch nicht nur zur Hebung meiner Stimmung plante.
Am interessantesten wird es werden, wenn ich alles zugebe, mir aber niemand so recht glauben wird.
Ich muß mir nur noch etwas mit Mr. Winny P. überlegen. Mr. Winny P. braucht ja nicht zu glauben, für den Fall, er sollte das von mir Fabrizierte lesen oder als Inhaltsangabe zu hören bekommen, daß von ihm die

andeutende Rede ist, wenn ich von Schiffchen dem halbgöttlichen Pappkarton spreche.

der nächste
11.6.80
Es ist gut zu wissen, mir geht es anscheinend nicht alleine so.
Schon den ganzen Tag warte ich auf Winny's Auto. Mr. Winny P., könnten Sie sich bitte etwas beeilen. Ich sitze schon Beulen in meinen Koffer, den werde ich gar nicht mehr aufbekommen, wenn sie noch lange umhertrödeln. Als Einheimischer müßten sie doch zu ihrem Flughafen finden.
Nein nein, ganz so weit ist es noch nicht. Ich habe aber doch ein Gastgeschenk gefunden. Es ist schon eingepackt und liegt unten im Kleiderschrank. Ich bin sicher, es wird ihm gefallen, er wird so etwas auch ganz bestimmt nicht haben.
Ich könnte Ihnen eigentlich den Farbton schon mal verraten, Mr. Winny. Vielleicht werden sie dann neugierig. Auf jeden Fall wird es Ihnen ganz bestimmt gefallen.

ein weiterer 11.6.80
Ich schreibe doch das Buch, warum suche ich Winny im Gehen auf der Straße, im Sitzen im Bus, im Stehen in der U-Bahn. Hinter jede Tür möchte ich schauen, unter jedem Bett nachsehen, jedes Bad öffnen, jeden Keller hinabsteigen, immer wieder hinter jeder Tür nachsehen. Jeden Pappkarton schau ich mir lange an. Überall

schau ich, ob nicht Winny auftaucht. Schon gleich morgens auf dem Weg zur Arbeit fängt es an. Ich betrachte mir die sämtlichen zusteigenden Fahrgäste in der Erwartung, Winny unter ihnen zu entdecken. Zwischen den Haltestellen versuche ich, mir Möglichkeiten auszumalen, die Winny hierher in die U-Bahn verschlagen haben könnten. Ansich sieht er mehr nach Taxi aus. An manchen Tagen geht es den ganzen Tag so weiter. Er muß doch mal auftauchen, so wie bisher kann es doch nicht weitergehen.
Hinter meinem Rücken sind Schritte, da denke ich: jetzt ist er es aber. Ich trau mich kaum, mich umzudrehen. Bis jetzt war er es noch nie. Er muß doch mal auftauchen. Es muß doch etwas geben, wodurch er hierher kommt, es kann nicht mehr so bleiben.
Manchmal gehe ich extra viel umher, die Chance, ihn zu treffen, wird dann größer. Ich gehe aus, ich mache Umwege, schaue heimlich hinter den Türen nach, such in allen Winkeln, ich fahre Bus, ich geh in den Park. Ich tue es heimlich, damit mich keiner fragt, was ich tue, ich wüßte nicht, was ich darauf antworten könnte.
Und ich weiß genau, meine Vorstellung von Winny ist verschwommen. Ich könnte ihn Dir kaum beschreiben. Wiedererkennen, wenn Du mir ein Bild von ihm zeigst, werde ich ihn bestimmt, doch so aus der Luft beschreiben kann ich ihn Dir nicht mehr. Oft fällt mir

beim Anblick eines Posters von ihm auf, wie anders ich ihn in Erinnerung hatte.
Mein Brief an Winny. Eine Zumutung ist er. Mein Brief ist eine Zumutung. Ein zweiter Brief wäre ganz sicher eine Zumutung, dieser erste ist ja noch ziemlich absender-, inhaltslos. Wie komme ich dazu, einem Wildfremden einen Brief zu schicken? Und ein ganzes Buch, das wäre erst recht eine Zumutung.
Gestern abend ging ich in den Fahrradkeller, um nach meinem Rad zu schauen und um bei der Gelegenheit zu sehen, ob jemand da war. Ich hatte wirklich einen Moment geglaubt, Winny müßte jetzt ganz bestimmt dort sein. Darum war ich hinuntergegangen.
Der Brief an Winny -. Beim Schreiben des Briefes dachte ich überhaupt nicht an Winny. Natürlich, Du hast gehört: Winnywinny winny winny winnywinny. Winny war mein einziger, mein Hauptgedanke, aber ich dachte nicht daran, was es für Winny wäre. Ich dachte nicht daran, wie es Winny dabei ergeht. Ich dachte überhaupt nicht daran, wie es auf ihn wirken würde. Meine einzige Entschuldigung dafür: Es geht sich weich und geschmeidig wie in einem Taumel. Die Wände aller Zimmer sind anschmiegsam, seidig bin ich darin eingehüllt. Und der Himmel draußen ist ganz nah bei mir. Es ist, als wiegte ich mich in allerfeinsten, in den lieblichsten Spinnenweben. Ich ließ mich hineinfallen, und sie wogen mein Fallen auf und ab, hin und her. So lautlos,

fast still. Es ist wie eine Stille in Zeitlupe, weichgedehnt. Nur die Spinnfäden sind klebrig und verbacksen an meinen Fingern.
Es wäre eine Zumutung, Winny anzusprechen. Erzählte ich ihm mein ganzes Zeugs, zwänge ich ihn schon beinahe irgendwie, was zu versuchen. Das ist eine Zumutung.
Doch andererseits könnte die Zumutung schon wieder so groß sein, ach und naja eben so. Ebensowenig kann ich jemand anderem davon erzählen. Es ist für jeden eine Zumutung. Und ich wüßte sowieso nicht wem. Ich bin eine Zumutung.
Lüde mich Winny zu sich ein, auf die Idee, ihn einzuladen, komme ich doch nicht, bekäme ich womöglich noch ein schlechtes Gewissen. Immerhin muß er sich dann ja wenigstens ein kleines bißchen um mich kümmern.
Wie es Schiffchen dabei ergeht? Wieso? Fühlt der sich nicht geschmeichelt? Kann er es nicht toll finden, in einen Freudentaumel ausbrechen und in die Wolken springen? Was bildet der alte Affe sich denn ein.
Und ich lade ihn nämlich doch einfach ein. Sie waren sowieso schon mal fast hier. Es tut mir leid, Sie eben einen alten Affen genannt zu haben. Wenn Sie mal wieder auf Reisen sind, hier in der Nähe, können Sie mich ja mal besuchen. Wo Sie meine Adresse herbekommen, kann ich Ihnen leider auch nicht sagen. Versuchen

Sie es mal beim Verlag. Hier aufschreiben geht nicht und würde ich sowieso nicht.
Es wird immer echter.

12.6.80
Alles ist so erschöpft. Wohin ist alles geschöpft?
19.58 Uhr. Ein Topf mit Rindfleischsuppe steht auf dem Herd. Die geht besonders leicht, weil sie aus der Büchse kommt. Mit der Kelle schöpfe ich sie auf meinen Teller.
Mir kommt nun eine Idee für den Inhalt des zweiten Briefes an Winny P. Ich werde ihm eine Einladung senden. Ich werde sagen, ich wüßte noch nicht genau, wohin er kommen soll, doch ich wüßte genau, daß er kommen soll.
Ich werde ihn so behutsam auf mich vorbereiten.

18.6.80
Heute abend scheint mir alles so leicht.
Heute abend scheint es mir, als wüßte ich genau, morgen wird Winny da sein. Es scheint mir so unmöglich zu sein, daß er nicht kommt. Ich könnte mich nicht so gut fühlen, wenn ich nicht fest glaubte, er käme. Heute abend glaube ich ganz sicher, Winny wird morgen kommen. Gewiß.
Ich sinke in meine Kissen.

Gute Nacht ih:
21.42 Uhr

19.6.80
Aufgeräumt, endlich. Als letztes räumte ich den leeren Suppenteller fort. Der stand noch als Rest in dem großen Pappkarton. Die Pullover mußte ich schon vor einer Woche waschen, sonst hätte ich bald nichts Sauberes zum Anziehen mehr gehabt. Nun mag ich diese blöde Kiste nicht fortwerfen.
Die Pappkiste steht wohl schon über einen Monat in der Küche in der Nische. Jetzt ist aufgeräumt, nun brauche ich sie nicht mehr, denn mit dem Lagerfeuer habe ich es mir überlegt.
Vor einem Monat ungefähr holte ich den Pappkarton zu mir herauf. Ich hatte nicht einschlafen können, war noch einmal auf den Hof gegangen. Der Pappkarton stand bei der Wäschestange, da kam mir die Idee, in der Badewanne ein Lagerfeuer zu machen. Den Karton wollte ich zerlegen, in die Wanne streuen, anzünden, aufflackern lassen, jede einzelne meiner Tagebuchseiten darin in Rauch aufgehen lassen. Es war nicht so einfach, den Pappkarton durchs ganze Treppenhaus hinauf in mein Zimmer zu bekommen. Pappkarton, das klingt so federleicht, doch der Pappkarton ist groß und unhandlich, sperrig. Schon gleich bei der Eingangstür fingen die Schwierigkeiten an. Die Tür schlägt immer von alleine zu, so konnte ich sie nicht aufmachen, hineingehen und den Pappkarton nachziehen, bis dahin war sie wieder halb zugeschlagen.

Umgekehrt ging es erst recht nicht. Steine zum Aufhalten der Tür lagen auch keine in der Nähe. Ich wollte mir die Kiste über den Kopf stülpen, doch dann kuckten wieder meine Arme nicht weit genug hervor, um die Tür zu öffnen. Ich hab's aber geschafft. Gemuschelt. Als ich halb oben war, schaltete sich das Treppenhauslicht aus. Erst hatte ich ihn dann in meinem Zimmer stehen, und an dem Tag, Du weißt sicher noch, als es klingelte, stopfte ich alles in den Pappkarton. Als mein Zimmer aufgeräumt war, ich die Tür öffnete, da konnte ich niemanden mehr entdecken. Dabei hatte ich mich wirklich blitzschnell beeilt.
Zum Glück regnete es an dem Tag, als ich den Pappkarton zu mir in mein Zimmer heraufholte, nicht. Heute sieht es etwas nach Regen aus, finde ich. Stell ich ihn heute zurück, weicht er gleich auf, in drei vier Stunden ist er Matsch.
Und so würde ich ihn an den Wäschepfahl stellen: Breite: so breit wie einer meiner Arme lang ist, ohne Hand
Höhe: reicht bis kurz unter meinen Bauchnabel
Farbe: Pappkartonfarben, so gelblich braunes Beige
Grundfläche: Quadratisch
Ecken: unten und oben sowie an jeder Seite je vier
Aufschrift: auf seinen oberen Schließlaschen steht: "Hier oben" auf der Vorder- und Hinterseite

ist je ein fetter schwarzer Streifen, daneben eine fette schwarze Nummer

Stärke der Wände: ca. 0,4 cm

Verwendung: Sonstiges

Dieser Pappkarton ist nun der einzige Gegenstand in meinem Zimmer, der es noch unordentlich aussehen läßt. Alles andere habe ich schon aufgeräumt.

Ich bin der Meinung, ich sollte mich anderen Tätigkeiten hingeben als der Beschreibung von Pappkartons.

Und nun gehe ich Fußnägel schneiden.

20.6.80

Es bringt keinen Spaß den ganzen Tag so allein.

Immer wenn ich diese verdammte Kiste ansehe, denke ich daran, daß ich, wenn ich sie ansehe, dabei immer an Winny denke.

Auch Winny nannte ich erst vor kurzem Pappkarton.

Woher kommt das Geräusch im Zimmer unter mir?

Ich dachte so viel an Winny, daß mir schon seine Haare vom Kopfe wachsen.

21.6.80

Ich prügelte den gestrigen Tag elendig zu Tode.

Es ist zu stickig zum Einschlafen.

Eben aß ich Abendbrot, und morgen früh werde ich schon wieder etwas essen müssen.

Andauernd muß ich etwas essen. Mindestens

jeden Tag einmal eine Kleinigkeit.
7.38 Uhr: "Ich möchte mit meinen Augen deine Seele streicheln", zwitscherte der Waschlappen, als er von der Decke platschte.
Kurz vor acht:
Es hat mich gepackt wie ein Wahn. Ich Habe mich packen lassen, weil ich es wünschte. Langsam verliere ich sogar meine Hemmungen vor diesem Wahn. Wenn es so weitergeht, werde ich nicht einmal mehr Hemmungen haben, Hemmungen zu haben. Ich werde noch total Hemmungslos.
Später. Trug heute meine alten Schuhe, die mit Schnürsenkeln. Solche werde ich mir in Zukunft nicht mehr kaufen. Ich kann zwar in die verschnürten Schuhe hineinschlüpfen, weil sie etwas ausgetreten sind, doch heute löste sich die eine Schleife unterwegs. Ich mußte den ganzen restlichen Weg nach Hause Humpeln, sonst hätte ich sie mir von jemandem auf der Straße zubinden lassen müssen. Ich krieg mit einer Hand einfach noch keine Schleife hin, die hält. Zum Nähen, die Knoten in Zwirnsfäden kann ich mit einer Hand machen.
Über meine Schuhe lasse ich mich nur aus Langeweile aus, dabei ist soviel zu tun. Man nehme als Beispiel nur das Schuheputzen. Vor allen Dingen sollte ich mal an meine Zukunft denken.
Ich denk auch dran.
Ich dachte noch nie an etwas anderes als an meine Zukunft. So kann ich es nicht sagen. Ich kann besser sagen: Ich träumte

noch nie von etwas anderem als von meiner Zukunft. Meine Zukunft ist ein Traum.
Schokoladenlippen
Man nimmt eine Rippenschokolade, bricht eine Rippe ab und steckt sie sich in den Mund. Durch die Erwärmung wird die Schokolade recht schnell weich, auf der Oberfläche der Rippe bildet sich eine geschmeidige und streichfähige Schicht. Streicht man nun mit der Rippe über die Lippe, bleibt etwas flüssige Schokolade haften, bis die Lippen endlich zu spröden, rissigen Schokoladenlippen erstarren, denn die Schokolade trocknet nach kurzer Zeit wieder an und krümelt beim Sprechen etwas. Mit dem Trocknen verlieren die schmierigen Schokoladenlippen auch ihren dunkelfeuchten Glanz.
Bereits vor zwei Jahren versuchte ich mich einmal für eine ausgedehnte Weile totzustellen. Wie Du nun erfährst, erfuhrst nicht einmal Du etwas davon. Bevor ich jemandem davon mitteilen wollte, sollte meine Experiment erst einmal zuende geführt werden. Zu meiner Schande jedoch muß ich heute gestehen, es gelang mir nicht einmal für einen Tag, mich totzustellen.
Bis heute habe ich mein eigenartig schwachsinniges Scheinziel nicht erreichen können, obwohl ich mich sehr bemühte. Ich führte darüber kein Buch, denn ein Bestandteil meines eigenartig schwachsinnigen Scheinzieles ist die Verschwiegenheit über mein eigenartig schwachsinniges Scheinziel. Ich

sage Dir nicht, was es ist, weil es eben auch mit meinem Grund zusammenhängt, welcher nur durch seine Ungenanntheit existiert. Ich sage es nicht einmal mir, ich erlausche es nur. Ich belausche mich.
Ich richte ganz schön was an mit mir. Ohne den Wunsch einer Verhinderung zu spüren, steigere ich mich unaufhörlich immer vergeisterter in neue Wahnsinne. Jetzt weiß ich nicht, was ich tun kann, wenn ich keine Antwort von Winny erhalte. Ich stecke schon so tief drin, mir fällt das Atemholen, das Einatmen von nicht erträumter Luft schon schwer, ich japse nach geträumter Luft.
Wenigstens solange meine Nase in diesem Buch steckt, behalte ich noch einen kleinen Überblick.
In Natura gerate ich immer mehr ins Wanken. Ich sehe mir dabei zu, ich genieße es fast, in diesem Wahnsinn zu ersticken.
Heute ging ich in ein Plattengeschäft, sah nach, ob Winny schon geantwortet hat. Erst konnte ich Winny nicht finden, weil ich wieder einmal unter "W" und nicht unter "P" nachwühlte, es war keine neue Platte von Winny dabei, und ich kenne alle alten Cover, wenn ich auch nicht alle Platten von Winny kenne, die Cover kenne ich alle. Ich hätte mir nur eine Platte von Winny gekauft, wenn eine neue da gewesen wäre, eben um zu hören, ob auf dieser Winny's Antwort ist. Keine neue Platte

von Winny da. Ich hab' ihn doch gebeten, sich zu beeilen, ich dachte, er hätte sowieso was in Arbeit und könnte seine Antwort schnell noch dazwischenquetschen. Wenn in 2 Monaten noch keine Antwort da ist, werde ich ihm einen neuen Brief senden. Und wenn dann in einem halben Jahr noch immer keine Antwort da ist, werde ich ihm meinen letzten Brief senden. Diesmal einen ganz anderen. Ich werde auf eine kleine Seite schreiben: Ich dufte schön. Diese Seite werde ich vergiften und in eine luftdichte Gefriertüte stecken, Adresse wieder auf Anhängsel. Streng persönlich als Zusatz.
Was ich nicht so gut kann wie früher: Schleifen binden, meine rechte Schulter kratzen, Fahrrad lenken, Fleisch kleinschneiden, Pappkartons die Treppe hochtragen, meine Schwierigkeiten mit dem Pappkarton lagen eben auch an meiner Einhändigkeit. Im übrigen werde ich auch bei größter Hitzewelle nur noch langärmelige Kleidung tragen.
Ich frage mich allmählich, wie ich den Abschluß meiner Ausbildung erreichen will. Ich bereite mich zu oberflächlich darauf vor. Und so schlimm war mein bißchen Fehlen auch wieder nicht. Immerhin fiel das Ganze auch in meinen Urlaub.
Um mich her ist es so schnell. So rasend kann ich nicht kucken. Durch die rauschende Geschwindigkeit verzerren sich manche Bilder ein wenig. Sie verwischen sich

leicht zart. Meine letzten klaren Gedanken verwende ich dafür, mich nicht bloßzustellen. Ich muß mich nur hineinknien. Dann schaffe ich es.
Fast halb 12 Uhr. Ich hasse dieses mit nichts beginnen zu können und mit allem beginnen zu mögen.

Oh bitte

Wenn man lebt, nimmt man etwas wahr, und man kann sich bewegen. Bei mir war es so. Doch ich ließ jeden allein, mit dem ich zusammen war.

Fr., 27.6.80

Seit drei Wochen ist bei mir auf der Fensterbank eine harte Dürre. Seit drei Wochen begoß ich meine Blumen nicht mehr. Anstatt dies nun hier zu beklagen, sollte ich ihnen in der Zeit lieber Wasser geben. Der Löwenzahn ist schon ganz braun und bald nur noch Verdorrtes. Dem Kaktus geht es etwas besser, auch wenn er nicht mehr so prall aussieht.
Das Sonderbare mit mir ist nur, wenn ich gleich aufstehe, nachdem ich zuende schrieb, werde ich die Blumen wieder vergessen. Sie werden wieder kein Wasser bekommen.

1. Juli 1980, Donnerstag

Dort draußen sitzen sie auf dem Rasen, plappern im Sonnenschein zu Kaffee, Cola und Kuchen. Es ist nicht sehr heiß. Eine nette Runde, aber ich kann mich nicht zu

ihnen lassen. Darum hasse ich sie manchmal. Sogar eingeladen bin ich.
ABENDS.
Bleibe ich immer allein, bekomme ich allmählich Angst. Gehe ich zu ihnen, bekomme ich allmählich Angst. Gehe ich wieder fort, bekomme ich mehr Angst. Gehe ich wieder zu ihnen, bekomme ich noch mehr Angst. Gehe ich wieder von ihnen, bekomme ich noch mehr Angst. Gehe ich wieder zu ihnen, bekomme ich wieder noch mehr Angst. Gehe ich wieder von ihnen, bekomme ich immer noch mehr Angst. Gehe ich wieder

4. Donnerstag (Juli)
das Jahr ist 80
Meine übersinnlichen Kräfte reichen natürlich mal wieder nicht aus. Meine Hoffnung war diese Atmosphäre in meinem Zimmer. Noch immer dringt kein Lichtstrahl von außen herein. Das Licht zum Schreiben ist von scheinenden Kerzen.
Vor dem Fenster hängt noch die dunkle Wolldecke. An den Seiten ist sie mit Nadeln festgesteckt. Kein Licht kommt hindurch. Vorhin gab es die beiden brennenden Kerzen, ohne sie wäre vorhin für keine Augen etwas anderes als Schwarz gewesen. So verhielten sich Licht und Geräusche in der Luft trüb gelb und dumpf. Darin leuchtet das Bettlaken wie Heiligenscheine auf alten Gemälden im Kerzenschein meiner Erinnerung. Es ist sein Bettlaken. Das Bettlaken vom Pappkarton. Wie er strahlt von einer Kraft,

die Wände durchdringt. Er nimmt das Licht der beiden Kerzen an seinen Seiten, durchflutet damit mein Zimmer. Warm durchströmt sein Schein die Luft, erfüllt meine Gedanken mit sich. Sie reichen in diese Erinnerung für dies leuchtende Schweifen. Meine stumme Ahnung sollte er erheben, mein Pappkarton. Mich getragen lassen in seiner Magie. Mir alles auftun, es über sich mit hinfortnehmen für einen Blick. Die Erde klären, durch seine vom Bettlaken vergossenen Ecken. Mein Sehen dahinschikken, ins Haus seines Menschen. Gedanken, welche Augen mit sich schleifen, durch die Erde ziehen. Pappkarton im Bettlaken, nimm einen Stern, nimm einen Satelliten für mich zur Brücke.
Die Erde ist so dick. Ich habe Winny nicht gesehen.
Ich weiß auch noch nicht einmal, in welcher Richtung von hier aus gesehen Amerika liegt. Hinter oder vor dem Pappkarton im Bettlaken, neben ihm. Die Tageszeit kenne ich auch nicht, den zweiten Wecker habe ich nicht mehr benutzt. Vielleicht ist es dort jetzt dunkel, und deswegen konnte ich nichts sehen.

5. Juli, Freitag, 80
Schon wenn Du vor meiner Wohnung stehst, spürst Du den Pappkarton im Bettlaken. Du spürst, wie er meine Wohnung überflutet. Mit jedem Schritt, den Du in meine Wohnung machst, fühlst Du seine Strahlen,

auch wenn Du ihn noch nicht siehst. Du fühlst, er ist da.
Nun werde ich hingehen und meine neuen Bonbons verstreuen.

19. Juli 80
Ich verstelle meine Tage. Ich funktioniere meine Realität um in verzerrende Träume.
Ich denke an meinen Pappkarton im Bettlaken, an meine Bonbons zu seinen Zipfeln.
Es ist so weit, ich kann nur noch atmen die Luft, die ich mir erfand.
Doch ich muß sagen, mir kommt nicht ein Gedanke in den Sinn, der nicht zumindest ein kleines, entferntes Bißchen mit mir zusammenhängt. Wenn ich mich noch so abmühe.
Und nie fällt mir etwas anderes ein als das, was ich weiß.
Noch nicht ein einziges Mal entwickelte sich eine meiner Ideen auf dem Mond.

13. Juli 80, Sonnabend, spät
Ich hasse dahinplätscherndes Gemecker mit seiner abscheulichen Stimmung. Sanfte Unfreundlichkeiten in einer Tour, immer fort, so sanft, fast zart. Einfach grausam.
22.33 Uhr. Wenn ich in diese Stimmung versetzt bin, wie so oft, glaube ich fort zu müssen, um endlich woanders sein zu können.

Gute Nacht ih:

14. Juli 1980, Sonntag, morgens
Ich danke dem Wetter für seine liebe Kühle.
ABENDS. Bald kann ich niemandem mehr zum Guten Tag- und auf Wiedersehen-Sagen meine Hand reichen.

15. Juli 1980, Montag
Ich weiß nichts zu erzählen.
Ich weiß nichts zu erzählen. Noch immer weiß ich nichts zu erzählen. Deine M.
Es wundert mich sehr, mich an keinen Traum von der gläsernen Guillotine erinnern zu können.

20. Juli 1980, Sonnabend, 02.17 Uhr
Vielleicht ist Leben nur zu alltäglich. So viele Tage hintereinander lebe ich schon. Obwohl ich nicht sterben möchte, ist mein sehnlichster Wunsch, die restlichen mögen auch noch möglichst schnell hinter mir liegen. Hätte ich vor diesem Tag schon mehr Tage gesehen, wäre mein Leben an diesem Tage zuende gelebt. Heute wäre es zuende. Ich möchte ganz alt und schwach sein, mich auf mein Sterbebett schleppen, um von dort mein ganzes ausgehauchtes Leben kraftverlassen zu genießen. Nur sterben möchte ich nicht. In Ewigkeit auf meinem Sterbebett liegend von meiner Vergangenheit träumen möchte ich, blind sein gegen alles andere.
Es macht mich so unruhig, daß noch, wovon ich träumen will, Zukunft ist. Mir kann doch jede Minute etwas zustoßen. Welche

Vergangenheit wird mir dann schon im Traume erscheinen, und von meiner Zukunft kann ich auch so träumen.
Meine Fingernägel müßten unbedingt geschnitten werden, aber ich kann die Schere doch nicht mit den Lippen auf und zu schnipsen. Vorhin kuckte ich noch bei Mama vorbei, hätte ich da nur an meine Fingernägel gedacht. In den letzten Wochen hat sie mir meine Nägel immer geschnitten.
Ich muß gestehen, an der ganzen Winny-Geschichte stört mich nur eine Klitzekleinigkeit: ihre ungeheure Einseitigkeit.
Dreimal kam ich schon zu spät wegen Winny. Die Winny-Geschichte ist nicht nur einseitig, sie macht mich auch einseitig. Du kannst mich für kaum etwas interessieren, was mich nicht an Winny P. erinnert. Allein schon für die Anfangsbuchstaben von Winny "WP" hat sich bei mir ein Blick entwickelt, ein ständig kuckender. Tauchen diese auch nur flüchtig beiläufig sonstwo auf, mir springen sie altgewohnt in die Augen. Sie können in einem völlig anderen Zusammenhang stehen, mich erinnern sie erst einmal an Winny. Gelegentlich genügt schon ein "W" als Erinnerung, dann erinnert mich selbst die Aufschrift "WC" an Winny P. Ich vergaß dabei ganz, wohin ich mußte.
Den ganzen gestrigen Abend verbrachte ich lesend. Ganz gemütlich im Pappkarton. Herangeholt hatte ich die Schreibtischlampe, dicht neben dem Pappkarton eingeschaltet aufgestellt. Auf die richtige Höhe gebracht

leuchtete sie meinen Pappkarton in allen Winkeln gut aus. Ich will mir deswegen doch nicht auch noch meine Augen verderben. Ein Vorteil eines Pappkartons ist seine Unschädlichkeit. Selbst wenn ich 20 Pappkartons auf der Straße zusammensuchen und in Bettlaken wickeln würde, schadete dies meiner Gesundheit nicht. 120 sind da auch nicht viel schlimmer. Ich kann 2 Tage wöchentlich lesend, 2 Tage wöchentlich träumend darin verbringen und die restlichen vier mich bescheinen lassen davor. Meine Glücklichkeit über meinen Winny-Pappkarton sprüht einerseits. Es nieselt andererseits seine umwerfend wahnsinnige super klasse Großartigkeit. Es ist niemand zu sehen, der ihm das Wasser reichen könnte.

26. Juli 1980, Donnerstag, 19.18 Uhr
Ich glaube, so weit ich mich erinnern kann, war ich noch nie im Leben wirklich lieb zu einem Menschen. Bei Winny macht das nichts. Bei Winny bekomme ich deswegen nicht womöglich noch mal mitten im Sonnenschein ein Greulen im Gewissen. Ich brauche mir keine Vorwürfe zu machen. Er ist mit Haut und Haar niemals da. Er ist absolut in äußerster Sichtweite, Streichelweite sowieso. Ich kann tun, was ich will.
So unmöglich ihn zu erreichen, wie gut ist das.

27. Juli 1980, Freitag, Nachmittag - fließend - Abend
Diesmal schreibe ich, und tu schon sitzen drin im Pappkarton. Gleich dabei mit Kopfkissen meinen Hintern zu schonen. So ist es tausendmal bequemer, doch ein wenig eng wie gestern ist es geblieben. Meine Beine sind in der Mitte geknickt.
Nun gerate ich dahin zu denken, die Ungefährlichkeit des Hockens in einem Pappkarton ist bedauernswert. Wenn ich hier nun nie wieder raus komm, woran könnte ich da sterben. Ich bliebe ein Lebelang in meinem Pappkarton sitzen. Und wenn es mir gefällt, kann ich vielleicht gar nicht mehr sterben.

28. Juli 1980, Sonnabend, 01.17 Uhr
Es ist keine Zeit mehr übrig.
Ich glaube, nicht alles, was ich suche, in diesem Zustand als lebendiger Mensch finden zu können. Ich bin völlig unbekannt auf der Suche, ans Totsein erinnere ich mich nicht mehr genau. Leben ist eine drollige Sickerei.
Am liebsten schriebe ich jetzt Schiffchen einen Brief und erhielte sehr bald eine Antwort. Sie müßte schnell kommen.
Morgen bis spätestens meinen Morgen darauf.
Am gestrigen Spätnachmittag schlief ich auf meinem Bett ein. Mir träumte etwas von Schiffchen, ich bemerkte, es war nur ein Traum, und erwachte. Nun war ich noch nicht zuende erwacht und wachte auch aus diesem

Traum auf. Drei Träume ineinander verschachtelt. Aber nun will ich nur noch einmal aufwachen in meinen schönsten Traum, die folgenden verschlafe ich, wenn es sein kann.
Wie einseitig ich geworden bin, wie weit weg alles gegangen ist. Rede ich mit anderen, scheinen sie mir unerreicht. Heute z.B. während meines ganzen Gespräches mit Petra hoffte ich, sie würde erraten, was ich denke, wodurch ich von dem, was sie mir erzählte, nichts verstand. Ich gab mir Mühe, sie drauf zu stoßen. Sie konnte es nicht merken, weil sie mir alles erzählte, alles, was ich nicht hörte. Fremde Träume interessieren mich scheinbar nicht geringfügig. Absolut nicht.
Schreibst Du mir etwas in mein Buch, Winny? Ich bilde mir träumend ein zu hoffen, Schiffchen würde mich ein bißchen verstehen. Wäre ich mir nur sicher, daß es nicht reinster Einbildungsextrakt ist. Wenigstens kein abgebrühter. Diese zweifelnde Hoffnung wird überträumt.
Mittlerweile beschlendern schon drei Namen meinen Superstar; meinen heiligen sexy Pappkarton im Bettlaken, meinen Winny P., mein Schiffchen, meinen Leser Winny P.
Mein lieber Leser Mr. Winny P., soll ich mir wünschen, daß Sie mein Buch doch lieber nicht lesen oder wenigstens dabei nicht merken, wie überdreht Sie damit gemeint sind.
Ich muß zugeben, Winny, Deine Laune ist

immer angenehm harmonierend mit der meinen.
Was habe ich zu verlieren, daß ich nichts wage? So wie ich es vertreibe, ist mein Leben vorbei. Ich lebe nicht gern. Versuchte ich, nur im Tage meine Wünsche zu versuchen, gingen sie auch nicht in Erfüllung, so wäre ich wenigstens nicht mehr so gegen mich.
Immer glaubte ich, ich solle etwas werden, käme nur nicht drauf was. Wahrscheinlich war es ein Irrtum. Es ist ein fetter Irrtum versteckt.
Die Zeit dieses Tages vertrieb ich mit im Kreise Laufen. Ich vertrieb sie mir, sowie den Bonbons, den Winny-Platten im Zusammenspiel mit dem Plattenspieler. Sowie meinem Pappkarton im Bettlaken.

29. Juli 1980, Montag
Schade, ich bin zu normal; für den Fall, daß es etwas Normales geben sollte.
Ich werde nicht einschlafen können.
01.32 Uhr. h:
Verrückt muß ich schon sein. Vor ein paar Tagen kam mir der Gedanke, mit Schiffchen in der Vereinigung zu sterben, durch ein sonderbares Gift, einen Zettel mit der Aufschrift "Gebt uns eine Urne" hinterlassend.
Allmählich wird es interessant.
Gute Nacht

30. Juli 1980, Mittwoch
Wirklich, ich muß ein ausgesprochen gutes Medium für Winny P. sein. Im Spiegel stellte ich fest, ich sehe schon bald so aus wie er. Und es gibt nichts, was mich herauslösen kann. Immerhin ist es schon das siebte Jahr. Ich werde meinen Beruf aufgeben müssen, bald kann ich von Beruf bestenfalls noch Winny P. werden.
Seine Haare wachsen mir vom Kopf. Ehrlich, sie sind noch immer da. Seit einem viertel Jahr wachsen sie mir schon vom Kopf. Die verderben mir die ganze Frisur. Winny ist schuld, daß ich soviel Geld für den Friseur ausgeben muß. Anfangs fiel es gar nicht auf, seine Haare mein ich. Das erste, welches ich fand, schnitt ich einfach ab. Das ging ganz leicht, es legte sich sowieso gegen den Wirbel. Jedoch bei diesem starken Nachwuchs wurde es mir schnell zu mühselig, die Haare erst herauszusuchen, jedes einzeln und jedes einzeln mit der Scheere in der Hand abzuschneiden. Es ist eine so schwierige Zirkelei, denn ich muß jedes Haar aus der Frisur herausbiegen, mir dann flupps die Schere schnappen, damit es nicht wieder hineingesackt ist, wenn ich schneidefertig bin. Ich erwischte öfters zu viele. Darum reiße ich sie neuerdings raus. Ein kleiner Ruck, das ziept zwar, aber so werde ich sie los, ohne mir Löcher in meine Frisur zu schneiden. Es ist schon ein richtiges kleines Büschel, alles Winny's ausgerupfte Haare. Von Petra

ließ ich sie mir zusammenbinden. (Sie denkt, es ist ein Ohrenpinsel.) Stell Dir nur vor, so bekomme ich auf diese Weise ein echtes Bündel echter Haare von einem echten Superstar. Es liegt ein echtes Stück Winny in meiner Nachttischupplade (darin bewahre ich sie auf). Ich freu mich darüber, ich werde sie an die Wand hängen.

31. Juli 80
Heute abend war es ganz witzig. Wir trafen Dieter. Beim Tanzen löste sich die Schnalle von meinem Schuh, zu Hause war sie ganz ab. Es gab zu erblicken sehr viele reizvolle Möglichkeiten sich zu verlieben.
Die Frage: Was für eine Farbe hat eigentlich dein Pullover? mit der Betonung auf seine bestimmten Worte genügt schon, um abgrundtiefreißende Katastrophen auszulösen.
Ein echtes Stück Winny P. hängt bei mir an der Wand.
Es sind 9 mehr, als gestern in der Schublade lagen. 9 Stück sind in der kurzen Zeit nachgewachsen auf meinem Kopf. Winny könnte sich für seine Haare zur Abwechslung mal einen anderen Platz aussuchen, die Orange zum Beispiel. Nicht immer meinen Kopf. Ich will die Dinger nicht auf meinem Kopf haben.
Ist man, wenn man sich verliebt, ein empfängliches Medium für denjenigen, in den man sich verliebt?

Ich will nichts. Nicht tot sein, nicht lebendig sein, nicht sein. Das lügt sich sicher.
Wie erfindet man die Selbstverständlichkeit, sein Leben als sinnvoll zu empfinden? Ist damit auch das Ertragen der Sinnlosigkeit erfunden?
Sinn des Lebens, Lebenssinn, Lebensgefühl, Sinne fühlen. Sinne, der Sinn des Lebens, mit dem man das Lebensgefühl erfährt.
Bald werde ich gläubig glauben, ich glaube nichts mehr.
Meine Gedanken verkreislaufen sich.

1. August 80
Etwas in mir mochte leben, etwas in mir möchte sterben. ih:

2. August 1980
Was dachte ich mir in meinem Hirn schon für naiven Schwachsinn zusammen. Manchmal absichtlich. Häufiger noch. Hin- und Hermal wollte ich mein Tagebuch opfern als Symbol des Beginnens meines neuen Lebens. Ich bewahre noch immer eine Menge herausgerissener Tagebuchseiten auf.
"Gute Nacht, M." "Gute Nacht, schlaf schön"
"Du auch"
Hinausgegangen.
Zum Selbstmord kann ich mich auch nicht entschließen. Meine Gedanken sagen nicht ernsthaft ja.
Ich verstehe, woher Selbstmord kommt.
Bisher glaubte ich, einer Begegnung mit

dem Erfinder des Sebstmordes stünde ich fassungslos gegenüber. Ich dachte, mir würde nicht einmal etwas einfallen, was ich über diesen Menschen denken könnte. Seine Erfindung erschien mir ungeheuerlich. Es schien mir fantastisch unbegreiflich, wie er auf einen solchen Einfall kommen konnte. Für den Erfinder des Selbstmordes wird es nicht so einfach sein, an Selbstmord zu denken, wie für mich. Ich weiß eben, daß man sich eben manchmal selbst umbringt. Ich höre hier und da, wie man es anstellen kann, aber der Erfinder des Selbstmordes mußte den Selbstmord erst völlig neu erfinden. Er hörte nie vorher, daß es manche machen und wie sie es machen, er mußte von alleine drauf kommen. Für ihn war die Idee Selbstmord nicht eine so fast vertraute Sache wie für mich. Irgendwie fand ich seine Idee immer toll. Stell Dir vor, sich selber umbringen, nicht lange warten, bis Du eines Tages von alleine tot bist, nicht warten, bis ein anderer es tut. Dich umbringen mit Deinen eigenen Händen. Etwas tun, was Du vorher noch nie tun wolltest. Etwas so anderes tun als Du gewöhnlich tun möchtest.
Bisher dachte ich ganz einfach, na gut, wenn deine nächsten 20, 25 Pläne nicht klappen, dann bringst du dich eben um, das macht dir dann auch nichts mehr aus. Gestern begann ich zu begreifen, wie man Selbstmord erfindet.

Ich bete, mein Schlüsselbund möge entmaterialisiert bleiben, nicht wieder auftauchen wie der Haarkamm. In einer panischen Minute, irgendwo unterwegs auf der Straße an einer roten Ampel, kritzelte ich auf einen Kassenbon: "Ich habe fast Angst." Dieser Kassenbon steckt noch darin. Er darf nicht irgendwo für jedermann zum Finden auf der Straße liegen, meine Adresse steht auf der Innenseite des Schlüsselbundes.
Der eine Versicherungsheini rief neulich noch mal wieder bei Mama an, erzählte sie mir, während ich mit meiner unechten Hand aus Versehen die Kaffeetasse umstieß. Weil ich mit der Hand alles nicht richtig merken kann, blieb sie hängen. Augenblicklich trage ich sie gar nicht.
Sollte Winny neuerdings an besonders starkem Haarausfall leiden, vor allem in den letzten 14 Tagen - die wuchsen alle zwischen meiner Frisur und hängen nun bei mir an der Wand. Winny, ich bitte Dich darum, dies in Zukunft zu unterlassen.

3. August 1980, Dienstag, 00.26 Uhr
Sonderbarer Weise fühle ich mich an einem dermaßen unangenehmen Tag wie heute über die Maßen fantastisch. Ich könnte mich einfach immer weiter wohl fühlen, denn es geht mir ausgezeichnet.
Ich möchte jetzt mit Schiffchen schlafen. Schon den ganzen Tag wollte ich Winny in den Pimmel und ins von mir aus gesehen rechte Ohrläppchen beißen.

7. August, Sonntag, nachmittags
Er ist niedlich. Er ist so zart, ich fürchte, er könnte zerbrechen. Sein Lächeln ist so süß, ich muß meine schützenden Hände darüberhalten. Wie liebevoll sein Gesicht ist, man möchte ganz sachte zu ihm sein. Sehr behutsam tut er so, als wäre er aus Pappe und Bettlaken.
Oh Herr Jemine, das sage ich nur, weil ich ihn jetzt nicht anschaue. In Wirklichkeit lächelt er genauso zart wie ich ihn zertrete. Es lohnte sich für mich, mir ein kleines Hackebeil anzuschaffen. Sehr viel Aufwand für einen Pappkarton im Bettlaken, aber das wäre sicher.
Gestern abend schaltete sich plötzlich mein Radio ein. Selbsttätig, ich bin nicht einmal sehr nahe dran gewesen, erklang ein weites scharf zischendes Rauschen. Erschrocken griff ich nach dem Kabel. Der Einschaltknopf war nicht auf Ein gedreht. Mein Radio ist doch auch kein sich automatisch an- und ausknipsender Radiowecker, wie ihn Petra benutzt. Ich drehte auf Ein und sofort wieder aus. Den Stecker wieder in die Dose. Das Rauschen blieb weg. Hätte ich das nur nicht gemacht, aber ich war zu erschrocken.
Ich weiß doch, es kann mir schlimmstenfalls etwas fürchterlich Schreckliches passieren. Wozu immer die Angst?
Es ist mehr Verlassenheit als Angst. Soll ich es aufgeben zu versuchen
Es gibt kein Schiffchen auf der Erde.

Um die Tötungskraft zu zahlreicher Unmöglichkeiten zu dämpfen, malt sich mein Gehirn Möglichkeiten aus. Phantastische manchmal.
Bevor mir wieder etwas einfällt, muß sich diese Sehnsucht nebelig schrumpfen.

4. August 80
Man scheint mir etwas anzusehen. Man bemerkt doch etwas. Ich merk das doch. Ich muß wohl etwas anders sein als sonst, überall werde ich daraufhin angesprochen. Neulich sagte sogar eine fremde Frau auf der Straße davon etwas zu mir. Sie fand, ich sähe mutlos aus.
Ich weiß selber sehr genau, was ich tun müßte, um besser zurechtzukommen. Haargenau weiß ich es sogar. Ab und zu probier ich es, doch es hilft mir nicht einmal einen Tag lang. Spätestens am Abend ist alles wieder aus.
Diese Frau auf der Straße neulich, eingelabert, von oben bis unten vollgelabert hat sie mich, weiter nichts.
Ich bin noch auf keinen einzigen Ratschlag getroffen, der mir geholfen hätte.
Bemerkst Du endlich, wer Dir hier immer was erzählt, das bin nämlich ich, und keiner sonst. Du hast keine Ahnung, wie sie alle über mich denken. Du ahnst nicht, was sie sich bei ihren Ratschlägen denken. Du weißt nicht einmal, wie ich auf sie wirke. Tröste Dich, ich weiß auch nicht, was sie sich dabei denken.

Ich kann Dir nur erzählen, was ich mir denke, was sie sich denken, aber das wäre wieder nur etwas, was ich mir denke.
Die letzten paar Tage schlief ich nur wenige Stunden. Vor einigen Monaten noch hätte man mir ein ratterndes Maschinengewehr an die Stirn setzen können, ich wäre nicht aufgewacht. Heute weckt mich schon das Summen der kleinen Mücke.
Ich weiß nicht, wie ich Mein Leben überleben kann. Wie soll ich es überleben?
Wie machen es nur die Tiere, die müssen auch noch jeden Tag nach Essen suchen. Ich kenne keine Angst vor dem Hunger.
Ich trau mich abends nicht mehr, mich schlafen zu legen. Es kostet mich eine solche Überwindung, ins Bett zu kriechen.
Ich kann nirgendwo mehr hin. Nirgendwo bleiben.
Nach Feierabend stehe ich oft vor dem Plattenspieler. Ich stehe auch ganz dicht bei den Lautsprechern und schaue auf die Nadel über der schwarzen Scheibe. Denken tue ich dabei: hoffentlich ist sie gleich am Ende - wo ist sie jetzt - ist sie am Ende. Dann hebe ich mit zwei Fingern den Arm etwas an, um die Nadel wieder an den Anfang der Platte zu setzen.
Ich kann niemandem mehr meine Hand reichen zum Guten Tag- oder Aufwiedersehen-Sagen.
Vermutlich tue ich es dennoch. Bisher sind noch keine Beschwerden über ein derartiges Verhalten meinerseits bei mir eingetroffen.
Und all meine Widersprüchlichkeiten, sie

kommen wohl daher, daß ich am liebsten immer alles schön hätte und nicht weiß, was das ist.
Diagnose:
Die Patientin fühlt sich mehr und mehr in eine Traumwelt abgleiten. Um sich in die Realität zurückzufinden, ist sie bemüht, die Wachträume auf ein Mindestmaß einzuschränken, sie als einen Teil der Realität anzuerkennen, aber nicht anstatt dieser einzusetzen. Sie scheitert an der Realität der Realität. Die Realität nimmt die Gestalt eines Albtraumes an. Sie zweifelt an ihren Zweifeln, bezweifelt im Grunde alles. Ist darum nicht fähig, klare Wünsche zu entwickeln. Sie hält sämtliche Wünsche für bezweifelnswert, was allein nicht beklagenswert wäre. Jedoch, die Patientin verzweifelt ziellos. Vor sich herzweifelnd ist sie der Auffassung, jede Möglichkeit könnte möglich sein. Darum wartet sie auf die Auswahl der Möglichkeiten durch die Zufälle, weil möglicherweise auch diese möglich sind. Die Zahl der Möglichkeiten überwuchert das Unmögliche bei weitem um ein vielfach Unmöglicheres.
Die Patientin findet, es gibt zu viele Möglichkeiten. Eine, nämlich die erwünschte, würde ihr genügen, wenn sie eine wünschen könnte.
00.02 Uhr mh:
Andererseits sieht die Patientin, zahllose Möglichkeiten machen das ganze möglicherweise abwechslungsreicher. 00.05 Uhr mh:

Wahrscheinlich kann die Patientin nicht, weil es ihr genauso wie den möglichen und unmöglichen Unmöglichkeiten ergeht. Sie ist keine zufällige mögliche oder unmögliche Möglichkeit, scheint es, sie scheint eine zufällige Unmöglichkeit zu sein. Möglicherweise könnte man zugeben, letztmöglicherweise trifft auch die letzte Möglichkeit eher weniger zu.
Womöglich stellt die Patientin fest: Möglicherweise ist sie kerngesund.
Alle möglichen Möglichkeiten, eine greifbare Möglichkeit festzuhalten, die mir in den Sinn kommen, sind unmöglich. Es gibt nichts Mögliches, überall.

5. August 1980, Montag, 00.00 Uhr
In diesem Zustand fühle ich mich so unwohl, daß ich nicht einmal so sterben möchte. ih:

6. August 1980, Dienstag, nach 19.00 Uhr
Mir geht es auch nicht anders als der ganzen Welt, der Welt der Augen und Ohren, aus welcher ich esse und atme.
Eine Welt, die mir langsam unheimlich wird.
Heute morgen schon erschien mir mein Zimmer ganz aufgedunsen.
Etwas außerordentlich Interessantes stand in der Zeitung heute. Eine Warnung, eine Warnung vor Winny P.
Es war nur ein kurzes Stück einer Spalte auf einer Sammelsuriumsseite. Da stand, Wissenschaftler hätten wissenschaftlich

festgestellt, Winny P. führe zu Haarausfall. Allerdings schrieben sie das nicht nur über Winny, sondern noch von einer ganzen Reihe anderer Leute. Das mit dem Haarausfall war Winny, von den anderen Leuten bekommt man auch noch was anderes, aber auch dasselbe. Da könnte ich mich eventuell ein wenig getäuscht haben?
Hätte ich einen Bekannten bei der Zeitung, dächte ich, der würde mit seinem äußersten Aufwand versuchen, mich auf den Arm zu nehmen. Mein Haar kommt mir schon so dünn vor.
Im Radio war noch nicht wieder über Winny oder von Winny. Bei der Musikwunschsendung bin ich nicht drangekommen oder erst ganz zum Schluß, als ich eingeschlafen war, denn das Radio spielte nur ganz leise. Ich kenne Winnys Lieblingslied also immer noch nicht.
Vorhin lief ein Schokoladenkater über die Straße. Es gibt einen Schokoladenkater, vorhin lief einer über die Straße. In der Mitte angekommen, zog er seine Jacke aus, knuddelte sie zusammen, wollte sich hinsetzen, doch die ältere Frau zog ihn mit sich. So schnell ich konnte, zögerte ich an ihnen vorbei über die Straße.
Welch ein Jammer. Heute hörte ich von jemand vollkommen anderen als mir etwas wie: die 12jährige, die unbedingt den Winny verführen wollte, 2. Teil mit Auszügen aus dem 1. Teil
immer diese Vorweggriffe.
Gestern abend brachte Petra mir eine

selbstgepflückte Blume mit. Eine gelbe. Sie hatte wohl gesehen, wie kümmrig mein Löwenzahn auf der Fensterbank blüht. Sie fand die Blüte im Gestrüpp bei uns auf dem Hof. Ich hätte mir sparen können, mir einen Löwenzahn in den Blumentopf zu setzen. Ich hätte mir manches sparen können. Und es gibt noch immer genug, was ich mir sparen kann. Ich sollte endlich damit anfangen, es mir zu ersparen. Z.B. kann ich mir das Begießen von Löwenzähnen in Blumentöpfen ersparen, ich sollte lieber ein Vergnügen daran finden, sie vom Fensterbrett zu stoßen. Er blüht ja sowieso nicht richtig.
Z.B. kann ich mir Gedanken die Buchenden konstruieren ersparen. Man sollte zerrissene Pappkartons in die Badewanne streuen und entzünden, um alle schon vorhandenen Buchseiten ins heiße Feuer zu tauchen.
Das bedeutungsvollste Leben im Leben eines Menschen wird wohl sein eigenes sein. Die zweitwichtigsten die seiner getroffenen oder ungetroffenen Freunde oder der ungeborenen. Für manche Menschen auch die Leben ihrer Feinde.
Peinlichkeit der eigenen Existenz ist grausam.
Jeder Mensch könnte zaubern, könnte er es versuchen.
Wer weiß, wie einem anderen zumute ist.
Erleichtert atmete der Tote auf, wandte seinen Rücken der anderen Richtung und ging.

Sie trat ein, beinahe schweigend verkündend: Hier bin ich. Gewesen.
Was eine Tote tut, die gern leben möchte, weiß jeder. Was aber tut dieselbe Tote, wenn sie sterben möchte?
Tue deine Wünsche. Meine Wünsche sind auch mein Zwang. Kein erzwungener Zwang. Ich bin meine Wünsche.
Verhirnte Seelen blubbern in ihren Kopfhöhen. In den Kopfwannenritzen.
Wenn ich es überlebe, hat es dann auch etwas Gutes gehabt?
Eigentlich könnte ich gehen.
Es wird Zeit.
Ein eventueller Leser hat selber schuld.
Ich bin ein ähnlicher Mensch.
11.11 Uhr
Ich möchte ein Gefühl fühlen, ein Gefühl von Bleiben. So wie ich es in den 4 Sekunden eben spürte beim Anschauen des nun schon älteren Pappkartons im Bettlaken.
Es war ein Gefühl von dem Lieben des Bleibens. 4 Sekunden lang glaubte ich, beides würde bleiben, mein Gefühl und mein Lieben.

7. August 1980, Mittwoch
Gerne wüßte ich, wie ich wäre, ohne jemals in einem Pappkarton gesessen zu haben.
Gerne wüßte ich, wie ich wäre, ohne jemals etwas von einem Winny gehört zu haben.
Gerne wüßte ich, wie ich wäre, ohne jemals etwas von der ganzen Welt gehört zu haben.
Am liebsten gäbe ich Winny alle Schuld.

Wenn er sie haben will, kann er sie haben. Du kannst sie auch haben, für Dich ist sie aber nicht umsonst. Von Dir lasse ich mir dafür ein Echtheitszertifikat ausstellen, und Du mußt sie heraussuchen und mir in einer ausgiebigen Vorstellung vorstellen. Sodann werde ich Dir gestatten, sie für Dich zu behalten. Alle Entschuldigungen, welche Du dabei aufstöberst, darfst Du mir überlassen. Solltest Du aber nichts anderes entdecken als diese, wirst Du sie mir trotzdem sämtlich überlassen.

Hallo Schiffchen?
(Winny weiß nicht, daß ich ihn damit meine, er hat noch nie gehört, wie ich ihn manchmal nenne.)
Hallo Winny?

Petra bekam zum Geburtstag einen häßlichen Pullover. Nachher gehen wir zusammen ins Kino. Petra fragte, was ich mit dem großen würfelförmigen Gespenst will. Sie dachte, ich hätte eine Waschmaschine bekommen.

9. August 1980, Freitag, ca. 23.05 Uhr
Wie ich Winny kennenlernte:
Ich blieb länger auf, als ich durfte. Es war so ein Typ im Fernsehen, und der wurde, glaube ich, interviut. Es muß der Schluß der Sendung gewesen sein, denn sie war schnell zuende.
Es war kaum ein Ton von der Stimme des Typs im Fernsehen zu erhaschen, so schnell wur-

de er ins Deutsche übersetzt. Er saß in einem Sessel vor einem niedrigen Couchtisch, an einer Seite stand eine Couch. Darauf saßen entweder Leute oder nicht, das erinnere ich nicht mehr. Auf jeden Fall huschten viele Leute vorbei oder standen rum. Der Typ hatte einen komischen Namen, den ich nicht behalten konnte. Am Ende der Sendung wurde er nämlich nur noch einmal ganz flüchtig erwähnt. Nachdem die Sendung vorbei war, gefiel mir der Typ übrigens ganz gut. Ganz besonders gefiel mir, was mir wohl ganz besonders gefiel.
Sonst erinnere ich mich nur noch daran, wie er aussah, an die Kürze des Rests der Sendung, an ein paar Farben und sogar noch an ein Wort aus dem Interviu, und das wäre: "herumlaufen", nur nicht daran, ob es von des Typs Lippen stammt oder von den Lippen des Reporters.
In der Pause auf dem Schulhof fand ich den Typ dann in der Zeitschrift wieder. Von da ab konnte ich auch behalten, wie er heißt. Das war aber ein viertel Jahr, nachdem ich Winny im Fernsehen gesehen hatte. Es war Sabines Zeitschrift, sie hätte mir das Poster von Winny bestimmt geschenkt, sie mochte ihn nicht, und über die Rückseite waren wir beide der Meinung, sie wäre bekloppt, doch ich kaufte mir selber eine neue. Seitdem gefiel mir alles, was im entferntesten etwas mit Winny zu tun hat. Ich erinnere mich leider nicht mehr

an meine allerersten Gedanken an, über, um Winny. Der erste, dessen ich mich erinnere, war aber einer der ersten. Ich dachte: Der ist bestimmt gut im Bett.
Ich erinnere mich auch noch ans große Bild im Kaufhaus.
Und ich erinnere mich, wie spannend (beinahe spannend) es war, meine erste Platte von Winny zu kaufen.
Und ich erinnere mich an einen ganz bestimmten Nachmittag. Von diesem Nachmittag besitze ich sogar noch ein Erinnerungsstück. An diesem Nachmittag hatte ich mir gerade kurz vorher meine zweite Winny-Platte gekauft. Die Platte ist nicht mein Erinnerungsstück. Aber das ist schon mindestens sieben Jahre her.

10. August 1980, Sonnabend, 00.35 Uhr
Der vermißte entmaterialisierte Schlüsselbund steckte in meinem Handschuh. Ich hatte schon befürchtet, er wäre Winny auf den Kopf gefallen. Das muß wohl was anderes gewesen sein. Mir fehlt jegliche Erinnerung.
Weiß ich nicht ist etwas Wunderschönes. "Weiß ich nicht" gebrauche ich am häufigsten von allen Wortkombinationen. "Weiß ich nicht" sage ich am leichtesten. "Weiß ich nicht" gebraucht sich bei allen Gelegenheiten. "Weiß ich nicht" paßt beinahe immer. "Weiß ich nicht" kann rücksichtsvoll sein. "Weiß ich nicht" heißt: weiß ich nicht. "Weiß ich nicht" bedeutet

immer etwas. "Weiß ich nicht" sage ich auch, wenn ich genau weiß. "Weiß ich nicht" heißt oft etwas ganz Bestimmtes, was man gar nicht mehr sagen muß. "Weiß ich nicht" sage ich auch oft, weil ich nicht weiß, was ich sonst sagen könnte. Warum sage ich so oft "Weiß ich nicht"?
Weiß ich nicht.
Der Handspiegel liegt gemeinsam mit dem graustieligen Kartoffelschälmesser im Kleiderschrank zwischen den Nachthemden. Wie schade. Alles findet sich wieder an, genau wie mein Schlüsselbund. Aber unauffindlich, für Monate unauffindlich verlegen kann ich schon ganz gut. Alle meine entmaterialisierten Gegenstände waren bisher leider nur langwierig versust. Nach dem graustieligen Kartoffelschälmesser suchte ich über zwei Monate. Es ist das schärfste. So lange Zeit brauchte ich, um es zwischen meinen Nachthemden zu finden.
Du kannst nun glauben: ich wechsle meine Nachthemden nur alle zweieinhalb Monate, oder ich trage selten oder nie welche, oder ich besitze eine enorme Nachthemdendeponie, oder ich leihe mir welche von Bekannten, oder ich schlafe teilweise bis vollständig bekleidet, oder mein Lieblingsnachthemd ist schnelltrocknend oder abwaschbar, oder ich besitze noch eine weitere Deponie, welche aus Pyjamas besteht.
Mein vieles Versusen nahm viel Zeit in Anspruch. Es war mein Versuch, Schiffchen

realistischer zu gestalten, durch lauter entmaterialisierte Gegenstände, die bei mir verschwanden, ausschließlich nur, um ihm auf den Kopf zu regnen (wenn sie nicht zu hart sind; mein Schlüsselbund ist schwer und hart). Kämme, ein alter Handspiegel, meine Schlüssel, mein Handtuch, das französisch-grüne Regenkape, die Klebetube, mein kleiner Gummyhamster, der Regenschirm, zwei Paar neue, uneingeweihte Socken, der blaue Kugelschreiber und meine ganzen Teelöffel waren weg. Es wird wohl alles mindestens für einen Tag bei Winny in der Wohnung gelegen haben. Nun hat sich leider alles wieder angefunden. Es ist nichts dort geblieben. Ich weiß nicht einmal, ob er es gefunden hatte. Das ist genauso wie mit dem Brief.

Ich habe schon lange aufgehört. Damit. Rate, wovon ich so schön träume. Nein, ganz bestimmt nicht von Winny.

Viel dunkler als vorhin. Gerade noch heute, glaube ich. Mulsch ist seit Tagen bei mir in der Badewanne. Seit Tagen nun schon mulscht Winny in meiner Badewanne umher. Morgen werde ich das Wasser ablassen, das Dicke rausschöpfen und im Klo hinunterspülen. Ich will mal wieder baden. Obwohl, ansich hätte ich auf die Idee kommen müssen, mich in die Mulsche zu setzen, denkst Du jetzt bestimmt. Die Mulsche ist etwas leimig. Du solltest Dir die Brühe in der Wanne mal ansehen.

Das ist also mein Pappkarton. Da ist er

doch noch in seine geliebte Badewanne gekommen, nur naß und ganz ohne Feuer und Rauch. So hat er doch noch seine Bestimmung erfüllt, so gut es ging. Durch die Zigarette, die ich vergangene Woche auf dem Rand der Wanne abgelegt hatte, ist mir klargeworden, wie ich es machen mußte, nicht mit Feuer, mit Wasser. Mit Feuer wäre die ganze Wanne geschmolzen. Pappkarton mulscht nun vor sich her. Als er gut durchgeweicht war, konnte ich ihn mit Leichtigkeit und vier Fingern zerreißen. Nur die Fingerspitzen nahm ich. Ich versuchte noch, ihn mit dem Schrubber breiig zu rühren. Die Stücke werden davon kleiner, es wird aber kein richtig sämiger Brei. Es sind alles Mulschfetzchen. Nasse.
Die Wanne ist im Badezimmer. Mein Zimmer stinkt wie früher Weihnachten. Die Haare von Michael, ein paar, versengte ich früher über dem Adventskranz. So riecht es hier. Genau wie Weihnachten. Das sind heute die vermeidlichen Winny-Haare. Im Aschenbecher. Die von meinem Kopf. Die abgeschnittenen und die ausgerissenen. Ihre Asche stinkt. Aus dem Aschenbecher. Der auf der Fensterbank. Und das Poster. Das welches hinter dem Kleiderschrank hing. Das Poster und die Haarasche. Das gebe ich nun hinzu. Zu dem Mulsch in der Wanne. Es wird gut durchgerührt. Mit dem Schrubber. Mit dem Schrubber will ich das alles umrühren. Für heute Nacht kann alles darin

bleiben. In der Wanne. Für heute noch ganz zuende. Morgen nicht mehr. Morgen wird alles abgelassen. Den Rest tu ich ins Klo. Weg.

Ich mach es gleich. Gleich wenn ich mit Dir fertig bin. Ich tu gleich alles rein. Haarasche und Poster. Ich will es dann durchrühren. Sehr gut, durchrühren. Morgen lasse ich alles ab.

Ich könnte es sowieso nie herausfinden. Wie Winny aussieht, wenn er gerade mal nicht fotografiert wird. Das kann ich nicht herausfinden.

Er war gerade erst wieder da. Im Fernsehen. Gerade vor kurzem. Ich glaube, es war der Tag. Der, als ich den Pappkarton in die Wanne tat. Als ich die heiße Dusche angemacht habe. Als der Pappkarton gerade erst in der Wanne war. Winnys ganze Sendezeit schielte ich. Vorbei. Am Fernseher. Aus dem Fenster. Und auf meine Füße. Die neuen Schuhe. Wobei ich dachte. Ich dachte, er ist natürlich nicht so beknackt. In Wirklichkeit. In Wirklichkeit ist er anders. Nur im Fernsehen. Da ist er so beknackt. Sonst in Wirklichkeit nicht. Er ist anders. In Wirklichkeit. Dachte ich. Ich kuckte auf meine Schuhe. Dabei. Die Erinnerung, die ich hatte. Die war ganz anders. Die Erinnerung an ihn. Wie ein Fremder. So wirkte er. Wie der Fremde, dem ich in drei Tagen zum ersten Mal begegne. Zum ersten Mal in meinem Leben. Fremder noch. Mehr als ein Unbekannter. Mehr fremd als

ein Unbekannter, dem ich nie im Leben begegnen werde. In meinem ganzen. Seitdem irre ich. Winny fort. Ich irre ihn immer mehr fort. Der Nebel, der ihn verschluckt. Nichtmal der ist mir sichtbar.
Was Gräßliches war mir eingefallen. Mir. Was Gräßliches. Ich kenne Winny nicht. Nicht nur ich kenne Winny nicht. Er auch nicht. Er mich auch nicht.
In diesem einen Manchmal glaube ich. In diesem einen Manchmal warte ich noch immer darauf. Glaube ich in diesem einen Manchmal. Daß er endlich was sagt. Darauf. Glaube ich.
Oh Mister Winny P., es tut mir leid, aber ich kann nichts dafür.
Plötzlich. Fällt mir ein. Er ist ein Fremder. Auch nur. Winny. Er ist auch nur ein Fremder.
Ich steig nicht durch. So alleine. Durch meine Gedanken.

13. August 1980, Dienstag, 20.37 Uhr
Ihre Hüpferei dreht sie undicht durch. Gleich gebe ich ihr eins mit dem abgebrochenen Schrubberstiel.
Du darfst alles glauben, was sie Dir erzählt, wenn Du möchtest. Du bist dazu bestimmt. Ich meine, man könnte.
Die Klempner sind endlich wieder raus aus dem Haus.
Vor ein paar Jahren hatte ich beschlossen, mir Sprungfedern unter die Füße zu schnallen, so wie es das Mainzelmännchen im Fern-

sehen macht. Jedoch, ich sagte den Mainzelmännchen immer nur, ich wisse noch nicht, ob ich wolle oder nicht, jedem, welches mich fragte.
Heute würde ich mir grüne Fische ohne Backenzähne unter die Füße schnallen, hätte ich die Schnalle nicht im See verbuddelt. Die Mainzelmännchen würden mich beglückwünschen.
Nur ist es egal.
Ich möchte etwas tun, die Zeit zu vergessen.
Ich kann nichts finden, was mir verständlich wäre.
Mit der Verstopfung ist alles wieder in Ordnung. Die Klempner sind alle wieder gegangen. ih:

14. August 1980, Mittwoch, 00.37 Uhr
In den letzten Wochen gab es viele viele kleine Schokoladentage. Niedliche, kleine Schokoladenkater hockten auf dem Gardinenbrett und schaukelten mit ihren tropfenden Schokoladenfüßen die weißen Gardinen schokoladig. In Angesicht und Vollbesitz ihrer geistigen Laune. So sie plärren, kleide ich mich als Tränenfischer, tupfe mit zipfeligen Taschentüchern ihre Tränen aus ihren Winkeln. Sie kullern nicht. Meine zipfeligen Tücher saugen sie auf.
Falls es Dich zufrieden macht, ist es nicht überflüssig zu tun, was Du gar nicht tun möchtest. Was ist es denn?

00.20 Uhr
Die Traumumgebung schlemmerte in der Stimmung einer freundlichen Beerdigung. Dreimal dieselbe Tote, vielleicht auch nicht Tote; das sagte niemand. Diese, die dort lag, war ich. Einmal jung. Einmal mir nicht ähnlich. Einmal anders. Einmal in weißem Schleier, einmal in Schwarz und noch einmal in Pastellfarben gehüllt. Auf drei Bahren ruhte ich immer neben zwei von mir. Auf dem Rücken, gerade ausgestreckt im tiefen Felsen. Kerzenschein verfloß.
Dieser Traum geschah in einem Land, dessen Namen Du einmal ausgesprochen hast.

16. August 1980, Mittwoch, 20.45
Ich habe zwei wichtigste Probleme. Zwei, von denen ich in letzter Zeit völlig vergaß, sie Dir zu beschreiben. Eines der Probleme ist mir peinlich, wundschabend peinlich. Beide Probleme sind erst lösbar, wenn vorher das andere gelöst ist. Gleichzeitig geht es auch nicht, weil eines viel mehr Zeit braucht zur Lösung als das andere, das andere eine vorgeschriebene Lösungsgeschwindigkeit hat. Sogar beide haben eine vorgeschriebene Geschwindigkeit. Nein, doch. Das eine, welches mir mit Federleichtigkeit nicht peinlich ist, rief das andere, welches mir so wundschabend peinlich ist, hervor. Mein Peinliches ist ein Problem, welches ein ausgedehnt einschränkendes Gesprächsthema jeder zweiten Person darstellt, die mir begebnet. Diese

Begebnungen sind bei mir schmerzlich unbeliebt, weil es mir so peinlich ist. Die Gespräche über dieses, welches mein Peinliches Problem ist, sind Nebenbeigespräche, langwierig lauschende Nebenbeigespräche. Mein unpeinliches Problem ist wesentlich drückender und unangenehmer, es ist viel kraftvoller. Es ist ein Problem, welches leider nicht zu mir paßt, und so lange, wie es mich begleitet, schon gar nicht. Dadurch, daß es so ganz und gar nicht zu mir paßt, ist es viel schwerwiegender als es gewöhnlich sein dürfte. Normalerweise bin ich völlig unfähig, ein solches Problem derart gelungen zu züchten. Normalerweise könnte ich nicht verstehen, wie es bei mir gedeihen kann. So ein Problem kann ich genaugenommen gar nicht haben. Wenn ich so an mich denke, würde ich es auch niemals bei mir vermuten. Leider redet man über dieses Problem nicht ganz so viel wie über das mir peinliche Problem, ich höre doch so gerne die Gespräche über mein unpeinliches Problem, ich hör sie immer lieber.
Scheinbar ist das zweite, mir unpeinliche Problem etwas heikler, sonst hätte ich es schon längst genannt und ausführlich beschrieben, denn es ist mir ja nicht peinlich, und ich beschriebe es sehr gerne. Scheinbar muß noch irgendwas dran sein an diesem Problem. Vielleicht etwas, was gar nicht direkt zu diesem unpeinlichen Problem gehört. Oh, es würde mir sehr viel

Spaß machen, Dir mein unpeinliches Problem in der einzelsten Ausführlichkeit darzustellen. Auch Dir gefiele mit enormer Sicherheit, es still zu lesen. Doch es ist mir verboten, mit Dir über dieses Problem zu reden. Dieses nichtpeinliche Problem hat auch einiges Angenehmes. Dieses mir nicht peinliche Problem, welches ich nicht in einzelner Ausführlichkeit beschreiben darf, obwohl nur etwas in mir es mir verbot, ist wenigstens nicht eine solche verborgene Anklage gegen mich wie das mir äußerst peinliche Problem. Das Haben beider Probleme birgt sogar manchen winzigen Vorteil. Mein peinliches Problem schützt mich davor, mein unpeinliches Problem abzulegen, es läßt es so erblühen. Nur sind mir heute diese Vorteile nicht erkennbar, vielleicht sind sie zu durchsichtig.
Beide Probleme liegen ununterbrochen in mir auf der Lauer. Überraschend für alle Welt wie für mich fallen sie häufiger aus mir heraus, um in allen meinen Taschen Unterschlupf zu finden. Es gelingt mir nicht, eine Regelmäßigkeit zu entdecken, trotz genauer Beobachtung. Daher muß meine Vorbereitung ununterbrochen sein. Die Probleme kommen meistens fast gleichzeitig. Eines merke ich am Morgen, eines merke ich am Abend. Am Morgen ist es immer nur das eine, abends ist es das eine oder andere oder beide. Ich spüre schon, bevor ich

aufgestanden bin, spüre noch, wenn ich mich schon wieder schlafen gelegt habe. Peinliches und unpeinliches Problem zusammen bilden immer das Auftreten eines dritten Problemes. Dieses dritte Problem ist das allerschlimmste. Gegen das dritte Problem hilft nichts. Gegen das dritte Problem hülfe nicht einmal die Lösung der beiden ersten Probleme, obwohl diese für das Auftauchen dieses nahezu verantwortlich zu machen wären. Mein drittes Problem ist das allerschlimmste, es ist so unendlichkeitüberflutend. Ansich hätte es nicht sehr viel mit den beiden anderen Problemen zu tun. Doch. Das peinliche, das unpeinliche und das allerschlimmste Problem machen sich gegenseitig und werden hervorgelockt durch mein eigentliches Problem. Das peinliche Problem ist mein eigenartig schwachsinniges Scheinziel. Ein völlig anderes Ziel, als Du ahnen wirst. Gestern war der Tag, an dem ich es fast geschafft hätte, beiseite geschafft. Nur eine Minute Geduld fehlte mir noch. Aber da kam, wie üblich, das andere, unpeinliche Problem dazwischen.

Wenn ich heute Geduld hätte, heute noch könnte ich es leicht schaffen, in 10 Tagen ist es schon wieder schwieriger. Aber ich muß zugeben, ich bin sehr beruhigt über die Ankündigung meines unpeinlichen Problemes bei mir. Immer wenn es mich ungewöhnlich lange verschont hat, befürchte ich, es könnte etwas abgefallen sein von

mir oder auch nur ausgefallen sein. Tatsächlich wären mein peinliches und mein unpeinliches Problem erst ein wahres Problem, wenn sie nicht auftauchen würden bei mir, sie würden mir dann allerdings sehr viel weniger Schwierigkeiten bereiten.
Ich gebe zu, es ist mir ernstlich peinlich, Dir zu sagen, was beides ist, ausgerechnet Dir. Du würdest mich verstehen, wüßtest Du, was ich Dir verschweige. Es wäre mir unangenehm, wenn Du es wüßtest. Doch doch, aber verstehen würdest Du es, vorausgesetzt, Du würdest es mir glauben. Beweisen kann ich es nicht mehr. Aber ich würde gar nicht wollen, daß Du mir glaubst, es wäre mir ja peinlich, wenn Du wüßtest, was ich verschweige.
Gäbe es das Dritte Problem, mein allerschlimmstes, und gäbe es das vierte, mein eigentliches Problem nicht, fiele es dem ersten und dem zweiten Problem schwer zu bestehen. Sie hätten sich gar nicht erst gebildet. Mein drittes Problem ist das einzigste Problem, welches gelöst werden muß, will ich weiterleben. Das peinliche, das unpeinliche und das eigentliche Problem sind überlebbar. Es gibt Massen von Menschen, die trotz dieser drei Probleme hin und wieder sogar glücklich sind. Hin und wieder tut sich eines dieser Probleme ja sogar manchmal gelöst. Diese Probleme vermiesen nur immer mal die Laune bis auf den Grund. Sie sind zweifelhaft beglückend. Es ist unwahrscheinlich, eine Lösung mei-

ner drei persönlichen Probleme von 1 bis drei zu finden. Es wird mir nie so gehen wie all den Menschen, die diese Probleme nur vom Hörensagen kennen.
Mein peinliches Problem ist mir zum Teil deswegen so peinlich, weil es gar nicht so ganz echt existiert. Man könnte fast meinen, es gibt dieses Problem nicht.
Es ist mir ernstlich peinlich.
Ich glaube, ich bemerke, man merkt mir was an. Ich bemerke, niemand weiß, was er mir noch sagen soll. Ich scheine zu bemerken, niemand scheint ahnend zu wissen, wie er sich mir gegenüber noch verhalten könnte. Ich bin unveränderbar in meiner neuen Weise. Keiner kann mit mir etwas anfangen. Und mir fällt auch nichts ein.
Es ist von tiefer Ewigkeit unmöglich, etwas mit mir aufzustellen. Man scheint dies zu bemerken. Man fragt mich nach meinen Problemen. Verriete ich mein eigentliches Problem, könnte es durch die, denen ich es verriet, niemals mehr gelöst werden. Wo ich auftauche, fragt man mich danach. Wo ich hinkomme, meint man, man müsse mir freundlich helfen oder mir gehörig in den Hintern treten, je nachdem, was man meint.
Warum läßt man mich nicht in Ruhe damit, man sieht doch, wie wenig es nützt. Es ist alles nur eine gegenteilige Hilfe, es hilft alles nur ins Gegenteil.
Da siehst Du mal wieder, wie es ist mit Dir. Ich erzähle Dir immer und immer. Von

mir, immer nur ich von mir. Es gibt eben sonst niemanden, der Dich kennt. Du hast nur mich, nur ich erzähl Dir was. Du hörst auch nie, was die anderen sprechen. Du hörst nie, was sie über mich denken und erzählen. Frag sie danach, nicht mich.

17. August 1980, Sonnabend, 20.45 Uhr
Wollte ich heute all meine Bonbons aufräumen, könnte ich alle verbrennen, mit dem ganzen Haus dazu. Nie wieder neue Bonbons kaufen. Meine Bonbons sind viel bunter als ich. Sie lassen sich ohne Zögern wie Freunde behandeln und liegen nur rum. Sie sind viel stärker als ich. Sie duften viel zu süß.
Leider werde ich sie doch wieder Petra schenken, die ißt sie so gerne. Noch lieber als ich.
Wann es wohl so weit ist -
Du wirst es merken, wenn ich tot bin. Mein Du ist dann auch zuende. Du mußt mir ein langes Leben wünschen. Wünsch mir das, wenn Du gerne lange leben und gelebt haben möchtest. Aber es kann auch jeder Zeit sein, daß Du zuende bist; nur Du, ohne mich. So kann es Dir ergehen.
Wahrscheinlich bist Du auch nur ich. Wahrscheinlich ist alles Du nur ich. Wahrscheinlich ist "ich" immer dasselbe. Ob ich nun "ich" denke, oder ob sie nun "ich" denkt, oder ob er nun "ich" denkt, oder ob Du nun "ich" denkst. Es gibt ja immer nur ein einziges "Ich" auf der ganzen Welt.

Und auf der ganzen Erde hüsteln und japsen, prusten, hecheln und atmen diese Ichs. Die ganze Erde ist voll mit diesen Milliarden von Dingern, die es immer nur einmal auf der ganzen Welt gibt.

20. August 1980, Dienstag, 22.55 Uhr, ca.
Es gibt Glühbirnen. Bis gestern morgen hatte ich meine Zähne noch nie bei Kerzenschein geputzt. Mein Bad hat keine Fenster, und es braucht sowas.
Ich sollte Dir mal wieder erzählen, was ich alles so tue. Nur kann ich das nicht, weil ich kaum sehe, was das ist. Alles senkt sich rasend vorbei. Immer schneller, immer immer schneller schneller. Ich sehe nicht, ob es viel ist, was ich nicht mitbekomme. Soweit mir berichtet wurde, tat und tue ich noch immer dasselbe, was ich immer getan habe. Wohl nur dreimal am Tag nicht mehr so gut. Auch alles andere muß wohl noch so geblieben sein. Alles ist wie immer. Nur die eine Rohrverstopfung mit den Klempnern war neulichst mal. Sonst ist alles wie immer, und es ist nur etwas weg. Es hat keinen Sinn weiter zu reden, ich weiß es nicht. Nicht was geschieht.
Hör dahin, wo das ist, was sie nicht sagt, vermutlich weiß sie sehr genau, sie will nur nicht sagen. Zugegeben wäre nichts passiert, wohl darum tut sie so geheimnisvoll. Es zieht sich weiter. Sie ist sehr beschäftigt damit.
Als ich die Sache mit den Steinen schrieb,

meinte ich nur, niemand verstünde mich. Erzähle ich jemanden von einem Kieselstein, glaubt der, ich meine einen Gallenstein. Kein Mensch wird jemals aus meinen Worten genau das erfahren, was ich meine. Es ist paradox, noch welche zu denken.

22. August 1980,
Donnerstag, ca. 5.54 Uhr
In dem einen Schaufenster hält sich ein Schokoladenrelief auf Gips frisch in seiner Vorwärts schimmelnden Ewigkeit. Es hängt in einer durchscheinenden Plastiktüte, scheint ein wenig aufgeweicht vom Sommer in seiner Umgebung. Heute entdeckte ich zum ersten Mal seinen Schimmel. Heute war ich zum ersten Mal vor seinem allernächsten Sommer stehengeblieben und hatte ins Schaufenster gekuckt, um schimmlige Schokolade aus der Nähe zu sehen. Ganz dicht bei der Platiktüte wird es riechen, sie ist nicht versiegelt. Mufflig schimmlig wird er sein.
Wie bringt man nur Schokolade zum Schimmeln? Wer kann sie so lange aufbewahren. Wohl nur Leute, die nie welche bei sich haben, weil sie sie nicht mögen.
Glauben Schimmelpilze auf Schokolade, sie können sterben, oder glauben sie zu wissen, sie müssen sterben?
Fast all die Tage, die nicht Sonnabend oder Sonntag sind, gerate ich in den allernächsten Sommer der schimmligen Schokolade auf Gips. Und es kann sein, daß ich

noch immer daran glaube sterben zu können. Sterben können. Es kann sein.

24. August 1980, Sonnabend A B e n D
Erst wollte ich auch hierbei sagen, ich schweige.
Ich kann mich befinden, wo ich will, wie ich will, ich kann dort und so daherdenken, wie ich will, noch stärker daran denken, alle diese Gedanken führen zu demselben Gedanken. Ich beginne überhaupt nur noch mit dem Denken, um auf diesen einen Gedanken zu kommen. Er führt mich vor mir herweichend durch alle meine Gedanken immer zu sich. Es ist so ablenkend, ihm mit den hübschesten Gedanken nachzuschleichen. Es lenkt von Autos, die dahinfahren wollen, wo ich stehe, ab. Das ist nicht gut für mich. Das stört mich ganz wenig, reißt mich nicht hoch, denn ich eile, meine Gedanken zu ihrem geliebten Ziel zu denken. Und ich kann doch im Grunde nie was Neues davon denken. Vermutlich weiß ich alles um diesen Gedanken, ich erinnere mich nur nicht mehr so gut.
Wenn es wie Schlafen ist, würde es mir gefallen. Von einem schlechten Traum werde ich aufwachen und mich mein ganzes neues Leben lang fragen, ob ich mich an diesen Traum erinnern sollte.

25. August 1980, Sonntag, 14.27 Uhr
Eine Explosion, eine Explosion der Welt, des ganzen Alles mit der Erde darin. Diese

Explosion der Welt ließ mich immer als einzigstes Überbleibsel vollkommen heil im Nichts hängen; in fallender Schwebe aus dem Nichts ins immer tiefere Nichts durch lauter Nichts hindurch kreisen.
Das ist das erste, woran ich mich auch erinnere.
Als die Frage "Geht es euch gut?" eine Bedrohung war.

26. August 80
Ich störe
weil ich mich nicht wohl fühle. Ich bin ein Eindringling, überall. Und wenn ich mich wohl fühle, störe ich auch, weil ich mich falsch wohl fühle.

3. September 1980? MITTwoch, 21.53 Uhr
Die, denen ich gute Nacht sagen wollte, sind eingeschlafen in ihren Sesseln, und Petra ist im Kino. Sonst gehe ich manchmal fort, die Gute Nacht völlig vergessend. mh:

4. September 1980, irgendwann
Meine zittrigen Finger nähen an der weißen Schleierbluse. Tot fahre ich mit der U-Bahn, tot hole ich ein.
Ich bin falsch.
Ich kann mich nicht einmal mehr genug konzentrieren, um durchzuschlafen.

12. September 80, Donnerstag, 23.04 Uhr
Wäre bei mir nur nicht immer dieses Glück

von der Sorte, die nicht gut für mich ist. Ich komme immer dann zu spät, wenn es gerade nicht auffällt. Ich richte nur solche Schäden an, die ich alleine wieder beheben kann, welche, die nur ich merke. Das ist Glückssache, die mir nicht hilft. Bei mir sitzt das Glück an einer Stelle, die ich sehr übel finde. Ich habe ein Glück, welches eher nach einem Glück für unbehinderte Ungestörtheit aussieht. Das Glück, das ich habe, hält mich von meinem Wunschglück nur fern.
DIE LETZTEN SEKUNDEN DIESES TAGES: Endlich begreife ich, wieso um mich her alles so schleierhaft rauscht.

14. September 1980, Sonnabend
Mein peinliches Problem ist jetzt meistens gegen 18.00, 19.00 Uhr am schlimmsten.
Mein allerschlimmstes Problem ist Tag und Nacht am schlimmsten. Mein unpeinliches Problem spickt die Tage minutenweise grinsend.
Mein eigentliches Problem ist oft nicht auffindbar.
In diesen Minuten dieses Tages ist es so. Ellen liegt auf dem Bauch im Bett und liest "Annegret und ihr Geheimnis". Die Liege, diese hier, diese, die mein Schneidersitz schmückt, ist ein wenig knatschig und hängt durch mit mir. Bis eben sabbelten wir über das Allerlei. Zuletzt sagte Ellen so leicht, so erfaßt: Das ist doch eigentlich komisch, das Leben, und daß man alles so

fühlen kann. Aber es ist schön.
Es klang so schön, wie sie es sagte. ih:

17. September 80, Dienstag, 20.00 Uhr
Ich muß die Explosion überhört haben. Sie muß schon gewesen sein. Ich muß sie überhört haben. Und sie war doch so laut. Vielleicht war sie auch schon vor meiner Geburt.
Heute morgen träumte ich, mein Gesicht in einem Gefriertruhenbrunnen abzuspülen. Etwas wie mit Glassplittern versetzten Sand kratzte ich mir dick vom Gesicht. Danach setzten wir uns an einen Tisch dieses Schülerkaffees. Der Gefriertruhenbrunnen wirkte von dort beinahe wie eine Musiktruhe. An dem runden Tisch saß ich mit Petras ewigen Begleitern, die meine Freunde waren. Sie waren mir fremd.
Ellen hat bei Petra angerufen. Ich habe meine Kulturtasche im Bad liegen lassen. Petra fährt morgen aber sowieso noch mal hin, da bringt sie mir die Tasche gleich mit. ih:

18. September 80, Mittwoch, 20.15 Uhr
Ich muß die Explosion überhört haben. Aber kurzweilige Kraft ist in mir.
Süße Welt, warum liebst du mich nicht.
Wäre ich nur nicht schon so alt. Erst macht mich die Sommerzeit eine Stunde jünger, und nun muß ich sie wieder älter werden. Genaugenommen dürfte ich nicht altern, denn ich habe doch nichts mit dem zu

tun, was ich tue. Mein Älterwerden geht mich auch nichts an. Es ist eine Ungeheuerlichkeit, ich werde von ganz alleine alt, ohne etwas zu tun, was mich angeht.

12. Oktober 1980, Sonnabend
Vor einer halben Stunde rief ich bei Susanne an. Sie war vollkommen begeistert und derart begeistert, mit mir auszugehen. Das habe ich bei ihr noch nie vorher erlebt. Mattias wird ihr auf die Dauer zu eintönig. Wir treffen uns in einer Dreiviertelstunde an der Haltestelle.

23. September 80
Ob Petra mein Tagebuch erkennen würde, wenn man es ihr zu lesen gäbe? Ob sie merken würde, wer sie ist? Sie dächte vermutlich nicht, daß sie es mit mir zu tun hat. Denn von ihr steht auch nur da, wie gerne sie Bonbons ißt.
In der Tat schreibe ich meistens, wenn ich mich am beschissensten fühle. Einer, der mich jeden Tag beim Guten Tag-Sagen erkennt, könnte nur an unveränderlichen Kennzeichen, wie z. B. die Geschichte mit meiner Hand, auf mich kommen, mein Tagebuch als mein Leichengift identifizieren. Aber er könnte denken, es wäre ein manipulierter Zufall.
Aber ich bin es wirklich, die, welche man aus den sämtlichen letzten Tagen kennt, mit welchen man sich umgab.
Und das Du ist eklig.

Meine komplizierten Probleme ließen sich noch immer nicht abschütteln. Sie bereiten mir zur Zeit viel meinen Kopf zerbrechendes Vergnügen. Das peinliche und das unpeinliche wären gar nicht so schlimm. Nur mein allerschlimmstes Problem nimmt sehr sorgfältig beängstigende Ausmaße an. Es ist fast schon gefährlich geworden. Ich kann fast fragen, ob es mein eigentliches Problem ist.

24. September 80

Die Mahlzeit davor

Set: die Illustrierte
darauf: Teller, Messer + Gabel, das Gedeck mit Besteck
Speise: 4 ungleichmäßige Pellkartoffeln
Getränke: kühler, saftiger Tee
schwarzer Kaffee
Gegenüber: das Fernsehgerät: ...... Tote wurden geborgen ..... im Schlaf überrascht ... und von einem Dutzend Kugeln durchsiebt .... gnadenlos niedergestreckt ..... plünderten .... von der Unterernährung .... 16mal so hoch wie der Anteil an Toten durch härtere Drogen ....
Stimme: Lautsprecher: ..... Einführung des Schulsystems .... die tatsächliche Leistung der ...... und sollte dieses Thema tatsächlich zum Gegenstand der .... weitere Nachrichten: .... sind ausgelaufen .... Natotagung .... Arbeitsvorschlag der .... Atomare

Mittelstreckenraketen .... wie die Erwartungshaltung der Bevölkerung .... für die nächste Zukunft .... schon heute ...... schon makaber .... realistische Ansätze ...... Filmtage .... Die Temperaturen liegen bei ...... einen Guten Abend.
Appetit: gut
Hunger: geht (langsam)
Fernsehen: macht Programmschluß
Zimmer: still
Dessert: Der Haut des Schokoladenpuddings fehlt ihr Salz.

25. September 80
Über meinem Kopf rast der Himmel von mir fort.
Ich denke im Kreise, wie sich die Erde im Kreise dreht. Und ich denke große Beulen in den Kreis. Ein wenig ausdehnen kann ich ihn so, kann ein Ei, oder ein Quadrat, oder einen Stern, oder sogar die Umrisse eines kleinen grauen Kaninchens formen.
Meine Gedanken, mein Zustand könnte nur eingebildet sein, nerven mich. Es darf nicht sein, daß ich mir das alles vollkommen allein ausgedacht habe.
Gedanken zerfressen sich gegenseitig. Sowas sagt zu sich widersprüchliche Zweifeleien.

26. Was ist das? Irgendwo bin ich stolz darauf, mich so schlecht zu fühlen.
21.56 Uhr. Im Halbschlaf hatte ich den

Eindruck, mir ein Regenkape um meine Schultern legen zu müssen, um im Bett nicht naß zu werden. Es goß in Strömen von meiner Wolke der Zimmerdecke herab.
Oh Mami, ich knirsche unter meinen wackeligen Fußtritten.
Wüßte ich, ob ich leben oder sterben möchte, kämpfte ich gerne für eines der beiden oder beides.
In der Dunkelheit erkannte sie den Mann neben der Frau tiefschlafend liegen. Ihre Wimpern streichelten seine Wangen. Sie war winzig klein und leicht, die Daunenfeder. So kroch sie durch seinen Nabel in seinen Bauch. Er würde sie nie gebären.
Das ist alles Gute einer männlichen Mutter.

27. Als ich noch jünger war, dachte ich, ich wäre eine Kladde und alles, was ich tat, auch. Ich dachte, ich wäre solange, bis das Richtige kommen würde, ein Provisorium. Eigenartiger Weise scheint mein Leben in einem Stück abzulaufen.
Hallo! Bist Du da?
Klar. Sowie Du dies merkst, bist Du da.
Was machst Du? Ich weiß es, aber Du weißt nicht, was ich in Deinem jetzt tue.
Bist Du freundlich? Hast Du viele Freundschaften? Niest Du viel?
Gehst Du lieber im Sonnenschein oder im Regenschein Bonbons essen?
Siehst Du gut aus? Führst Du ein Tagebuch, wenn ja, her damit.

Hast Du einen Namen? Die meisten haben einen.
Aber mach es Dir doch bitte bequem.
Ich finde, das sieht nicht sehr bequem aus von hier. Gefällt es Dir wirklich so. Ich würde mein eines Bein ein bißchen mehr schräg nehmen und mich am Bauch kratzen.
Findest Du Dich alt oder jung? Findest Du Dich im Nachthemd? Oder findest Du Dich in der Bahn? Findest Du Dich? Geht es Dir fantastisch oder hast Du heute noch was vor? Findest Du Dich als Mann oder mehr als Frau? Magst Du gern Schokolade? Findest Du welche bei Dir in der Nähe?
Du mußt unbedingt mal Schmorschokolade probieren. Und Du solltest vor allem den Lippenstift in der Schokolade entdecken.
Nun verrate mir, welche Tageszeit heute ist.
Wenn jemand anderes hier wäre, fragte ich Dich ganz bestimmt nicht nach sowas. Leider muß ich es mit Dir aushalten.
Nur deswegen bekommst Du jetzt von mir das Rezept für Schmorschokolade mit Mäuseköteln. Mäuseköttel sind die kleinen Schokoladendinger auf Sahne oder Kuchen. Also, man stellt eine Herdplatte auf eine niedrige Temperatur, nicht viel wärmer als 2 Hände darf die Platte werden. Auf einen Porzellanteller lege man eine Tafel Schokolade und erwärme diesen mitsamt der Schokolade auf der sich erwärmenden Herdplatte vorsichtig. Am besten man stellt die Platte erst nach dem Aufsetzen des

Tellers an. Bereitlegen der Topflappen auf keinen Fall vergessen, Sie verbrennen sich sonst. Durch die Erwärmung beginnt die Schokolade weicher und biegsamer zu werden. Beim Biegen bekommt man schokoladige Finger. Lassen Sie es nach, lassen Sie die Schokolade auf dem Teller. Sie wird zäh-geschmeidig, bis sie endlich als weiche, warme Masse auf einer dünnen Schicht feinster Schokoladensauce gleitet. Nun muß man den Herd abstellen, sonst könnte die völlig zerschmelzende Tafel über den Rand des Tellers fließen, oder nehmen Sie gleich einen Suppenteller. Passen Sie auf, daß nichts anbrennt. Den Teller hebt man, nachdem man sich der beiden Topflappen erinnerte, vom Herd. Die so erweichte Schokolade läßt sich leicht mit Messer und Gabel essen, am leckersten schmeckt es, wenn Sie jeden Bissen noch einmal extra durch die braun glänzende Schokoladensauce ziehen. Essen Sie sie, die Schokolade, unbedingt vor dem Abkühlen, sonst müssen Sie doch wieder Ihre Finger nehmen. Die darübergestreuten Mäuseköddel können Sie je nach Geschmack auch weglassen.
An dieses Rezept sollten Sie sich immer dann erinnern, wenn sie an heftiger Durstlosigkeit leiden.

29. September 1980
Was tut ein Mensch wie ich in den letzten drei Wochen seines Lebens, wenn er sie kennt -,
Ich möchte einmal versuchen, drei Wochen lang zu spielen, daß ich am Ende dieser drei Wochen sterbe. Drei Wochen lang möchte ich jeden Tag denken: In ganz wenigen Tagen bin ich tot. Jeden Morgen werde ich überlegen und errechnen, wie viele Tage es heute noch sind. Am letzten Tag dieser drei Wochen werde ich mich mit Schlaftabletten vergiften. Ich muß die drei Wochen genießen, es sind meine letzten drei Wochen. Ich will meine letzten drei Wochen tief durchatmen und ihren täglichen Geschmack auskosten.

30. Heute ist es erst ein Tag weniger. Das fällt kaum auf.
Ich nehme mein Spiel nicht ernst genug. Ich traue mir nicht zu, mich in 20 Tagen umzubringen. Ich denke, ich tu das ja doch nicht. Ich glaube noch nicht genug daran. Ich denke, in drei Wochen kann sich soviel ändern.
Nach den Legenden von meinem Babylächeln zu urteilen, muß ich schon in der Wiege unheimlich was vom Leben erwartet haben.
Erst nahm ich alles zu ernst, dann nahm ich zu ernst, daß ich fast nichts wirklich ernst zu nehmen brauche.
ABENDS. Drei Wochen. Ich sterbe immer noch ganz schön langsam. Es sind immer noch

20 Tage. Ich weiß, ich habe noch diese 20 Tage, und ich fühle mich dennoch noch immer nicht bedroht durch diese abschätzbare Nähe meines Todes. Ich begreife noch immer nicht, wie ernst mir mein Spiel ist. Ich denke, es ist nur ein Dreiwöchiges Spiel. Ein zu langsames Spiel. Ich kann das Ende gar nicht abwarten.

1. Oktober 80
1. Entwurf
Ich schreibe mit Ausziehtusche, weil die Wasserfest ist. Ja, bestimmt werdet Ihr weinen meines Todes wegen. Weint nur, bis es Euch wieder gut geht, vielleicht nicht ganz so gut wie mir. Mir.
Findet Ihr etwas traurig daran, daß ich tot bin, weil ich mich umgebracht habe -. Wickelt mich in eine schöne schwarze Klöppelspitze, rollt mich von Kopf bis Fuß darin ein. Bitte stellt mich nicht in die düstere Kapelle nächtelang mit den bunten Blumen. Macht ein hübsches Foto von mir in der Spitze. Legt mich nicht zum stillen Modern in den Sarg für die schöne Erde.
Am schönen Tag, wenn die Sonne schön glitzert und die Augen blendet, wenn meine Asche rosa gefärbt ist, streut mich in den Wind. Streut eine Handvoll aus einem Gasballon. Streut sie in den Wind über dem Meer. Streut sie in den Regenbogen. Und überall wird meine rosa Asche wehen. In Euren Haaren wird welche sein.

Ihr möchtet wohl noch gerne leben. Lebt gerne. Ich möchte gerne sterben, vielleicht. Es ist lieb von Euch, wenn es Euch leid tut. Aber versteht es bald und so, wie Ihr müßt, um gerne zu leben, aber versteht es, wie es ist.
Ich gehe nun überallhin.

2. Entwurf

Bla-bla ....
"   "   ....!...............
Ein wenig Schade ist es

2. Oktober 80

3. Entwurf

Ich wäre so gerne bezaubernd bezaubert gewesen. Gleich beide Male. Beide Male für immer.
Im Augenblick ist der Blick meines Auges ohne Gedanken. Ein trüber Augenblick - .
Irgendwo gibt es Fliegengerahmte Augenblicke im Dreck krepierender. -
Fliegen lecken gerne Salz auf.

3. Oktober 80

Viel anders als mir wird es Dir nicht ergehen.
Du hast das Vergnügen, gemeinsam mit mir in diesen drei Wochen auf unseren Tod zu warten. Es sind schon keine drei Wochen mehr. Unser Tag kommt schon etwas schneller. Du bist jetzt ganz allein mit mir.
Und ich möchte Dich bitten, mit niemandem darüber zu reden. Man würde nur versuchen, Dir zu verklaren, wieviel Schönes Du noch

im Leben zu erwarten hast. Man würde es versuchen. Es würde aber nicht gelingen, und dann tust Du es doch, nur wirst Du dann in Hast geraten dabei.
So ist es ganz ruhig.
Ansich könnte ich auch ganz alleine nur Dich abwürgen und mir ohne Dein Wissen ein schönes Leben machen.
Oder ich kaufe mir einen Dolch, und ich ersteche Dich heimlich damit. Bevor die Ascheimer abgeholt werden, stopfe ich Dich in eine Mülltonne. Wer weiß, womöglich wirst Du gefunden.
Aber heute Nacht wirst Du noch einmal wunderbar schlafen. Tu das ruhig. Du wirst Dich gut fühlen am Morgen. Tu es.
Wenn ich diesen Satz schließe, schlummerst Du sanft.

5. Oktober 80
Ein hübsch garnierter Garten. Wir fühlen uns verfolgt und suchen uns zu schützen, indem wir uns einer Gruppe von auf allen vieren krabbelnden Menschen hinzugesellen. Sie krabbeln ein kleines Stück weiter entfernt immer im engen Kreis, sich Spitznamen wie "Hypopotomus Erotikus" zurufend. Das ist einer, der beim Krabbeln versehentlich ständig die Beine seiner Mitkrabbler streift.

8. Oktober 80
Der Mann mit der Hand in der Papiertüte leidet an Verfolgungswahn. Und woran leide ich?

Der Mann mit der Hand in der Papiertüte sprach mich auf dem abendlich leeren Bahnhof an, ich hatte mich schon umdrehen wollen, um in der Toilette zu verschwinden. Er erzählte mir, er leide an Verfolgungswahn, könne deswegen auch morgen in keinen Laden gehen, um sich Pflaster zu kaufen. Darum trage er seinen zerschnittenen Finger in der Papiertüte. Es war aber seine ganze Hand. Mir fiel auf, daß er bis auf die Papiertüte auffallend gut gekleidet war. Ich schloß mich dann aber doch noch sehr schnell auf der Damentoilette ein. Nach einer Zeit ging jemand durch den Gang und klopfte gegen alle Türen der Toilettenzellen. Es klang aber wie ein Klopfen im Vorbeigehen; sehr lässig mit der linken Hand. Wäre meine Angst dabei nicht so groß gewesen, wüßte ich, ob er geklopft hat. Ich kann nicht behaupten, es klang nach Papiertüte, es klang lässig. Ob diese Angst gut war?

10. Oktober 1980

Wie fühlt man sich, wenn man genau weiß, wie lange es noch bis zu seinem Tode dauert?

Wie fühlst Du Dich?

Ich glaube, ich werde nur Dich töten.

Heute nehm ich mich fast ernst. Ich glaube, mein Spiel wird echt sein.

Natürlich ist es echt. Es wird echt ausgehen.

Ich möchte etwas mit Dir tun.

Ich werde Dir etwas erlauben.
Ich möchte Dir erlauben, mir etwas zu verbieten. Ich bitte Dich darum, diese günstige Gelegenheit zu nutzen. Du darfst mir etwas verbieten. Was Du willst. Ich werde Dir folgen, Dein Verbot einhalten. Du darfst mir verbieten, was Du möchtest.
Aber sofort muß es sein.
Ach, ich könnte stundenlang auf einem Stuhl sitzen und Dir zusehen. Ich schaue Dir gerne zu. Du kannst ruhig so bleiben, ich schaue Dich gerne an.

12. Oktober 80
Hiermit hebe ich mein Angebot, mir etwas zu verbieten, für alle Zeiten auf.
Ich glaube auch nicht, daß es früher besser war.

17. Oktober 80
Ich bin Zweifel mit steifen Fingern
Es sind die Finger
Es ist eine Geburt von Zweifelndem-Sein gewesen
Mein Bauch ist so nackt
kann mich nicht bewegen
kann meinen Kopf nicht heben
bleib hier liegen, bis er von alleine kommt
nein, es ist so kalt hier
das Linoleum vom Fußboden
kann mich nicht bewegen
kann meinen Kopf nicht heben
Wonach außer einem schönen Gefühl könnte man sich noch sehnen

19. Okt. 80
Danach zu wissen, wiewo man es findet, um dieses Wissen gegen sein Glück einzutauschen
Ich bin noch immer dabei. Mitten darin. In meinem Spiel, dem Spiel von meinem Wissen der Länge meines Sterbens.
Diese Länge werde ich kürzen.
Ansich dürfte ich mich nicht umbringen.
Niemals hätte ich etwas essen dürfen. Es gibt jetzt nur Ärger, wenn ich mich umbringe, denn ich habe schon ein halbes Gebirge gegessen.
Ich habe nur noch wenige Tage zu sterben.
Wünscht man nicht jedem Menschen ein schnelles, leichtes Sterben;
wünscht man nicht jedem Menschen ein langes, interessantes Leben.
So wünscht man sich niemals etwas Gutes.
Ich wünsche keinem Menschen etwas Gutes.
Mir niemals jemand etwas Schönes. Dir wird niemand etwas Gutes wünschen. Du wirst nur Böses wünschen.
Langes, nicht endenwollendes Dahinsterben ist vielleicht schön. Das könnte auch sein.
Es ist etwas, was man seinen Liebsten wünscht, zuerst denkt man dabei an sie.
Oder es ist nicht so. Jeder will ein langes Sterben für sich, niemand wird je etwas Gutes wünschen können. Sich selber nicht und Dir nicht und mir auch nicht.
Oder es ist doch so, und es ist das einzig Gute.
Am Ende dieser drei Wochen schreibe ich in

mein Tagebuch: Die letzten drei Wochen waren genau wie jede Anhäufung aus genug Tagen für drei Wochen. Alles, was erwartet wird, fehlt immer.
In meinen Augen bin ich schon so lange verstorben.
Verstorben heißt in eine Falsche Richtung gestorben, wie verirrt heißt, in eine falsche Richtung gegangen.
Wann sind die drei Wochen um? Am 22. Oktober 1980
Alle sind so nett zu mir. So sehr nett. Und ich tue nichts, weil ich nicht weiß, was ich tun muß, damit es besser wird, aber nicht schlechter. Alle sind so nett zu mir. Alle sind verdächtig.
Was ich schreibe, sind Andeutungen, die mich an einige meiner Gedanken erinnern.
  Wofür? erinnern
Ich möchte so gerne daß jemand etwas weiß von mir.
Mein Tod, nimm mich mir endlich ab.
Ich bin glücklich zu glauben zu wissen: ich kann sterben.
Ich bin glücklich, auf Dich zu hoffen.
Atmen ist eklig.
Ich will nie mehr Guten Morgen sagen. Ich will nie mehr Gute Nacht sagen. Ich möchte nie mehr froh werden. Würde ich froh, würde ich nicht mehr sterben wollen.
Es ist eklig zu fühlen, wie mein Herz pocht.
Ich will nie wieder froh sein über mein Atmen. Nie mehr über irgendwas von der

Welt. Ich könnt mir Dich nicht mehr wünschen. Mein Tod, ich würde Dich nicht mehr wollen.
Und ich wüßte nicht mehr, was ich tun könnte. Es gäbe keine Möglichkeit mehr für mich.

20. Oktober 80
Übermorgen war ich tot.

22. Oktober 80
Heute ist Montag. Mein Todestag. Drei Wochen wußte ich von diesem Tag. Drei Wochen wußte ich, ich habe mir versprochen, an diesem Tag zu sterben. Worauf warte ich noch? Mein Schreiben ist doch ein Zögern. Alle Apotheken kenne ich. Die Apothekenwanderung liegt hinter mir. Meine drei Wochen liegen hinter mir. Erst sollten sie ein Spiel sein. Als Spiel habe ich sie erfunden. Und nun kommt mein Tod.
Sah ich, was ein Mensch denkt und tut, kennt er die letzten drei Wochen seines Lebens?
Gleich sterbe ich. Schade.
Schade, es ist schon dunkel. Schade. Schade, nie wird etwas anders. Alles bleibt schwebend im stillen Sturz durchs Nichts. Aus stillem Nichts durch stilles Nichts, in stilles Nichts. Nichts ist da. Es ist ein Sturz durch alles hindurch, durch alles, was nicht da ist. Es ist nichts da zum Hindurchstürzen. Das Nichts ist tief und weit wie nichts. Schade, es waren

schon alle meine Tage.
Mir ist es wie ein ganz anderes Gefühl.
Wie?
Mir ist zumute, versunken zu sein in diesem anderen Gefühl.
Werde ich gleich Tod sein?

Schau

mir

nach

Alleslosigkeit

Spiegelnde Augenblüten machen eine Zwei-
spaltung geteilter
Seelenzungen
ich fühle mich mechpudaschloamber
atme durch sausende Kessel mit grünen
Blättern
die die Kämme der goldenen Wolkensträhnen
erschmelzen
zwitschernde Panik-Melodien
treiben singender Gebeine über seeweite
Tümpel der Irrigkeit
   Gliedlose Maßen reden der Leider ohne
   ich
spaltet den kalkweißen Zahn die stumpfe
Saataxt
Alleslosigkeit dreier blickender Augen
Füllige Kannen schränken der kaffeegleichen
Wär me von gemaschten Kerzenstrah len
die Gradseeligkeit hinzu

Eilenweiter Menschenpark
Eilenweit gewachte Augenblicke
hineingemeißelt ins Pünkelchen
Hohlsuchigkeit eines getauf ten Wunsches
Geflecht von sonnigen Strahlen und üb ler
Nasengase
Eilende Weitheit
Alleslosigkeit zweier blickender Augen
umgreifende Losheit
hirnumschlingend und hart gezerrt
eine von Hirngedanken erfundzauberte Spre-
che

die sich selber erdreht
gebückt der Verwendigkeit
mitten in erschöpfender Vielfalt

Ich trug ein Medaillon
immer
um den Hals
Es trug ein Geheimnis
immer
in seinem Schließen
Meine Mutter sagte oft frag nicht danach
Für meine Fingerspitzen blieb es
unerreichbar
lang wie das Leben
Ihre Haut war ein Sarg vor bg
der seinen Hebel verloren
Dann kam endlich das Geheimnis
ohne Gift des immer von
Hals
Es hat eine
Leere

mHm
Wie ist es hier ——————— wo ———
Gestorben wär ich
an Gedanken gestorben
an fremden Träumen
wenn es dich nicht gäbe
mein Tod
mein eigener Tod immer bei mir hier
schon lange im Grab in Erde der Erde
wäre mein hier
mein Tod
Tod ohne dein Warten
all solche Tage sind überall
mein Bauch ist so nackt
mein Tod du bist mein Lebens-
retter
bis ich gestorben bin
an Tagen gestorben
mein Tod wo ———
mein Lebensretter, mein Tod, mein Leben
Ende von diesem hier
mein eigener Tod erhält mein Leben
gestorben wär ich
gestern oder morgen
und heute
mein Tod
ohne dich wär ich tot
mein Tod
Er ist mein Ende von meinem Leben
Du Tod

Du mein Tod erhälst[152] mein Leben

Ich sagte Dir

ich zittre

cittern vor Dir

ich zittre

Zittern des hier

mein Tod Du bist da

mit Zeit

mein Tod einziger Du läßt mich leben

nimand sonst

mein Bauch ist so nackt

ich frier

mein Tod +

Du nimmst mich bestimmt

und,.

Du erhälst mich

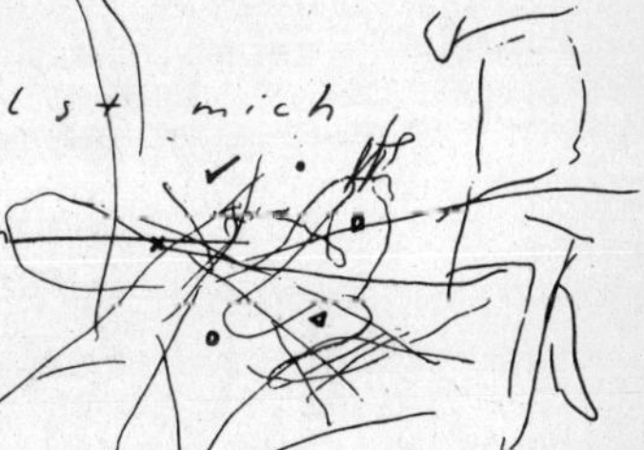

sterben

Hey

ich brings Dir

Adern +

Scherben

23. Oktober 1980
Ich wollte schon immer mal tot sein so wie jetzt.
Die Erde dreht sich im Kreis um die Sonne.
Elektronen kreisen um ihren Kern.
Es gibt teuflische Kreisläufe.
Der Kreislauf in der Natur ist gestört.
Verirrte laufen im Kreis.
In meinem Körper verirrt sich mein Blut.
Ich denke im Kreis.
Meine Gedanken verirren sich um sich selbst. Ineinander und nebeneinander.
Mir fällt alles, woran ich nie denke, ein.
An so vieles denke ich nicht. So vieles, woran ich niemals denke, fällt mir ein.
Phantasie kennt als Grenze ihre Einfallslosigkeit.
Woran denkst Du?
Bei mir sind alle Gedanken in einem. Es sind alle Gedanken für immer. Sie tragen sich selbst. Sie schweben in meinem Schädel. Sie erleichtern sich gegeneinander. Denken sie sich lange, so tun sie mir ein bißchen weh.
Mir fällt nicht ein, was in meinen Gedanken fehlt. Ich fühle nur, an meinen fehlenden Gedanken denke ich nicht.

24. Oktober 80
Ich sehe immer noch aus, wie ich immer aussah. Genauso wie man es von meinem Beginn an verfolgen konnte. Gestern abend schlüpfte ich in eine der größten Unauffälligkeiten, wobei ich auffallender als ein Haus

ohne Dach und Wände voller Geschnatter im Hagelsturm wurde. Seitdem nun weiß ich unauffällig unauffallend zu sein. So ist es gut. Sonst lassen sie einen nicht in Ruhe sterben. Ihr Gehelfe bringt Dich um. Wenn sie etwas merken, muß ich mich noch mehr beeilen.

25. Oktober 80
Ich muß mich schon heute beeilen.
Ich sollte es tun, ehe es zu spät ist.
Zuvor könnte eines Tages sein.
Eines Tages drehe ich Dir den Hals um.
Glaubst Du, Du bist stärker als ich? Da wäre ich mir nicht einmal an Deiner Stelle so sicher. Und es ist so, ich züchte giftige Stechmücken für diese Fälle.
Sie finden Dich, wenn ich sie schicke.
Soll ich Dir wieder erlauben, mir etwas zu verbieten? Weißt Du was zum Verbieten?
Soll ich Dir wieder sowas versprechen.
Soll ich schon wieder sagen: Ich erlaube Dir, mir etwas zu verbieten? Dir sag ich nichts mehr. ih:

25. November 80
Einen Monat genau haben wir uns nicht gesehen. Hast Du was Schönes gemacht?
Du duftest nach Klebstoff. Nicht angenehm.
Nun, ich klebte Dir einen Zettel in den Leib.
Du siehst, ich verzeihe Dir noch einmal.
Es ist alles wieder gut, ich schreibe Dir

wieder. Es ist alles verziehen, aber dieses Mal ist das letzte Mal.
m:

26. Am übrigen Morgen polterten Wolken Schatten über die Erde. Es war der Rest unseres Morgens. Mir ist zumut wie ein anderes Sein. Gewesensein. Unsein. Fortsein. Jetzt wird mich bis an mein Lebensende Klebegeruch an Dich erinnern. Deiner ist heute noch nicht ganz verflogen.
Als kleines Mädchen freute ich mich manchmal über eine kleine Verletzung an meinen Händen, wenn sie nicht weh tat. Dann durfte ich ein Pflaster tragen. Pflaster haben so einen Geruch. Und wenn ich abends unter meinen Decken lag, kam ich mir so schön kuschlig vor. Du duftest ein wenig beißend. Die Unordnung in meinem Zimmer ist verfault. Meine Decke ist über sie gebreitet, so muß ich sie nicht mehr sehen.

27. November 80
Gestern bin ich fast unters Auto gekommen, und heute wieder. Ich komme jeden Tag fast unters Auto.
Ich übersehe, überhöre. Ich vergesse. Ich vergesse die Autos auf den Straßen. Ich werde sie noch vergessen, wenn ich unter einem liege. Ich vergesse, wie ich durch die Straßen gehe, vergesse wohin, vergesse Essen, vergesse Trinken, vergesse Atmen. Ich vergesse Schreiben. Ich vergesse Dich. Mein Tagebuch vergaß ich auf meinem Platz

im Bus. Meine Handtasche mit Geld und Ausweis und meinen Beutel mit dem Tagebuch. Ich vergaß meine Füße. Ich vergaß, daß ich nicht laufen konnte. Die Ampel war rot. Der Bus hielt. Ich vergaß meine neuen Handschuhe. Klopfte an die eingedreckte Bustür. Ein netter Busfahrer. Öffnete. Die Frau, die neben mir gesessen hatte, reichte meine Taschen zu dem Mann gegenüber, dieser zu dem Mann mit der Pudelmütze, dieser stand auf, reichte mir Meins. Ich vergaß meine Panik. Ich vergaß auch meine Erleichterung.

28. Ich sagte Petra: Ein ganzes Leben werde ich Geschirr schmutzig machen, wenn es mein ganzes Leben lang Geschirr gibt, wenn es mein ganzes Leben lang modern ist, Geschirr schmutzig zu machen, wenn es mir ein ganzes Leben lang gefällt, Geschirr zu beschmutzen, und es muß immer wieder abgewaschen werden. Sie sagte: "Ja, Du mußt es tun."
23.00. Ich weiß nicht, wie man zu mir sein müßte, um mir mit seinem zu mir sein keine Angst einzujagen. h:

30. Und wenn Ihr hunderttausendmal nein sagt, es ist immer noch besser als wenn ich es sage.
Mein Tod wartet mir gegenüber. Mein Tod mag mich lebendig. Er ist hier, er ist in mir gegenüber. Er hat seine trübe Verliebtheit für mich. Er mag mich fast lebendig.

Mein Tod, Du läßt mich zu Dir? Laß mich nicht unsterblich sein.
Laß mich sterben, wenn dies Haus in Flammen steht. Gib mir Gift, nimm mir Blut, nimm meine Haut, nimm meinen Atem, nimm meine Adern, nimm meinen Kopf, nimm mein Herz, nimm meine Seele, nimm all meine Kraft, nimm, nur laß mich nicht unsterblich sein. Bitte nicht. Bitte laß mir meine Hoffnung auf dich. Gib mir das, was du bist, nimm meinen Kopf. Nimm alles. Laß mich nicht unsterblich sein. Ich werde versuchen, wie du zu sein. Ich werde immer noch sein, nur finden wird mich niemand mehr.
Warte nur noch, bis mein Kleid getrocknet ist. Es ist mein schönstes. Für diese Jahreszeit ist es sehr dünn. Noch ist es feucht an den Wäscheständer vor der Heizung geklammert. Ich will es trocken anziehen, dann kann das Haus brennen.
Nein, nein, du läßt mich nicht unsterblich sein. Wenn du das Feuer siehst, bist du gleich hier.
Ich werde es morgens tun. Morgens ist niemand im Haus. Alle arbeiten. Nur ich werde an dem Morgen nicht arbeiten.
Ein brennendes Haus entdeckt man zu schnell. - Tabletten sieht man nicht, die sind besser. Ein Messer auch. Hinhängen. Wasser. Hungern. Kirchturm. Gas. Autos. Schienen. Ich weiß einen, der erzählt, er würde für 50.000 DM jeden umbringen. Es wäre leichter. Dieses Zögern, dieses Zö-

gern hielte mich nicht mehr ab. Ich könnte es mir nicht mehr in allerletzter Sekunde überlegen.
Niemand wird mir 50.000 DM leihen. Tranich bleiben. Tranich tun, alles wie bisher lassen. Nur selbst im Tran nichts wissen. So wird es gehn. Mich nicht erinnern an mich. Nicht erinnern, was ich wollte.
Nicht erinnern an das Umherum. Nichts sagen hören, daß es mit all so viel Ungewißheit schön sei zu leben. Nichts sagt mir, wie schön es ist, mit all so viel Ungewißheit zu sein. Nur mehr vom stürzenden Stehenbleiben. Ich will tanzen durch meine sprudelnde Gedankenlosigkeit. Will mich ertränken in ihrem Vergessenszauber, tief bis ins Herz des Niemals.
So bewußtlos führt mein Weg sich selbst zusammen mit mir dahin. Ich werde es nicht tun, es wird geschehen. Mir wird es wie ein Unfall geschehen. Etwas wird mich ersticken, zerquetschen, zerfleischen. Etwas wird mich töten.
Es wird Zufall sein. Etwas wird mich zufällig umbringen. Zufall wird mich umbringen. Zufall gibt es auch nicht zufälliger als andere Zufälle. Es wird vollkommen normal zufällig sein.

1. Dezember 80
Leben ist etwas Besonderes, wenn es anders ist als tot zu sein. Ich nehme mir mein Leben. Nehme ich mir mein Leben und bleibe im Sterben.

Ich glaube, ich sollte mich doch umbringen.
Es ist wie ein Gefühl, höchstens noch sterben zu können.
Ich will mich endlich dazu treiben, zu der Fähigkeit, mich töten zu können. Es eilt sehr. Gar so lang darf ich es nicht mehr hinauszögern. Man scheint nämlich zu merken, daß mit mir etwas ist. Sie fragen mich, was ich wohl so treibe nach Feierabend und am Wochenende. Sie fragen manchmal, was ich hätte. Warum ich so traurig aussähe, heute. Einige wollen sich um mich kümmern. Sie suchen nach Munterkeiten, mit welchen sie mich ärgern. Manche Leute bilden sich scheinbar ein, sie müßten mir helfen. Sie versuchen immer mal irgendwie was. Da siehst Du es, ich kann nicht mehr so lange zögern, sonst fangen sie noch richtig an damit. Es ist nicht gut. Sie machen jetzt so eine Hetze daraus. Sie treiben mich vor sich her. So schnell wollte ich nicht.
Ich dächte mich so gerne aus etwas heraus.

2. Dezember 80
Das Licht brennt abends lange. Ich trau mich kaum noch im Dunkeln ins Bett zu kriechen. Ich trau mich kaum noch einzuschlafen. Wenn ich nun aus meinem Schlaf nicht mehr erwache, so bin ich im Schlaf gestorben und im Dunkeln. Ich werde nicht merken, wie tot ich bin. Ich werde glauben, im tiefsten Schlaf zu liegen.

Ist dies nicht, was ich mir immer wünsche. Oder möchte ich, daß ich es tue.
Du weißt, wovor Du Dich fürchtest.
Was ich mir alles ausdenke, um Sicherheit zu gewinnen. Jede Gefahr muß durchdacht werden und ausgemalt, um mich zu sichern. Ich muß mir Gefahren ausdenken.
Meine Widersprüche. Sie kommen wohl, weil ich am liebsten immer alles schön hätte. Ich bin so widersprüchlich, daß ich, ohne mir zu widersprechen, sagen kann: Ich widerspreche mir niemals.
Dies ist die reine Wahrheit. Es ist so, ich kann es so sagen. Meine Widersprüche widersprechen nicht mir, sie widersprechen sich untereinander.
So stellte ich mir immer etwas ganz anderes vor. Ist das in meinem Kopf ein dicker schleimig schmieriger Kloß, verwässert bis in meine kleinen Zehen tropfend? Geburtswehen des Todes. Wie oft werde ich mich noch bitten zu warten?

4. Dezember 1980
Heute ist nicht der rechte Tag für einen Tod. Heute freue ich mich zu sehr darauf. "Wenn ich erst einmal tot bin", denke ich wie früher "wenn ich erst einmal so und so weit bin", dann kommt es toll. Und weißt Du es schon?
Weißt Du schon, was Du tun möchtest, wenn Du tot bist?
Ich weiß es genau, nur ich kann mir nicht recht vorstellen, was ich mir da wünsche.

Mein Geschmack auf der Zunge ist Leere. In meinen Ohren klingt nur noch ein sich überschlagender Rausch. Ich berühre nichts mehr von allem, was ich anfasse. Ich sehe nur noch Stehenbleiben.
Mal ist mein Gehirn schwerer als mein Körper, es sackt, drückt meinen Körper nach unten. Meistens ist es leichter und stößt sich an der Schädeldecke wund. Ich stürze. Mein Gehirn ist leichter als mein Körper, der es mit sich in seine Geschwindigkeit reißt.
20.44. Das Gemeinste an ihnen ist, sie bemühen sich so sehr, nett zu mir zu sein. Allmählich wird ihnen schon das Vergnügen daran vergehen. Bald werden sie aufgeben müssen zu versuchen, mich anzusprechen. Wie können sie es immer wieder versuchen mit mir, wenn ich jedesmal so gute Ausreden weiß.

5. Balancierend auf dreistelzigen Schuhen. Ihre dünnen, kurzen Holzstäbchen rührten in den wunden Löchern voller Blut von drei Zehen je Fuß, die hintereinander, nicht nebeneinander gewachsen waren. Die Holzstäbchen waren wie zerbrochene Zahnstocher. Damit hätte ich nie im Leben gerechnet. Ich hätte nie geglaubt, daß es bei meinen zukünftigen Erinnerungen bleiben wird.
Es ist, glaube ich, Mitternacht, und ich schaue zwischen jedem Wort hier aus dem Fenster. Wie dunkel es wohl ist draußen. - . Sehen kann ich nur Schwarzdunst.

Frohsein duftet aus dem Raum. Erschäumt die Luft. Meine Angst ist froh.

6. Dezember 80
Nik'laustag
Am schönsten ist Licht im Sonnenschein. Meine Angst ist ruhig, sehr zart. Eine behutsam beruhigende Angst ist in mir. Zu meinem Trost glaubt sie, sie nähme mich an ihre Hand.
Gleich ist es. Gleich wird es sein. Ich werde es tun. Ich werde es tun mit ihrer Hilfe.
Sie macht mich so ruhig davor. Sie macht es mir behutsam leicht. Die Klinge ist ganz neu und nie gebraucht. Sie ist eine feine Klinge. Sie ritzt sehr fein. Ich bin nicht sicher, ließe sie in lebender Haut Narben zurück? Sie war kühl. Sie schmeckt wie Eisen, genau wie Blut. Blut schmeckt auch so ähnlich. Sie nimmt meine Wärme an. Sie ist schon genauso warm wie ich. Langsam, sehr langsam, so langsam male ich meine Buchstaben, um auf sie zu achten. Die Zunge darf sich nicht rühren.
Langsam

male ich meine Buchstaben, um auf sie zu achten. Sie liegt in meinem Mund. Hinunterschlucken wie im Zirkus? Nein. Ich mach es, wie ich es seit gestern abend will. Nicht hinunterschlucken. Zwischen meinen Lippen, Meinen geschlossenen Lippen, kann man eine der Klingen sehen. Die zweite Klinge. Sie ist über der Zunge. Ja ich

mache es, wie ich es gestern abend dachte.
Sag, was meinst Du?
Die Klinge ist nur in meinem Mund, weil
ich den Stumpf nicht verletzen mag. Sonst
hielte ich sie in der Hand, wie es jeder
andere auch macht.
In meinen Mundwinkeln sammelt sich Spei-
chel.
Wisch ich, ritze ich mich.
Meinst Du es geht so? Ist es gut so?
Es müßte gehen. Ich weiß auch genau, in
welcher Richtung ich ritzen muß.
Sag, soll ich es so tun? Ich kann nur
Dich fragen. Du bist mit mir allein.
Sag es mir.   Flüster
                                         mir
zu.
Wem sage ich das? Wer bist Du?
Sag
Sag es   mir   in   mein Ohr
Sag es mir, wer bist Du?
Sag sag sag sag sag
Man hört Rache ist süß.
Frag mich doch.
Frag mich, ob ich es tue.
Du sollst es nie wissen.
Hör auf meine Stimme. Hör mir zu.
Werde ich es gleich tun
um   voller Tod
zu werden? Ich weiß nicht. ih: